Epitafio para un sueño

Carlos Alberto Dueñas Aguado

Epitafio para un sueño

Carlos Alberto Dueñas Aguado

2017

Titulo original: *Epitafio para un sueño*

caawincmiami@gmail.com
Primera edición, 2017
ISBN: 978-1-946762-02-3

Diseño de cubierta: Jorge L. Álvarez
Foto de cubierta: © Héctor «El Máquina» Montaner Naranjo
hdetasmania@yahoo.com o hdetasmania@nauta.cu

Este título pertenece al Catálogo Ajiaco (Narrativa) de CAAW Ediciones.
CAAW Ediciones es la división editorial de Cuban Artists Around the World, INC.

A Eileen, Elisabeth, Claudia y Carlos Jr., frutos de mi vida.
A Valentino, Isabella y Carlos Joel, frutos de mis frutos.
A Gaby, paciente y sabia seductora, que sabe hacer felices mis días y sensatos mis escritos.
A todos mis grandes amigos: Jacobo, Rey y Jorge Luis «el Yanqui», que me ayudaron a revisar esta historia, sin ustedes, esto no hubiera sido posible.
A Yovana, gracias por tu paciencia y por confiar en mí.

Tú y yo estamos condenados
por la ira de un señor que no da el rostro
a danzar sobre un paraje calcinado
o a escondernos en el culo de algún monstruo.
Reinaldo Arenas

Miami
Sábado, 26 de noviembre del 2016
12:05 a.m.

Veintidós años después, abriendo los ojos de un sobresalto, Juan José Vega, más conocido por Pepe, no tenía la más remota idea que la noticia que estaba a punto de recibir cambiaría su vida para siempre. Casi a tientas, estiró su mano y alcanzó el celular que siempre dejaba en la mesa de noche, junto a su cama.

—Oigo —respondió Pepe sin recuperarse del susto—. ¿Quién habla?

—Pepe, soy yo Carlos. ¿Ya sabes la noticia?

—¿Qué noticia? Estaba dormido. No sé nada. ¿Qué pasó?

—Entonces, pon algún canal de noticias, es mejor que te enteres tú. ¡Esto es una locura, *man*! Te dejo que me voy para la calle 8. ¡Te veo allá! —Y colgó sin darle la noticia.

También casi a tientas, Pepe se levantó y, para no despertar a su esposa al encender el televisor del cuarto, bajó a la sala de estar donde encendió el otro televisor. Se sentó en el sofá de piel y fue entonces que pudo despertar por completo. No podía creer las imágenes que tenía ante sus ojos. Miles de cubanos festejaban frente al Versailles de la calle 8: ¡Fidel Castro había muerto!

Pepe solo aceptó la noticia al escuchar las palabras de Raúl Castro: «Con profundo dolor comparezco para informarle a nuestro pueblo, a los amigos de nuestra América y del mundo, que hoy, 25 de noviembre del 2016, a las 10:29 horas de la noche falleció el comandante en jefe de la revolución cubana Fidel Castro Ruz».

—¡Por fin, madre mía!

Después de cerrar sus ojos, tras las últimas palabras que quedaron grabadas en su memoria, Pepe se dejó caer sobre el respaldo recostando levemente la nuca, hasta notar el contacto frío de la superficie. Un pequeño escalofrío recorrió su piel, idéntico al que sintió aquella noche cuando las olas de más de un metro y medio de alto estuvieron a punto de virar la embarcación. Sus recuerdos desfilaron uno a uno, hasta llevarlo a un día al borde de un enorme acantilado y escribir su epitafio, por sí moría en aquella riesgosa travesía: «Estoy viviendo en un mundo de mentiras. Mentiras que subyugan el pensar. Mentiras que desgarran el sentir. Mentiras que niegan libertades. Esas diabólicas mentiras inventadas en su mundo de fantasía, de sueños de poder, de tácticas con mañas. Camino solo hacia el acantilado. Allí están todos mis recuerdos. Los buenos, los malos, los frustrados. Esos que se quebraron cuando decidí voluntariamente seguir el ritmo de su música. Aplaudir sus palabras. Apoyar sus ideas. Ideas salidas de una mente capaz de cegar multitudes. Ahí está también mi entrega, mis tiempos, esos que me quitó en estado catatónico. Su maldad pudo envolvernos, atraernos a su juego, embobarnos y después, como por arte de magia, hacernos caer en su oscuro precipicio. Llego al acantilado. Miro todo lo que desperdicié de mi vida. Es momento de decir adiós. De enfilar el rumbo hacia una nueva vida. De olvidar por siempre esta pesadilla. Hoy es 13 de agosto de 1994. Me subo al barco y emprendo rumbo hacia otras tierras del mundo. Adiós Cuba. Me despido de ti y no regreso hasta que no seas completamente libre, y por si muero, te dejo mi Epitafio».

—Aquí te dejo mis sueños truncados —murmuró mientras sus pensamientos volaron en el tiempo.

Cienfuegos, Cuba
Jueves, 4 de agosto de 1994
7:00 a.m.

Para Pepe, su mala suerte podía ser solo consecuencia de dos cosas, o era un padecimiento crónico, con lo cual no estaba muy de acuerdo, o era una especie de castigo divino otorgado al nacer. «No es posible», se repetía, «mira que haber decidido que naciera en Cuba y, para colmo, 45 días antes del triunfo de Castro, eso sí es tener mala suerte».

Sus amigos más cercanos lo apodaban Pepe el Salao, y precisamente hoy era uno de esos días en que la mala suerte se le había pegado como un chicle. Su radio despertador no sonó porque no había luz y no pudo despertar a la hora de costumbre. Cuando abrió los ojos y miró su reloj de pulsera, se dio cuenta que ya no llegaría a tiempo al trabajo. Se lanzó de la cama como un bólido y fue corriendo a la cocina. Necesitaba una taza de café antes de irse a trabajar.

Sin lugar a dudas, la cocina era el lugar más aterrador de su casa. El techo, que fue blanco en algún tiempo, mostraba restos de frijoles, desde varios meses atrás cuando reventó la olla de presión y quedaron impregnados sobre la pintura. Una meseta de cemento, cubierta con azulejos ya despostillados y sucios, soportaba todo el desorden de platos, cucharas, vasos y suciedad acumulada por días, sin que Pepe se dignara a limpiarla. Dentro del fregadero reposaba la cafetera italiana, sucia. ¡Qué cafetera! Digno dispositivo de museo. Percudida de hollín, golpeada y con la agarradera partida mostrando un mocho de metal por agarradera. La lavó, colocó agua hasta la medida y ¡vaya sorpresa! que se llevó al darse cuenta que el frasco del café en polvo estaba vacío.

Se dirigió al sexagenario refrigerador General Electric y lo abrió en busca de algo para comer. Pero aquel artefacto solo servía para hacer ruido. Estaba prácticamente vacío. Solo botellas de plástico llenas con agua y nada de comer a la vista.

Pepe se recostó a la puerta y contempló por unos minutos el interior del armatoste.

—Definitivamente, ya no sé si eres un refrigerador o un almacén de cualquier porquería. Tienes de todo, menos comida —susurró y cerró la puerta de un tirón.

Se acercó a la panera en busca de algún trozo de pan. Había dos pedazos, agarró uno y tuvo la sensación de haber agarrado un trozo de piedra.

—Es increíble, este pan es de ayer y ya no hay quien se lo meta. Tal pareciera que, en vez de harina de trigo, usan cemento y agua para hacerlo —volvió a susurrar—. Qué razón tuvo Reinaldo Arenas al escribir su epitafio: «Todo lo cotidiano resulta aborrecible, solo hay un lugar para vivir, el imposible».

Pepe se dirigió al centro de la cocina y comenzó a girar, hasta completar 360º, buscando un punto donde encontrar algo digno para comer. Su intento fue un fracaso. Aquella cocina solo inspiraba llanto. Había más suciedad que comida.

—Si la suciedad se comiera, yo no pasaría hambre —dijo alzando la voz—. Es mejor que abandone este lugar antes que otro estado depresivo se apodere de mí. No sé cómo tienen la vergüenza de afirmar que en este país no se pasa hambre. Esto es lo que nos toca por haber nacido en Cuba. ¿Pensarán que vivimos de la nada? —se preguntó mostrando su habitual rostro desencajado y de nuevo un poema de Arenas afloró a su mente: «Dos patrias tengo yo: Cuba y la noche, sumidas ambas en un solo abismo. Cuba o la noche (porque son lo mismo) me otorgan siempre el mismo reproche…».

Entró a su habitación y se dispuso a vestirse lo más rápido que pudo. Buscó en el cajón de los calcetines y otra sorpresa se sumó a su agraciado despertar. No había ninguno limpio.

—¡Bendito sea Dios!

Buscó en el cesto de la de ropa sucia y agarró un par de calcetines que había usado varios días atrás.

—No hay otra opción. Ahora no puedo ponerme a lavar —dijo mientras su mirada contemplaba cuántas prendas sucias tenía—. Quien vea esto, pensará que soy un cabrón puerco, que no me preocupo por lavar mi ropa. Si supieran que en realidad no lo he hecho porque no tengo ni detergente, ni jabón para lavarlas.

Agarró un pantalón de pana *beige* que se había ganado en una rifa. Y mientras se lo ponía empezó a hablar con su perrita, que no le quitaba los ojos de encima y no dejaba de mover su blanca cola.

—No creas que me lo gané porque mejoró mi suerte. Lo que pasa es que es de uso. Si hubiera sido nuevo, no me lo hubiera ganado y mucho menos hubiera entrado en la rifa.

Y de nuevo, otra triste verdad. Unos españoles que habían visitado la planta de prefabricado donde Pepe trabajaba, hicieron una donación de ropa usada y el Sindicato había organizado una rifa para ver quién era el privilegiado que se las ganabas.

—¿De quién carajo habrá sido este pantalón? ¡Del carajo!, esto nada más se ve aquí. Un ingeniero recibiendo ropa usada de regalo. ¡Ay Chuchi!, todo esto es consecuencia del criminal bloqueo americano y de la traición de los rusos y de todos los países de la Europa del Este, que se vendieron vergonzosamente al capitalismo. Pero nosotros resistiremos, porque somos revolucionarios. ¡Patria o Muerte! —Sonrió y terminó su sarcástica actuación con una triste afirmación—: ¡Sí, mi comandante!, a este paso todos nos vamos a morir, ¡hasta la Patria!

Se puso sus botas rusas y escogió una, entre las únicas tres camisas que tenía.

Su perrita Chuchi, al percatarse que ya Pepe estaba a punto de salir, se paró en dos patas, poniendo las delanteras sobre sus muslos como recordándole que tenía hambre. Así que volvió al refrigerador y sacó una bolsa de nailon del cajón de las verduras, que contenía unos huesos de pollo que le había regalado su vecina. Los vertió en la cazuela que servía de comedero a Chuchi.

—Chuchi, el embajador de la miseria se ha encargado de darle a Cuba otro sentido. Nunca olvides esto. Dicen que repartir miseria es una de las cosas más difíciles del mundo, porque es lo único que, repartido entre muchos, toca a más. Y en esta triste letanía de esperar lo que te toca y que no llega, lo que llega y no te toca, lo que llega y te toca, pero no puedes comprar porque no tienes dinero, vive tu triste dueño, que forma parte de la clase más pobre de las generadas por este sistema tan horrendo: ¡los que producimos y no tenemos ni cojones!

Chuchi devoraba su comida sin prestarle la más mínima atención, aunque él estaba seguro que ella lo escuchaba.

—Así que te pido paciencia, porque tú, al menos, aunque frío, estás desayunando. Te prometo que en cuanto regrese del trabajo vas a comer tan rico que te vas a olvidar de que eres una perra tercermundista.

Salió al patio trasero de la casa y se dirigió a una de las esquinas, donde tenía improvisado un pequeño corral. Ahí estaba echado Tito, un lechón de dos meses de nacido, que en cuanto lo vio se paró y comenzó a gruñir.

—Buenos días, mi caribajo hermoso. No tienes idea de las ganas que tengo de clavarte el cuchillo —le dijo Pepe vaciando el agua de una caldera con soya en granos, hinchados por haber pasado la noche en agua—. Hoy vas a desayunar manjar de la India. ¡Esta soya es de primera!

Mezcló el contenido vertido con un poco de sancocho y le sirvió el apetitoso desayuno al lechón. Luego, se dirigió a la otra esquina del patio, donde había un pollero en el cual habitaban dos gallinas y un gallo de color blanco y bien alimentado, que al verlo se alborotaron y se pegaron a la puerta esperando que él les sirviera su comida. Les puso agua y les llenó el comedero con maíz en grano.

—¡Oh, mis queridas aves de la salvación! Buen provecho. Y por favor —le dijo en tono imperativo al gallo—, monta como todo un macho alfa y garantíceme que, a mi regreso, este par de gallinas, al menos, hayan puesto un huevo cada una, porque en este momento en esta casa no hay más que los huevos que me cuelgan entre las piernas y si me los como, habré mutilado mi propia descendencia.

Los tres animalitos muy entusiasmados empezaron a devorar su desayuno, sin prestarle atención, y Pepe sintió envidia por lo felices que se veían. Sin decir más, entró a la casa y se dirigió al baño. Se lavó las manos y la cara, se cepilló sus dientes con bicarbonato de sodio, porque tampoco había pasta de dientes, y se alisó su cabello rebelde y castaño, donde comenzaban a asomarse las primeras canas.

Se miró por unos instantes al espejo. Contempló las únicas dos cosas que aún conservaba, su figura, que muy a su pesar se mantenía atlética, y su mirada tranquila que aún mantenía ese don de expresar un estado de ánimo sin necesidad de hablar. Después de unos minutos de contemplación vanidosa, se convenció a sí mismo que ya estaba listo para irse a trabajar. Pero cuando se dispuso a tomar su vehículo ecológico, se dio cuenta de que la llanta de su bicicleta había amanecido sin aire.

—¡Manda pinga!, esto era lo único que me faltaba. Definitivamente, hoy no es mi día.

La mañana era un verdadero espectáculo. El cielo se veía de un azul intenso y no había ni una nube que hiciera difusa la radiación solar que desde temprano calentaba a la hermosa ciudad de Cienfuegos.

—¡Qué bella mañana! —murmuró a pesar de su contrariedad—. Menos mal que todavía este gobierno no ha privado a la naturaleza de mostrarnos estos amaneceres.

Las mañanas eran el momento favorito de Pepe. En primer lugar, porque para su diario ir y venir en bicicleta era el momento menos caluroso y en el que menos sudaba, y, en segundo lugar, porque, aunque hubiera un apagón como el que había en ese momento, por lo menos había luz natural.

Por el contrario, odiaba esa hora en la que empezaba el atardecer. Ese momento cuando todo queda en un tierno silencio que se funde con el crepúsculo y de repente, como por arte de magia, llegaba el apagón.

—Los días en Cuba deberían ser eternos amaneceres —rezongó entre dientes.

Y entre meditación y meditación llegó a la ponchera improvisada en una casa habitación. Como de costumbre, la puerta estaba abierta de par en par. En lo que fue antes la sala de la casa, ahora florecía un desordenado taller, donde tuercas, herramientas, pedazos de gomas, pegamento y una tina de agua sucia constituían el mobiliario ornamental. Después de llamar al ponchero, apareció un hombre alto y delgado que aparentaba el triple de su verdadera edad, con un pantalón arremangado hasta las rodillas y una camiseta llena de huecos, que en algún tiempo debió haber sido de color blanco.

—Julián, mira esto compadre —indicó Pepe mostrando la llanta—. ¡Esta mierda amaneció ponchada!

—Pepe, temo no poder ayudarte. Desde las cinco de la mañana no hay luz ¡y para colmo de males!, ayer en la tarde se me descojonó la plancha de coger los ponches. Todo el circuito eléctrico se recalentó, se derritió el aislante de los cables y hubo un corto circuito. Ahora estoy esperando a que llegue mi sobrino para que se encargue de arreglarme toda esta porquería.

—¡No puedo creerlo, Julián! Entonces, ¿qué hago compadre?

—Si puedes, ve y quéjate ante la comisión de derechos humanos y averigua si es justo que en un país te tengan 18 horas diarias sin electricidad. Si tienes éxito y nos ponen la luz, entonces, después que me reparen el circuito, le podré coger el ponche a tu rueda delantera. Si no tienes suerte en la gestión, después que le mientes la madre a este hijo sin madre que tenemos como presidente, te puedo vender una soga —manifestó Julián apuntando hacia una viga de metal en el techo—. Y de ahí te puedes colgar. Solo que no pongas mala cara para que quedes bien en la foto.

—Hoy estás de un humor muy negro —reclamó Pepe, demostrando que el chiste de Julián, más que gracia, le había dado tristeza.

—Perdóname, amigo. Es que no hay otro estado de ánimo posible para los que vivimos en el país de las sombras largas. Si te despiertas y tropiezas con una silla, porque no ves ni cojones, y te arrancas un pedazo de pellejo de la pierna —exclamó señalándose un enorme rasponazo, un poquito más debajo de su rodilla derecha—. ¿Crees tú que se pueda estar de otro humor?

Y era evidente que no se podía estar de otro humor. Era el factor común en todas las casas: el descontento, el agravio, la falta de respeto entre los miembros de las familias y entre vecinos. «Los adeptos contra los inconformes». Y, tristemente, un predominio totalitario de «el todos contra todos», pero nunca «el todos contra el uno». El «uno» que era el único responsable de tanta desgracia. Ese «uno» de traje verde y barba larga, más diablo que Lucifer, aunque no vista de rojo.

—Todo parece indicar que no tengo otra salida que irme sin bicicleta. Entonces te la dejo, compadre. Lo más jodido del caso es que tengo que enfrentarme a la titánica lucha de irme en guagua. Eso sí que no está fácil.

Pepe sacó dinero y le pagó por adelantado a Julián. Luego, acordándose que no había tomado café, le comentó:

—Oye, pregúntale a Juana si tiene dos sobrecitos de café.

—Pepe, hoy no estás de buena suerte.

—¿Hoy? Ya eso es normal en mí, compadre.

—Es que ahora no hay café. Precisamente, en un ratico se lo traen. Pero no te preocupes, cuando lo traigan yo te guardo dos sobrecitos.

—Te lo encargo mucho, compadre.

—Así será, Pepe. Tú sabes que al cliente todo lo que pida. Ese es mi lema.

—Qué lástima que así no piensen todos en este país. Se supone que nosotros somos los clientes de la empresa eléctrica y nadie pide que nos quiten la luz, y nos la quitan. En Cuba, el lema es otro: Para el cliente lo que haya. Y que no se queje porque tienen educación y salud gratis.

—Ese es tu error, Pepe. Vivimos en un país donde todo es de todos. Por lo tanto, la empresa eléctrica es tuya. Tú también eres propietario, aunque no lo creas y por eso no te puedes quejar, porque es como si tú mismo te quitaras la luz —le respondió Julián en un tono muy sarcástico.

—¡Qué contradicción!

—Pepe, ¿para qué nos rompemos la cabeza tratando de entender este sistema?

—Sí, tienes razón. Esto no lo entiende nadie —musitó Pepe e hizo la mueca de cuando no quería hablar más de un tema: contrajo la frente, apretó los labios, y divagando con su mirada, recorrió todo el exceso de pobreza que aquella modesta habitación mostraba.

—Volviendo al tema del café —dijo Julián para aflojar la tensión que había provocado la conversación—, yo le digo a Juana que te guarde tu café.

Juana era la esposa de Julián y se dedicaba al negocio ilícito de vender café mezclado con chícharo. Cada sobrecito contenía aproximadamente dos medidas del modelo más chico de las cafeteras italianas. Para Pepe esto era un apoyo, porque el café que le asignaba el gobierno, por la bendita libreta de abastecimientos, no le alcanzaba más que para tres tomas y él era un bebedor compulsivo de café. Las malas lenguas decían que Juana hacía negocio con Pancho el bodeguero. Él ponía a secar al sol el polvo de café ya usado y después lo mezclaba con el café que les vendía a los consumidores en la bodega. La cantidad que cambiaba por este polvo ya usado, se la daba a Juana y ella la mezclaba con chícharo tostado y molido. Era un negocio a dos manos. Pero nadie se metía en eso. Al contrario, hasta la esposa de Dionisio el policía le compraba, porque la realidad era que a nadie le alcanzaba el café que daban por la cuota.

Julián y Juana eran muy queridos por todos los vecinos del barrio. La tenacidad de él y la voluntad de ella ante las pruebas que les había impuesto la vida eran admirables y un ejemplo para los que no tenían problemas tan grandes como los suyos. Su único hijo había nacido con Síndrome de Down. El niño era la razón de sus vidas y el consentido de todo el vecindario, hacía mandados, ayudaba a Pancho el bodeguero y al propio Julián en la ponchera. Con todo y sus problemas, era una familia que aparentaba ser una familia feliz.

Un escandaloso «buenos días» hizo que los dos hombres se voltearan. Era Dora, una joven de unos 27 años, medio marimacha y muy mal arreglada. Todos la llamaban «la listera» porque se dedicaba a apuntar números de una lotería que se jugaba en Miami, todos los días. El número ganador lo anunciaban en la emisora de radio WQBA, que también transmitía desde La Florida. Dora anotaba los números que jugaba la gente y el dinero que recaudaba se lo llevaba a un señor que hacía de banquero. Este, a su vez, tenía varios listeros que operaban en diferentes zonas. Si alguien adivinaba el número, se le pagaba su premio. Era un negocio muy lucrativo, pero ilegal.

—Buenos días, Dora. ¿Qué número salió anoche? —preguntó Julián.

—El 459.

—Carajo, no adivino uno —señaló el ponchero.

—Así es esto. Unos ganan y otros pierden —remató Dora, justificando la razón de su negocio.

—Pero el banco nunca pierde —apuntó Julián.

—¿Vas a jugar algo para hoy?

—No. Pero si quieres, ven más tarde para que Juana te dé sus números. Tú sabes que ella no deja de jugar un día.

Dora se volteó hacia Pepe y lo invitó:

—Y tú Pepe, ¿quieres probar suerte?

—¿Suerte? ¡Coño Dora, no jodas!, esa palabra se peleó conmigo. Además, nunca he jugado a la bolita. Pero si me explicas, a lo mejor y le entro. No estaría mal ir en contra de la lógica. Para un perdedor que está acostumbrado a perder, si pierde una vez más, significa que no es un mal perdedor.

—Buena filosofía —contestó Dora entre risas y pasó a explicarle a Pepe cómo se jugaba.

Al concluir la explicación, Pepe dijo:

—Pues anótame el 223. Hoy quiero perder una vez más.

—¿Y cuánto dinero le vas a poner? —preguntó Dora, a quien los ojos le brillaban de felicidad, pues había capturado a un nuevo jugador.

—Diez pesos. Ponle seis pesos por el lado de las centenas y cuatro pesos por el lado de las decenas.

—¡Mucha suerte, mi buen Pepe! Tú verás que te puede cambiar la vida en un día.

—Y vaya con la suerte. ¡Coño!, ¿no habrá otra palabra que no sea esa? —reclamó Pepe dándole el dinero a Dora mientras ella lo anotaba en su lista.

—Bueno, yo sigo mi recorrido —señaló la carismática listera y remarcando su frase para hacer enojar a Pepe, volvió a enfatizar—: ¡Muy buena suerte a todos!

—Y yo voy a la gran batalla de agarrar una guagua. ¡Ahora es cuando es! —indicó Pepe, cuando ya cruzaba la puerta y volvía a tropezar con el radiante amanecer que iluminaba sus grises vidas.

Pepe llegó a la parada de la guagua y, como siempre a esa hora, estaba repleta. Gente de todo tipo: estudiantes, obreros, amas de casa que llevaban a sus pequeños a la escuela. Gente de pueblo que, por supuesto, no tenía transporte propio. Sin embargo, ya Pepe había dado un salto en el nivel social, pertenecía a una clase, dentro de esa gente de pueblo, que disponía de una bicicleta. Se la había ganado como premio al presentar un trabajo en un fórum de ciencia y tecnología, que dio como resultado un ahorro en divisas libremente convertibles a la economía del país. ¡Muy buen premio por tal aportación! Así estimulaban a los hombres con talento mientras la flamante clase dirigente disponía de buenos carros consumiendo gasolina pagada por el gobierno, aunque no lo usasen para trabajar.

Pero, hoy, Pepe era uno más entre la gente y le tocaba comprobar en carne propia lo que significaba tener «el privilegio» de contar con una bicicleta y no tener que enfrentarse a la abominable tarea de esperar una guagua. Era una verdadera lucha. Era como estar en una jungla sobre el asfalto. Olores de todo tipo, sudores de todas las etnias, apretones, empujones, gritos, insultos y peleas. Era la ley de la selva. ¡Sálvese quien pueda! Qué contrariedad para un país que alardeaba de ser el paladín de los derechos igualitarios del hombre.

Y llegó, por fin, su primer intento, venía una guagua. Todos se prepararon simulando ser corredores de cien metros planos. Tensaron sus músculos, aguantaron la respiración y tuvieron unos segundos de máxima concentración. Por sus mentes solo circulaba un sinfín de estrategias: ¿Por dónde le entro? ¿Por la ventanilla? No, mejor me subo a la defensa… y así cada uno trazaba su plan de abordaje. Pero la guagua pasó a velocidades supersónicas, envolviéndolos en un humo negro contaminante y no se detuvo en la parada. Un silencio y luego gritos de insultos. Todos reflejaban la frustración en sus rostros.

Veinte minutos después un estudiante gritó: ¡Viene la ruta 9! Todos volvieron a prepararse. A sus marcas, listos y… Pero tampoco paró. Y otra vez se repetían las mismas frases de descontento: ¡Este país es una mierda!... Caballeros, ¿cuándo va este país a cambiar?... Ya deberían llegar los americanos… y muchas más parecidas.

El hecho se repitió varias veces.

—Ya me cansé, ¡cojones!, que vaya a trabajar ¡la puta madre que lo parió! Hoy no ven a este negro en la *pincha*, *acere* —le dijo a Pepe un joven de piel negra que estaba muy cerca de él. Y terminando la frase, el joven cruzó la calle y caminó en sentido contrario al tráfico de la avenida.

Pepe pensó lo mismo. Ya le habían llamado la atención varias veces por llegar tarde al trabajo y no quería que lo volvieran a regañar, porque ya lo habían amenazado que a la siguiente lo mandarían al consejo de trabajo para que tomaran medidas disciplinarias. Él era ingeniero civil. Se había graduado en el año 81 con diploma de oro de la Universidad Central de Las Villas, la máxima distinción para estudiantes que terminaban con la más alta calificación. Había terminado con 5/5 de promedio y como «reconocimiento» a sus éxitos estudiantiles lo asignaron a trabajar, inicialmente, en la construcción de viviendas para los especialistas y obreros que trabajarían en la construcción de la central electronuclear en el municipio de Juraguá, y dos años después, cuando empezaron oficialmente los trabajos de construcción de toda la parte civil del primer reactor nuclear, pasó a trabajar en colaboración con un equipo de «hermanos soviéticos». Para Pepe fue muy difícil adaptarse, en primer lugar, porque repudiaba el idioma ruso y, en segundo lugar, porque no soportaba el olor ni la forma de ser de aquellos *tovarishchi*, a quienes culpaba de ser los inventores del sistema socialista. «Ya estoy cansado de que nos vean como si Cuba fuera una colonia soviética», repetía Pepe cada vez que se enojaba con algún camarada.

Por suerte para Pepe y para todos los cienfuegueros, tras la caída del campo socialista, este proyecto de «energías limpias» no pudo continuar su ejecución y muchos ingenieros quedaron sin trabajo y fueron reubicados en otras empresas. Pepe había escogido una planta de elementos prefabricados de hormigón armado para la construcción. La planta quedaba a unos 10 kilómetros de su casa y a diario tenía que recorrer casi 20 kilómetros, de ida y regreso, en su pesada bicicleta.

Sin pensarlo dos veces, Pepe dejó la parada de guagua y se dirigió al consultorio del médico de la familia. Allí vivía y consultaba su compañero de generación y gran amigo personal, Pedro Luis Montes de Oca. Pepe necesitaba un certificado médico que justificara la ausencia a su trabajo, ese día.

Pedro era médico general y pertenecía al grupo de galenos a los cuales la revolución les había «impuesto» incorporarse al distinguido contingente de médicos de la familia. Una idea que se aplicaba desde el año 1983 y que en realidad situaba a la medicina cubana entre las más reconocidas en el mundo, por su humanidad, honestidad, profesionalismo y alto nivel científico. Un concepto maravilloso, pero contradictorio para aquellos médicos que, al tener mucho talento y al ser ubicados a trabajar en el plan del médico de la familia, se veían imposibilitados de seguir superándose y hacer su especialización preferida. Entre ellos se encontraba Pedro. Sin embargo, para los menos talentosos era la felicidad, porque era una de las pocas posibilidades de obtener una vivienda en Cuba. El médico vivía en la planta alta del consultorio y tristemente se ilusionaba al creerse el dueño de la casa, aunque fuese otra la realidad, porque una vez que cumplían su tiempo de trabajo, le quitaban la casa para dársela a quien fuera su relevo.

En breve, llegó Pepe al consultorio, que ya estaba abierto y una enfermera de raza negra, pelo rojizo y un poco pasada de peso, recortaba una cartulina en pequeños pedazos, luego los rotulaba con nombres de medicamentos y los pegaba a unos frascos de 250 mililitros, de color ámbar.

—Enseguida viene el doctor —dijo en cuanto Pepe entró.

Después de saludar, Pepe se sentó en una banca y su vista empezó a recorrer un mural que colgaba en la pared frente a él. Leía los titulares de recortes de periódicos que hablaban de los problemas en todo el mundo, menos de los de Cuba. Los logros de la medicina cubana, prevención de enfermedades venéreas y el plan de vacunación antipoliomielitis. Siempre faltaba la cruda realidad. Ningún titular decía que Pepe no había podido desayunar, ni de la suciedad de las calles, ni de la invasión de ratas que había en el patio de su casa. Todo aparentemente estaba perfecto.

Pedro interrumpió sus pensamientos:

—¿Qué dice el más hipocondríaco de mis pacientes del barrio? ¿Qué te duele hoy? ¿En dónde te salió el nuevo tumor? —le preguntaba a modo de broma, porque sabía que Pepe siempre se estaba inventando enfermedades.

—No, nada de eso, amigo. Hoy no estoy enfermo de nada que una simple medicina pueda curar. Hoy me duele el alma y no creo que tengas algún remedio para eso. Hoy todos los dioses amanecieron en mi contra y ya me retrasé demasiado para ir a la planta y no quiero llegar otra vez tarde. Necesito un certificado médico que justifique mi ausencia.

—A ver... —Pedro se le acercó a la boca para olerla—. ¡Qué raro, hoy no tienes tanto tufo a alcohol! Pero por eso no puedo darte reposo. —Pedro pensó un instante y exclamó—: ¡Ya lo tengo! Ayer atendí cinco casos con vómitos y diarreas. La gente no escarmienta y no les gusta hervir el agua que se beben.

—Pedro, ¡no jodas! ¿Con qué van a hervir el agua? Los que usan estufas de keroseno no pueden darse el lujo de gastarlo hirviendo agua y los que usan estufas eléctricas, con estos apagones no la pueden conectar, y, para colmo, si se pasan del plan de consumo eléctrico para el mes, les cortan la luz.

—¡Es verdad! —señaló Pedro sacando un recetario de su portafolio—. ¡Esto está de pinga, Pepe!

En una receta escribió el nombre de dos medicamentos y en la otra anotó: Reposo por tres días. Infección intestinal aguda. Dieta blanda y abundante líquido.

Pepe tomó las recetas y las leyó esbozando una sonrisa.

—¡No jodas, Pedro!, de aquí, lo único que es cierto es que estoy a dieta. Tengo el refrigerador vacío y lo único que hay de comer en mi casa es plátano burro en todas sus presentaciones.

—Eso no lo vayas a decir a tu jefe, porque de comer tanto plátano burro, en vez de tener diarreas deberías estar estreñido —señaló Pedro con una sonrisa que terminó en una mueca de tristeza.

Pepe se dio cuenta que Pedro pensaba en su hermano.

—Pedro, ¿has sabido algo de tu hermano Orlando?

El hermano de Pedro se había añadido a la amplia lista de cubanos desesperados que se lanzaban al mar en busca de la libertad. No se había despedido de nadie, por razones obvias. Solo abrazó a su madre y empezó a llorar. No hizo falta palabras para que ella se diera cuenta de la aventura que enfrentaría el menor de sus hijos, pero también comprendió que era imposible detenerlo. Ya su hijo había sufrido demasiado desde el día en que, siguiendo a un grupo de amigos, salió a la calle sonando calderas vacías, en protesta por el hambre que se estaba pasando en el país. La policía lo acusó de ser el cabecilla de los manifestantes, lo encarcelaron por seis meses y cuando salió le fue imposible conseguir trabajo. Ya en su expediente había una mancha imborrable y estaba señalado como persona desafecta al régimen comunista. Suficiente para no poder vivir en paz. Cada vez que algún mandatario extranjero visitaba la ciudad de Cienfuegos, era detenido hasta que la comitiva abandonara la ciudad.

—Todavía no, Pepe. En la casa, la vieja es un mar de lágrimas. Lo único que sabemos es que Orlando y su amigo William se fueron juntos, pero ni la familia de su amigo, ni nosotros, sabemos nada aún. Quiera Dios que a estas horas no estén en el estómago de un tiburón.

—Es una más de las tristes historias que se escuchan a diario en un país que agoniza. Hay que estar muy desesperado para enfrentarse al desafío del mar y salirse en una balsa.

—¡Ay, mi gran amigo Pepe! ¿Te acuerdas de una canción de Amaury Pérez que dice: Si yo pudiera...? —No terminó la frase de la canción porque se le hizo un nudo en la garganta.

—Pedro, ¿harías tú lo mismo?

—Son preguntas que no se deben hacer y mucho menos responder. Tú, como buen entendedor, interpreta lo que quieras. A veces te arrinconan para que pongas en una balanza dos alternativas: quedarte y vivir sin vida e imaginar que vives, o lanzarte a la vida, si no mueres en la travesía.

—Son palabras muy filosóficas y con mucho sentido, pero no deja de darme miedo el salir a buscar la vida, con el riesgo de perderla —señaló Pepe.

—Depende.

—¿De qué? —preguntó Pepe.

—De si tú no ves diferencias entre vivir como vivimos y estar muerto. Para el caso, es lo mismo.

—Me asustas, Pedro. Nunca te había oído hablar así.

—Nadie me ha oído hablar así, pero contigo puedo desahogarme. Vivimos en un país donde, para sobrevivir, hay que estar siempre fingiendo. Yo vivo fingiendo, diciendo cosas que ni yo mismo creo, pero que es necesario que se oigan. Todos fingen y así nos pasamos la vida, para que el sistema y su camarilla de chivatos crean que somos uno más de los suyos. Si no fingimos, no sobrevivimos. Ya viste por todo lo que pasó mi hermano por decir lo que pensaba. Pero te juro, Pepe, que ya estoy cansado de fingir que me siento el mejor médico del mundo en este consultorio de mierda, cuando hubiese querido especializarme en medicina interna y por capricho de tu presidente tengo que esperar a terminar esta especialidad de médico integral de familia. Finjo que soy feliz cuando tengo guardia en el hospital y me meto 24 horas trabajando, y cuando termino la guardia y llego aquí, tengo diez pacientes esperándome sin que me permitan dormir, al menos, un par de horas. A todos les muestro una sonrisa, cuando en realidad vengo que no puedo ni con mi vida. Pero tienes que fingir. Yo finjo, tú finges, todos fingimos. Hasta los dirigentes fingen. Por eso yo, ¡ya me cansé!

Pedro le señaló a Pepe que cerrara la puerta del consultorio para que la enfermera no los escuchara.

—Te juro, Pepe, que en la primera oportunidad que tenga, me les escapo.

—Mientras finjamos y no seamos cómplices de estos hijos de puta, todo se perdona. Pero la realidad es que calladitos nos vemos más bonitos. Tú sabes que las paredes en Cuba son las únicas paredes del mundo que escuchan y después hablan. No dudes que hasta haya un par de micrófonos puestos en algún rincón de este humanitario consultorio.

—A mí ya me da igual, Pepe. Yo estudié medicina y quiero ejercerla como debe ejercerse. Yo quiero ser lo que mi capacidad me dé para ser y no lo que otros quieren que yo sea. Hemos desperdiciado nuestra juventud haciendo siempre lo que este sistema quiere que hagas. ¿Y dónde quedan nuestros sueños?

—¿Estás queriendo decir que aquí en Cuba no hay libertad? —expresó Pepe en tono burlón, imitando a uno de esos dirigentes demagogos que fingía morir por la revolución.

—Déjate de ironías, mi buen Pepe, que yo te conozco bien. Tú eres como la gatica de María Ramos, que tiras la piedra y luego escondes la mano. No hablas mucho, pero sé que dentro de ti hay un tipo que está loco por irse de este país de mierda, porque al igual que miles y miles de cubanos, ya no soportas cómo vives. Pero te callas porque no queda otro remedio. A lo mejor no te vas en balsa, pero si tuvieras la oportunidad de irte por otros medios más seguros, ya lo hubieras hecho.

—Yo no he dicho que no me voy en balsa. Solo digo que me da miedo, y añado que hay que estar muy desesperado para tomar esa decisión, pero si algún día tuviera que hacerlo, créeme que lo haría. No puedo quitarte la razón, pero no dejo de pensar que es una locura. Las estadísticas no son muy alentadoras. Si de cada diez que se lanzan al mar, solo cuatro llegan a Estados Unidos, en muy poco tiempo todos los tiburones que habitan en el estrecho de La Florida se volverán obesos, de tanta carne cubana ingerida.

—Hasta el día que el único culpable de nuestro sufrimiento pague todo lo que ha hecho, este país no va a cambiar.

Pepe volvió a hacer galas de su mítico sarcasmo y le dijo a Pedro:

—Para derrocar a ese único culpable, primero tenemos que saber quién es el único culpable.

—Es el mismo que hizo que hoy tú no tuvieras qué desayunar. El gran mentiroso que ha prometido y prometido al pueblo y no ha cumplido nada. El mismo que ha jugado al economista sin serlo. Pepe, hay que dejarse de cuento. Ya el cubano está harto de tanto engaño, hermano, y me encabrona que sigamos adorando a este cabrón como si fuera un santo, cuando en realidad no lo es. Ha hundido a este país, jugando con más de 10 millones de personas. No sé cuándo la gente se va quitar esa venda de los ojos para reconocer de una vez que Fidel es un monstruo. Fíjate, una a una, cuánta mierda ha hecho en este país, y si tú no lo recuerdas, te refresco la mente, cabrón… ¿por dónde empiezo? —Pedro pensó unos instantes, para organizar sus ideas, y luego despotricó—: Fidel afirmó públicamente que, al cruzar el ganado cebú con el Holstein, Cuba produciría más leche que Francia y más queso que Holanda. ¿Y qué pasó? ¡Ni pinga, Pepe! Vivimos en un país donde solo toman leche los niños y los ancianos, porque ni produjimos más leche que Francia, y de carne, mejor ni hablemos. Después, Fidel nacionalizó fincas agrícolas productivas y permitió que se convirtieran en marabuzales improductivos, quitándoles a los campesinos el derecho de decidir qué cultivar en sus tierras. Pero lo peor es que su gobierno no ha sido capaz de producir los alimentos necesarios para que el pueblo no pase hambre. Fidel ideó el Plan de Banao para sembrar frutas exóticas. ¿Y qué pasó? ¿Dime dónde cojones están las fresas, las uvas, las peras, manzanas y melocotones que prometió al pueblo? Solo en su mente, o para los extranjeros que vienen a quitarnos lo poco que tenemos, mientras nosotros nos chupamos el forro de nuestros cojones. Fidel, pese a las advertencias de los expertos, se empeñó en hacer una zafra de diez millones de toneladas de azúcar. ¿Y qué pasó? ¡Ni cojones, Pepe! Terminó arruinando al país más de lo que estaba en los años 70, y me voy más atrás, desde el 59 está al frente de un gobierno que lo único que ha logrado es convertir en un desastre las producciones ganaderas, de café, de cacao, y ha desaparecido de la mesa de los cubanos la carne de res, el pescado, la langosta y los camarones y hasta vegetales que se pueden sembrar en cualquier lugar y en cualquier época. Fidel nos impuso un sistema económico que, según él mismo declaró a un periodista norteamericano, jamás ha funcionado. ¿Crees que esto sea justo para un pueblo?

—Tienes muy buena memoria.

—Y sigo, Pepe, ahora voy a lo político. Este país, desde que llegó Fidel al poder, se volvió una desdicha. Solo hay que remontarse a la historia que, aunque no fue la que nos contaron en la escuela, yo he tenido la suerte, como tú, de leer lo que nos está prohibido leer. Y sí, Fidel, una vez en el poder, se negó a cumplir el programa democrático acordado entre el Movimiento 26 de Julio y el Directorio Estudiantil. Se negó a restablecer la Constitución de 1940 y a celebrar elecciones generales como había prometido. Fusiló a muchos y envió a prisión con largas condenas o lanzó al exilio a los cubanos que le reclamaron pacífica o violentamente que cumpliera los ideales por los que murieron jóvenes valiosos en la lucha en la Sierra Maestra. Fue el mismo Fidel quien mandó a detener y luego condenó a más de 20 años de cárcel al comandante Huber Matos, solo porque él pidió la renuncia al advertir que la revolución iba camino al socialismo, cosa con lo que él no compartía ni era por lo que había luchado. Fue Fidel quien fomentó el terrorismo revolucionario en países de América y otras partes del mundo. ¿O no te acuerdas de Angola, Etiopía, Mozambique? Por citarte a unos cuantos…

—Pedro, baja la voz, por favor —lo interrumpió Pepe.

—¡Ni pinga, Pepe!, ¡no me callo! A ver, dime, ¿ya se te olvidó que este cabrón persiguió a los homosexuales y a los que escuchaban música en inglés? ¿Ya se te olvidó cómo teníamos que escondernos para oír a los Beatles o a cualquier grupo de música, solo porque fuera en inglés? ¿Quién creó los campos de concentración UMAP? Pepe, hoy mismo, te estás leyendo el libro de Reinaldo Arenas, escondido, porque sabes que, si te agarran, te buscas un problema. Estamos en 1994 y todavía quieren decidir qué tenemos que ver, escuchar y leer. ¡No jodas, esto es un infierno! Pepe, en serio, escúchame bien, de aquí hay que irse. ¡Ya me cansé! Tenemos que hablar de esto, hermano.

—Yo también estoy cansado, Pedro.

—Eso era lo que quería oírte decir —replicó Pedro y se puso de pie haciendo señas de que ya estaban esperando algunos pacientes—. Creo que ya debemos terminar esta hermosa conversación, pero te busco en estos días. Me gustaría seguirla y hacerte conocer el plan que tengo para largarnos de aquí.

Se despidieron diciendo algunos dicharachos con alegría y muestras de afecto. Pedro siempre tenía una sonrisa en sus labios. Siempre buscaba la manera de sentirse contento y de alegrar la vida de los demás. Aunque en su interior vivía un activo volcán a punto de explotar. Y sin dudas, esta vez, sus palabras, aunque le habían sacado una sonrisa a Pepe, habían surtido un efecto diferente, porque la idea de poder abandonar Cuba, a como diera lugar, empezó a barrenarle el cerebro.

«Es increíble», pensaba Pepe al abandonar el consultorio, «Cuba parece un país de gente alegre. Pero cuánta tristeza y rencor se esconde en cada uno. Somos un ejemplo para enseñar a las futuras generaciones de cubanos, y para los extranjeros, de lo que significa, en realidad, la palabra absurdo. Es absurdo reír cuando es la tristeza la que nos domina».

> *No quiso ceremonia, discurso, duelo o grito,*
> *ni un túmulo de arena donde reposase el esqueleto*
> *(ni después de muerto quiso vivir quieto).*
> *Ordenó que sus cenizas fueran lanzadas al mar*
> *donde habrán de fluir constantemente.*
> *No ha perdido la costumbre de soñar:*
> *espera que en sus aguas se zambulla algún adolescente.*
>
> Reinaldo Arenas

Miami
Sábado, 26 de noviembre del 2016
12:30 a.m.

Pepe hacía correr sus recuerdos como si fuera una película que se proyectaba en su memoria y que la noticia de la muerte de Fidel había liberado. Desde mucho tiempo atrás había decido hacer una nueva vida, alejado completamente de Cuba, de sus recuerdos, de su pasado, pero vivir en Miami hacía imposible echar a un lado ese tiempo vivido en la isla y, mucho menos, borrar su memoria.

Era inadmisible olvidar y evitar comparaciones. Cada acto, cada acción y cada logro del presente, inevitablemente, lo llevaban al pasado, como si este le restregara en el rostro todo lo que había carecido y padecido en Cuba, pero, al mismo tiempo, era la recompensa por haber salido, como si todo lo malo hubiera valido la pena.

Se puso de pie y se dirigió a la terraza donde tenía su pequeño bar. Tomó una botella de Johnnie Walker, etiqueta negra, y se sirvió medio vaso con unos trozos de hielo. Se dio un trago y pensó si en ese momento debía despertar a su esposa para ir a festejar, pero volvió a sentarse en el sofá y dejó fluir sus recuerdos.

Cienfuegos, Cuba.
Jueves, 4 de agosto de 1994
10:00 a.m.

Después de salir del consultorio de Pedro, Pepe pasó por la panadería y compró la ración de pan que le tocaba, luego le «echó un llanto» al bodeguero y consiguió un poco de azúcar y, por último, se dirigió a casa de Julián en busca del café. Ya había completado el trío perfecto de ingredientes necesarios para preparar un delicioso desayuno y si su suerte había mejorado algo, tal vez alguna de sus gallinas ya había puesto algún huevito que le inyectara un poco de proteínas a su cuerpo.

Llegó a la casa con un semblante feliz. Cuando abrió la puerta, su perrita se lanzó sobre él. Siempre lo hacía y ladrando de alegría se paraba en las dos patas traseras olfateando lo que traía, para identificar si había algo que le gustara.

—Ya estate quieta, Chuchi. Para ti no traje nada. Ahora me toca desayunar a mí.

Chuchi ladró como queriéndole decir: «No importa que no me traigas nada, lo que importa es que te veo feliz». Disfrutaba mucho cuando su dueño estaba contento. Por el contrario, si Pepe llegaba borracho o deprimido, se echaba a su lado y no le quitaba la vista de encima. Observaba sus movimientos, se le acercaba para sentir su respiración y si por casualidad percibía algo anormal, inmediatamente comenzaba a ladrarle hasta que Pepe abría los ojos y dijera: «¡Cállate que estoy vivo!». Él también sentía un inmenso amor por su perrita. Era una especie de compañera inseparable que llenaba ese vacío producido por su irremediable soledad.

Antes de entrar a la cocina fue al patio y revisó el nido de las gallinas y encontró un huevo. Suspiró. Su suerte empezaba a sonreírle. Entró a la cocina y prendió medio cigarrillo que había dejado la noche anterior y se dispuso a preparar una jarra de agua con azúcar. El cigarro olía a rayos y una insoportable peste a cabo rancio inundó la cocina. Pero él no se inmutaba, por el contrario, ya disfrutaba ese olor. Era un fumador compulsivo y sabía que tenía que aprovechar los cigarros hasta que no pudiera tomarlos con los dedos. Una cajetilla valía diez pesos y, en realidad, no podía darse el lujo de comprarse una diaria.

Preparó la cafetera y la colocó en el fogón. Esperando el sonido característico que le indicaba que ya había colado, tomó la barra de pan y la cortó en tres pedazos. Guardó dos en la panera y abrió en dos tapas el que había seleccionado para comerse, se hizo un huevo frito y por fin sonó la cafetera. Ya todo estaba listo para echarle algo a su estómago.

Terminó de desayunar y decidió que debía arreglar un poco la casa. El cuarto estaba virado al revés: la cama sin arreglar, las sábanas y la sobrecama estaban enrolladas, tal y como habían quedado después de que se levantara. Generalmente, así se comportaba cuando caía en sus estados depresivos. Nada le importaba, ni siquiera, él mismo.

Sobre las mesas de noche se podían ver vasos vacíos que llevaba con agua o con alcohol al acostarse y allí los dejaba. Las paredes tenían algunas fotografías colgadas. Entre ellas, aún estaba una de Bárbara, su exmujer, y otra de su difunto padre. La pintura de las paredes estaba ya muy deslavada. Un mal olor, entre yeso y humedad, hacía del lugar un ambiente inhóspito, pero Pepe ya estaba acostumbrado.

—¿Por dónde empiezo? —se preguntó.

La tarea no era fácil. Empezar a mover todo era sinónimo de remover también los recuerdos. Eso era lo que siempre había evitado: enfrentarse con los recuerdos que guardaba aquella habitación. Sus buenos momentos junto a Bárbara todavía embebían cada rincón de la estancia. «Mejor no hago nada», se dijo y estiró un poco las sábanas y pensó en lo inútil de arreglarlas, si en la noche se volverían a arrugar. Y así terminaba, cada vez que intentaba organizar su cochinero.

Salió de la habitación y se dirigió a la sala, el lugar más lindo de la casa. Conservaba aún aquel estilo mágico que Bárbara le había dado alguna vez. Alineó los muebles, recogió todo lo que estaba tirado sobre el sofá. Limpió un cenicero que estaba lleno de colillas y, por último, trapeó a su manera el piso. Mojaba el trapeador y lo pasaba solamente por donde se caminaba con más frecuencia. Nada de correr muebles y limpiar debajo de ellos. Era solo una pasadita «al trillo», como si lo demás no existiera. Lo que no estuviera a la vista de algún visitante, podía tener una capa de dos o tres milímetros de polvo.

Cuando terminó, se acostó un rato en el sofá. Leyó el periódico de solo cuatro páginas, que recibía a diario. Un sedante visual. Noticias nacionales que no mostraban la terrible situación en la que vivía el pueblo cubano. Según el periódico, todo estaba de maravilla. La producción de papas había sido un éxito, la de azúcar otro tanto, y la provincia había sido ganadora del primer lugar nacional en resultados educativos. Y qué hablar de los éxitos logrados en la preparación militar del pueblo para defender a la patria en caso de una invasión imperialista. Se leían todos estos logros, a pesar del «abominable bloqueo económico de los Estados Unidos en contra de la isla». Todo era fantástico. Sin embargo, el mundo exterior estaba de cabeza. Lo único perfecto era lo que pasaba en Cuba, esa pequeña isla que vivía rodeada de un mundo que estaba patas arriba. Y, como siempre, después de leer lo mismo que el día anterior, Pepe terminaba durmiéndose con el periódico cubriéndole el abdomen.

Ya eran cerca de las doce cuando de repente todo se nubló y un estrepitoso trueno despertó a Pepe. El buen día, que había augurado al disfrutar de un hermoso amanecer, se había cubierto de un gris oscuro y con ello una sensación de angustia se apoderó de él. Sintió el mismo miedo de siempre cuando la tristeza llegaba. Sabía que su próximo movimiento, para aplacar esa horrible sensación, era darse un trago.

Se levantó del sofá, se dirigió al comedor y abrió un armario que, por su viejo aspecto, podría haber sido de la época cuando sus abuelos se casaron. Abrió dos portezuelas pequeñas que estaban en la parte más baja y sacó una botella que mostraba una etiqueta de Havana Club que, por supuesto, no contenía en su interior el líquido que indicaba la etiqueta. Le quitó la tapa y le pegó la nariz, sintiendo repugnancia por el tufo que emanaba, hizo un gesto de desagrado y exclamó:

—¡Esta cosecha de *calambuco*[1] me quedó mala con cojones!

Tomó un vaso transparente de procedencia rusa y llenó tres cuartas partes de aquella bebida maloliente. Se sentó en el extremo de una larga mesa para ocho personas y mientras se reponía de la primera docena de muecas que hizo al beber el primer trago, pensaba: «¿Por qué tengo una mesa para ocho personas si yo vivo solo?». Prendió un cigarro y siguió envuelto en sus meditaciones filosóficas: «Yo, solo, en el extremo de esta larga mesa, contigo, querida amiga», y se refería a su soledad. «Dime, por favor, contéstame. No te quedes así tan callada. Tú siempre estás aquí conmigo, y si no vas a hablar, mejor ¡vete al coño de tu madre! Haz que sienta que sirves para algo. En estos últimos dos años has sido mi guardaespaldas. Yo diría más, has sido mi esposa, mi amante. Pero ¿cómo explico que, a pesar de que estás siempre a mi lado, me siento tan solo? Dime, ¿por qué?».

Estas conversaciones se repetían cuando Pepe empezaba a beber, pero hoy sonaba con un tono diferente. Daba la impresión de que quería romper con esa relación enfermiza que llevaba con la bebida y con su soledad. Se puso de pie y dijo,

1 Calambuco: (Voz popular) En Cuba: especie de ron casero original de las provincias del centro de la isla, comúnmente en las poblaciones cercanas a los centrales azucareros donde se hace más fácil conseguir sus ingredientes.

mirando la silla que quedaba a su lado derecho, como si en ella estuviera sentada su compañera:

—¡Quiero que te vayas! ¡Quiero que me dejes en paz! ¡Ya no puedo más!

Luego se volteó a una imagen de Jesucristo que colgaba en la pared frente a él.

—¿Y tú? ¿No se supone que estás para cuidarnos? Yo no tengo la culpa de que mis padres hayan sido comunistas y que no me dejaran ir a la iglesia. ¿Por qué me pones estas pruebas tan difíciles? ¡Quítame esta horrible soledad que me sigue a todos lados! ¡Haz algo, coño! ¡Sácame de este infierno!

Pero ni Dios ni su soledad respondían a sus reclamos. Solo el alcohol consolaba sus penas, hasta que caía redondito en su lecho de soltero. Ese día solamente se bebió un trago, que sintió clavársele directo en medio del hígado. Guardó la botella y se dirigió al baño, abrió la llave de la antigua bañera metálica de esmalte color hueso y la llenó de agua. Se quitó la ropa y se metió dentro de ella. Se recostó hacia atrás, dejando su cabeza fuera del agua.

Miles de ideas confusas daban vueltas en su mente. Ahí estuvo hasta que sintió unos golpetazos que lo hicieron pensar que el mismísimo King Kong trataba de derribar su puerta. Salió de la bañera, se enrolló una toalla a la cintura y fue a abrir la puerta. Iba chorreando agua y dejando las huellas de sus pies mojados por ese mismo trillo que momentos antes había limpiado. Era el hijo de Julián el ponchero, con su sonrisa de siempre y haciendo con sus dedos un rizo en el cabello que colgaba en su frente. Pepe lo contempló con inmensa ternura. Sentía mucho cariño por Sebastián. El niño lo miró y le dijo con su característico tartamudeo:

—Pepe, diiiice mi papá… que que que ya le cogió el ponche a tu tu tu… tu bicicleta. —Y salió corriendo de regreso a su casa.

Cuando Pepe se disponía a cerrar la puerta, oyó un grito. Era Adelaida, una mujer delgada como una caña brava, muy desencajada y, para colmo, exageradamente mal vestida. Tenía cuarenta años de edad, pero aparentaba más de cincuenta. La gente la apodaba «la flaca» y gozaba de fama adivinando el futuro de las personas a través de la lectura de las cartas. Había quienes decían que era una estafadora. Otros, como Pepe, le tenían miedo porque se rumoraba que también le entraba a la brujería. Pero lo cierto era que ocupaba el cargo de vigilancia en el Comité de Defensa de la Revolución, del cual su esposo era el presidente.

—¡No me cierres la puerta, condenado! Me debes cinco meses de las aportaciones del Comité y ya llevas tres meses sin hacer guardia. ¡Coño, compañero Pepe, debes ponerte para las cosas! ¡Tú sabes cómo es esto! Todo el mundo está al pendiente de lo que hacen los demás y cuando venga alguien de tu trabajo para averiguar cómo te portas y cómo cumples con las tareas de la cuadra, voy a tener que informar la verdad. Y tú sabes que a mí no me gusta estar chivateando a nadie, pero tampoco me gusta decir mentiras. ¿Tú me entiendes?

—Coño, Adelaida, por todos lados piden dinero. Me quitan dinero en el Sindicato, que no sé para qué carajo existe, pues no defiende los intereses del trabajador, porque solo obedece lo que disponga el gobierno y el partido comunista. Me quitan un día de salario para las Milicias de Tropas Territoriales, porque hay que estar preparados para cuando llegue un enemigo que, por cierto, nunca llega. Y luego, tengo que pagar a un Comité de Defensa, que cuando vienen de mi trabajo a averiguar si cumplo con las tareas de la cuadra, habla mal, en lugar de decir cosas buenas de mí. Y, para colmo, me amenazas con chivatearme sin contemplaciones de ningún tipo y todavía tienes la cara de decirme que no te gusta decir mentiras, cuando te pasas la vida engañando a medio mundo con tus famosas cartas que todo lo adivinan. ¡Coño, Adelaida!, entre tantos pagos se queda uno sin dinero. Entra para que veas como está mi refrigerador. Vacío y oxidado. Pero cuando alguien, como yo, se levanta todos los días sin nada con qué desayunar, ¡ni el Comité, ni el Sindicato, ni las Milicias, ni la puta madre de los tomates, vienen aquí a traerme un bocado!

—¡Ay, Pepe, no digas esas cosas! Yo en realidad te entiendo, pero sabes que no hay otra opción, hay que jugar del mismo bando, si no, estamos jodidos. Y mejor no hables tanta mierda, porque aquí al que habla de más, le cortan la lengua.

En eso era muy sincera Adelaida. Ocupaba ese cargo en la cuadra porque no le quedaba más remedio. Era una manera de mantener una fachada diferente ante las autoridades y de tapar todas las trampas que hacía.

—Oye mijo, pero no te lo tomes tan a pecho. Yo lo dije solo para recordártelo. Si quieres paga y si no, ¡que se vaya todo a la mierda!

De esto último, Pepe no le creyó una palabra.

—Está bien, Adelaida, disculpa, no quise ser tan duro contigo.

—Yo solo quería aprovechar para invitarte a que fueras a la casa. Déjame leerte las cartas. Tú que eres uno más de esos que piensa que yo me paso la vida engañando a mis clientes. De verdad, Pepe, ya quiero verte diferente. ¿Tú me entiendes?

Pepe no le hizo caso y se limitó a pensar: «Este huevo quiere sal. Algo se trae porque nunca ha sido tan amable conmigo, ni cuando estaba casado con Bárbara».

—Entra para que te tomes un poquito de café —le dijo Pepe mientras salía corriendo a ponerse un *short.*

—¡Uy!, ¿qué es esto? —exclamó la adivina al pasar a la sala—. Se siente una cosa muy fuerte en esta casa. Lo percibo. ¡*Alabao* sea el Señor!

Su cuerpo se estremeció como si se hubiera apoderado de ella algún espíritu maligno.

—Aquí urge hacer una limpieza. Hay que sacar toda la mala vibra que se siente. Hay que dar vida a lo muerto —dijo casi gritando para que Pepe la escuchara.

—¡Ay, Adelaida! —exclamó Pepe al salir de su habitación—. Con lo caro que cobras. ¿Cómo crees que te voy a pagar? Si no te he podido pagar ni el bendito Comité de Defensa de esta maligna revolución.

—Baja la voz, Pepe. No digas esas cosas.

Se dirigieron a la cocina. Pepe prendió el fogón y Adelaida esperó a que recalentara el poquito de café.

—Pepe, yo a ti no te cobraría nada. Tú sabes que esto lo hago para ganarme la vida, porque la cosa está dura y hay que buscarse el pan nuestro de cada día. Pero no me gusta abusar de mis amistades ni de mis vecinos. Yo le cobro a aquellas que vienen para que les diga que su hombre no las engaña, o para que les prediga algo bueno. Pero yo, más que nadie, sé por lo que tú has pasado. No tienes que pagarme nada. ¡Te lo juro, Pepe!

—Adelaida, dime la verdad. ¿Todo lo que le dices a la gente es cierto?

—Pepe, recuerda que yo solo digo lo que dicen las cartas.

—Yo, la verdad, no creo en nada de eso.

—A ti lo que te pasa es que eres un incrédulo. Y eso es malo, Pepe. En la vida hay que tener fe en algo. Nos educaron solo a tener fe en un dios que tiene barba igual que Jesús, que dice ser revolucionario como lo fue Jesús, que dice amar a su prójimo como lo amaba Jesús, con la diferencia que este de aquí viste de verde olivo y no se parece en nada a Jesús.

Adelaida bajó la voz lo más que pudo:

—Pepe, el día que esta religión a la que llaman revolución se caiga, ¿te imaginas a donde se irá la fe de los cubanos? ¿En quién vamos a creer entonces? Por eso, yo creo en mis santos, en mis cartas, en algo supremo.

—Yo creo en lo que veo, Adelaida.

—Eso es lo que te enseñaron en la escuela. El materialismo dialéctico. Dios no existe más que en la mente del hombre, es idealismo puro, por tanto, no tiene cabida en la mente del hombre nuevo formado por la revolución y, por ende, no existe para los comunistas.

Pepe nunca imaginó que en la mente de Adelaida hubiera cabida a pensamientos tan profundos. Pensaba que en la cabeza de su vecina solo había espacio para el chisme.

—Te sorprendes, ¿verdad?

—La verdad, sí.

—Las apariencias engañan, jovencito. No soy tan tonta como aparento y creo que es momento de dejar que tus ojos vean otras alternativas, y dar cabida a otras creencias.

—Lo pensaré —expresó Pepe, como queriendo que Adelaida se fuera y lo dejara en paz.

—¿No has visto lo que pareces?

—Bueno, Adelaida, no creo que seas la más indicada para criticarme.

Pepe se detuvo porque se dio cuenta que había sido demasiado duro. Pensó rápidamente y trato de excusarse:

—Adelaida, perdón por hablarte así, pero yo, la verdad, ya no creo ni en mi madre… y te voy a ser sincero, flaca. A ti, te creo menos. La gente dice que tú metes muchas mentiras y que lo único que te interesa es ganar dinero.

—Pepe, tú sabes cómo es la gente. Pero, la verdad, me importa poco lo que piensen de mí. Lo que pasa en realidad es que por ser quien soy, aquí en la cuadra, muchos no quieren aceptar que me dedique a esto. Pero te juro, Pepe, que yo solo transmito lo que sale en las cartas —reafirmó Adelaida tomando un sorbo de café, para después de limpiarse la boca con la parte superior de la mano derecha, agregar casi suplicándole—: ¡Vamos, anímate! Te juro por lo más grande que hay en el mundo, que yo no sería capaz de decirte una mentira.

—Creo que definitivamente empiezas a convencerme. Y la verdad es que necesito empezar a creer en algo y en alguien. Pero, sobre todo, Adelaida, tengo que empezar a volver a creer en mí.

—Deberías —añadió la flaca mal vestida poniéndose de pie.

—Está bien, si quieres, adelántate. Yo te alcanzo. Solo que primero voy a pasar por mi bicicleta a casa de Julián el ponchero.

Después que Adelaida se fue, Pepe se vistió lo más rápido que pudo y fue por su bicicleta. Tras una breve plática con el ponchero, Pepe enfiló rumbo a casa de Adelaida. Sentía mucha curiosidad por ver qué le deparaba el futuro.

Un enorme cartel en la ventana identificaba la vivienda de la flaca mal encabada. No decía: «Casa de la familia Sarmiento», se leía una consigna revolucionaria: «Con la guardia en alto, estamos contigo Fidel», y un poco más abajo: «C.D.R. #20, Zona 16».

Pepe encadenó la bicicleta a la ventana. Contempló por unos instantes el enorme cartel. «¿Será posible que alguien pueda disfrutar el tener un letrero como este en la ventana de su casa?», pensó mientras quitaba el gancho de la puerta y se anunciaba:

—¡Ya estoy aquí, Adelaida!

—Pasa, Pepe, ahora voy —se oyó la voz de la flaca.

Pepe entró a la sala y se sentó. Recorrió con su vista la pequeña estancia y no pudo evitar murmurar en voz baja: «Esta vieja debe tener cáncer en el gusto».

Unos muebles de hierro pintados de negro con unos cojines amarillos constituían el desagradable y antiestético mobiliario de la sala que, a decir verdad, parecía más el salón de espera de una terminal de guaguas que la sala de una casa. El color de las paredes no combinaba con lo que pretendía servir de decoración. El mal gusto era notable. La sala, sin dudas, era la antítesis del buen diseño. Nada armonizaba. Lo único admirable era un enorme altar con la Virgen de la Caridad del Cobre, patrona de Cuba, ante el cual Pepe detuvo su mirada, se persignó y en voz muy baja dijo: ¡Ayúdame virgencita!

—¡Pasa pa'cá atrás, Pepe! —gritó la flaca.

Pepe caminó a través de un pasillo largo hasta el patio trasero de la casa, donde Adelaida tenía su mesa de trabajo en una terraza pequeña improvisada para sus consultas. Allí, pudo percatarse que el mal gusto de la flaca no se manifestaba solo en la sala.

—Oye, mijo, ¡cómo extraño a la Barbarita! —le declaró la flaca, justamente en el momento que Pepe se sentaba.

—Adelaida, yo no vine para que me hablaras de Bárbara —ripostó Pepe de inmediato, en un tono que reflejaba su molestia.

—Está bien, mijo, pero no puedo evitar acordarme de ella cada vez que te veo. Además, tú sabes que ella es para mí como una hija. Y tú también, aunque no me creas, yo en verdad te estimo y quiero lo mejor para ti. Tú nunca has querido relacionarte conmigo, no sé si será porque me tienes miedo o vaya el diablo a saber qué, pero al menos quiero que lo sepas.

—Gracias, Adelaida. Pero sigo sin entender a qué viene toda esta introducción. Bárbara ya no está a mi lado y, la verdad, no me interesa saber nada de ella.

—Mira, Pepe, mi único interés es ayudarte. No te has preguntado alguna vez: ¿hasta cuándo voy a seguir haciéndome daño?

—Todos los días. Esa ha sido siempre mi gran pregunta. Pero son cosas que se me salen de control. ¿Crees que es fácil para mí terminar con esto, así de una vez? Quiero hacerlo. Quiero sacármela de adentro. Pero coño, Adelaida, ¡no puedo!

—Entonces no te contradigas más, Pepe, y déjame hablarte en buen cubano para ver si me entiendes, mijo. Eso que tú tienes, aquí en Cienfuegos, en La Habana y en la Conchinchina, se llama mariconada. Y quiero que te quede muy claro, te estoy hablando como piensa una mujer. ¿Tú me entiendes?

—Sí, te entiendo, Adelaida, pero…

—Pero ¿qué, chico? —interrumpió la mujer—. ¡No jodas, Pepe! ¿Te lo explico bien? Si no has podido o no puedes olvidarte de Bárbara es porque no quieres. Así de fácil, Pepito. No te hagas el tonto.

—¿Así tan fácil? Claro, todo el que ve los problemas desde afuera, siempre puede resolverlo todo muy fácil. A mí me sobran consejos, Adelaida. Todo el mundo tiene la solución. Todo el mundo sabe qué hay que hacer, incluso yo. Yo sé qué tengo que hacer, pero coño, ¡no puedo! ¿Cómo tengo que decirlo para que me entiendan? Creo que Bárbara me echó una brujería para que yo no pudiera olvidarla.

Adelaida soltó una carcajada que debe haberse oído en la entrada de la casa.

—Claro, ya te entendí, Pepe. No puedes por culpa de Bárbara. Es muy fácil buscar a un culpable que justifique tu incapacidad de reacción y de tomar una decisión. No, Pepe. Para ti, Bárbara podrá tener muchos defectos y podrá ser la mujer más mala del planeta, pero yo meto las manos a la candela por mi niña. Estoy segura que mi niña sería incapaz de hacerte algún daño.

—¿Y cómo se llama haberse ido con otro? Acaso, ¿no es hacer daño?

—Bueno, Pepe, siempre que hay una ruptura de una relación de pareja, siempre hay una parte que sale más dañada que la otra. En eso estoy de acuerdo contigo, mijo. Bárbara te dejó y te jodió la vida, pero de ahí a echarte un brujo, no mijo, no estoy de acuerdo. Y en cuanto a querer darle solución a tu problema, yo no veo lo difícil por ninguna parte. No sé mucho de estos temas de psicología, ni he estudiado, ni nada que se le parezca, pero coño, Pepe, si tú no te quieres a ti mismo, ¿a quién carajo vas a querer o quién carajo te va a querer? ¿Tú me entiendes?

—Sí, creo que ese es mi gran problema. Mi autoestima era verde y se la comió una chiva.

—Y es verdad, Pepe. Si ella te dejó, fue porque ya no te quería. Aunque ni yo misma sé qué pasó con Barbarita. Su cambio fue muy radical. Se desapareció. ¿Quién sabe qué sucedió con ella? ¿Qué pasó por su cabeza? Todavía no alcanzo a entender quién o qué la obligó a cambiar como cambió. Fue algo raro, Pepe, como si quitaran a una para poner a otra mujer. ¡Mira que le he preguntado a las cartas! Pero no me queda muy claro. Detrás de todo eso, mijo, hay una mano negra.

Adelaida se sirvió un vaso de agua y le ofreció uno a Pepe, quien, después de tomarse todo el contenido del vaso, prosiguió hablando del tema que hasta el día de hoy había evitado por completo:

—Adelaida, esa es la pregunta del millón de dólares o bueno, ahora que lo pienso mejor, quizás fue su ambición por los dólares la que la hizo cambiar.

—Pero sea lo que haya sido, tienes que pensar un poco más en ti. Creo que tienes dos alternativas: o sigues en esa mierda de vida que has decidido llevar, o empiezas a cambiar, a vestirte mejor y a dejar de estar tomando esas porquerías que te tomas, que solo van a acabar con tu hígado y te van a llevar por mal camino. ¿Tú me entiendes?

—Adelaida, necesito desahogarme y voy a decirte algo que quiero te quede muy claro. En todo este tiempo me he preguntado muchas veces lo mismo y no tengo una respuesta. No sé si aún la amo. No sé si la odio, o si la amo y la odio al mismo tiempo. Al final, me quedo siempre sin saber qué es en realidad. Pero de algo sí estoy seguro. No quiero hablar de ella y no vine aquí para eso. Te pido de favor que cambiemos el tema de conversación. Para mí, se puede estar cocinando en el Infierno…

—Tú me perdonas, Pepe —volvió a interrumpir Adelaida—, pero eso último no te lo creo, porque si no te importara, ya hace mucho rato hubieras rehecho tu vida. Tú lo que tienes metido, ahí adentro de ese enorme corazón que tienes, son muchos sentimientos encontrados. Sientes amor y sientes mucho rencor. Y eso no trae nada bueno. Tienes que arrancar de ti todo eso que te come por dentro. Y como ya te dije, tienes dos opciones: o sacarte a Bárbara de una vez, o aceptar que aún la amas y salir corriendo a buscarla. ¿Tú me entiendes?

—Pero Adelaida, suponiendo que aún la amo…

—Pues si todavía la amas —interrumpió nuevamente Adelaida—, estar, así como estás, no te va ayudar a reconquistarla. Si Bárbara te ve así, de seguro, va a desilusionarse más. Si todavía la amas, cambia y sal a buscarla. Pero si decides que ya no la vas a perdonar, tienes que buscarte otra jeva, chico. Tienes que salir adelante, Pepe. ¡No seas blandengue, coño! ¿Tú me entiendes?

—¡Coño, Adelaida!, no me digas más un «¿Tú me entiendes?». Sí te entiendo, no soy un tonto como para no entender nada. Yo lo entiendo todo, más bien, lo que me ha pasado es que no he querido aceptar ni asimilar nada.

—¡Ay, Pepe, perdóname!, pero ya esa costumbre no se me va a quitar…, son años diciendo, sin darme cuenta… ¿tú me entiendes?

A Pepe no le quedó más remedio que reírse.

—Pepe, déjame decirte una última cosa para terminar con el tema de Bárbara —continuó la adivina—. Sientas lo que sientas por ella, trata de ser congruente contigo mismo. Trata de hacer lo que diga tu corazón. No hagas nada para tratar de hacer feliz a los demás. A fin de cuentas, solo Bárbara sabe qué la orilló a hacer lo que hizo y solo tú conoces tus verdaderos sentimientos.

La flaca se sentó a su mesa de trabajo y preparó todo lo que necesitaba antes de iniciar una sesión. Prendió unas velas, puso un tapete rojo sobre la mesa, barajó las cartas, pidió a Pepe que cortara la pila en tres y después de recogerlas aleatoriamente, empezó a lanzarlas. Pepe le preguntó con mucha curiosidad:

—Adelaida, ¿por qué no me consultas con los *orishas*?

—No, Pepe, mejor usemos las cartas. Otro día, con más tiempo, te consulto con los santos y ya veremos si en verdad te han echado algún daño o si lo que tú tienes es una simple mariconada.

Pepe se dio cuenta que Adelaida estaba mintiendo. Había una razón por la que no usaba sus conocimientos de santería, pero no alcanzaba a darse cuenta.

Cuando la flaca hubo colocado seis cartas sobre el tapete le dijo:

—¡Uy, Pepe!, aquí hay varias cosas muy buenas. Hay una mujer. Una mujer muy bonita a las puertas… ¡coñooooo, esto no puede ser! Es asombroso, esto sí que es una casualidad. Hace un momento hablamos de eso y mira, te sale… Aquí hay una mujer que viene de muy lejos, parece una extranjera.

Pepe soltó una enorme carcajada:

—Ah, ¿así que es extranjera y todo? —preguntó en un tono tan irónico que dejó ver su incredulidad—. Y seguro que viene a liberarme de este yugo opresor que se llama comunismo. Suena bien, Adelaida. Sigue, que esto me está gustando.

Adelaida no le hizo caso y prosiguió:

—Sí, es una mujer de mucho dinero que va a llegar a ti, sin tú buscarla. También sale que tú, muy pronto, vas a viajar. Mira, ¿ves esta carta? —Señaló la carta con el dedo mientras seguía comentando su interpretación—: Significa viaje por mar. No puedo decirte cómo ni cuándo, pero sí te puedo asegurar que vas a salir de Cuba y que todo te va a salir muy bien. Esto es muy bueno. Recuérdame consultar esto después con los santos. Es muy importante. No debes salir de Cuba mientras no veamos qué te sale. ¿Tú me entiendes?

—Sí te entiendo, Adelaida, pero ojalá tu boca diga verdad, porque para salir de Cuba, y por mar, solo puede ser en una balsa. Y eso me da miedo. Además, si sigues diciendo cosas buenas, voy a empezar a dudar. ¿Cómo pueden esas cartas decir tantas cosas buenas para un tipo que es experto en fracasos?

—No seas ridículo, Pepe. Mira, mira esta. —Hizo una pausa y lo miró a los ojos diciendo—: Creo que tienes la oportunidad de tu vida. Puedo ver muchas posibilidades de trabajo y de bienestar. Aquí solo hay de dos cosas, o esta mujer tiene mucho dinero, cosa que ya salió en la carta anterior, o te puede conectar para que tengas un buen trabajo. Hay mucha prosperidad a corto plazo. ¿Tú me entiendes?

Pepe pensó que era mejor comportarse como si en realidad creyera todo lo que decía Adelaida, a fin de cuentas, era una sesión gratuita.

—Debe ser que esa mujer tiene mucho dinero. Yo aspiro a que en cualquier momento mi mala suerte se la coma un perro y deje de seguirme como a mi propia sombra, pero dime una cosa, ¿no puedes ver de qué país viene esa bendita extranjera? —preguntó aparentando seriedad.

—No, eso es más difícil. Pero no veo barreras en el idioma. Así que debe ser una mujer que habla español y con mucha probabilidad de que sea argentina, mexicana, chilena, pero lo que sí te puedo asegurar es que viene por ti.

—Es la historia al revés. El príncipe encerrado en la torre asoma un pañuelo por la ventana y es una hermosa y, además, extranjera, la princesa que viene a rescatarlo. Será muy difícil para ella sola poder matar al dragón de verde olivo, pero no deja de ser emocionante —señaló Pepe en tono burlón.

—Tú te burlas, pero aquí todo es posible —contestó Adelaida muy segura de lo que estaba diciendo—. Pero aquí veo más. —Contrajo el rostro porque había visto algo turbio y continuó—: Pepe, tienes que tener cuidado con la gente, ¿tienes problemas con alguien?

—No, que yo sepa no, aunque pensándolo bien —habló Pepe ahora un poco más serio—, debe ser mi jefe de departamento. Ese tipo me odia. No sé por qué, pero daría un ojo de la cara por despedirme del trabajo.

—Sí, eso puede ser. Pepe, pero en este caso no es solo tu jefe. Hay personas que se dicen tus amigos y no debes confiarte de ellos. Aquí se ve que hay gente que te envidia mucho. Yo veo eso. Un amigo que dice que es amigo, pero no te quiere nada. Abre los ojos y cuídate mucho. ¿Tú me entiendes?

Sin duda, Adelaida era una artista, manejaba y controlaba todo a su modo. Solo le bastaba con ver el rostro de la persona a la que estuviera consultando y eso le daba la pauta para saber qué camino tomar en la siguiente carta a leer. Así lo hacía con todos. Y como la persona que iba a verla necesitaba oír algo, ya fuera bueno o malo, terminaban creyéndole todo lo que decía. Con esa habilidad característica en ella, fue llevando a Pepe hasta donde ella quiso. Quería lograr a toda costa que Pepe le creyera. Y usó la estrategia de ahondar un poco en su pasado. Comenzó a mencionar detalles que ella conocía, fingiendo no conocerlos, y Pepe se sorprendió por primera vez, desde que estaba sentado frente a la flaca.

Adelaida fue evaluando cada uno de sus gestos y poco a poco se dio cuenta que ya estaba en la posición que deseaba, porque cuando ella le decía algo que, para él, era imposible que ella supiera, Pepe solo exclamaba:

—¡No, no puedo creer que sepas eso!

Y ella, con su maestría innata le contestaba:

—Yo no sé nada, Pepe, eso lo dicen las cartas. Ellas son las que hablan.

Después de un rato de consulta y estando segura que ya Pepe no dudaría más de ella, Adelaida se quedó mirando una carta y exclamó:

—¡Mira, aquí veo a Bárbara! ¿Y sabes? Tú dirás lo que quieras, pero esa mujer te sigue queriendo. Esa mujer todavía piensa en ti. ¡Te lo juro, Pepe, te lo juro!

—¿Y puedes ver en qué lugar está Bárbara?

—No, eso no lo puedo ver. Pero para serte franca, eso no me gusta. Yo prefiero que te olvides de ella, Pepe, porque esa será la única manera de que puedas salir adelante.

Adelaida volvió a barajar las cartas y le pidió a Pepe que volviera a cortar la pila.

—¿Y ahora qué ves? —preguntó Pepe al ver la cara de felicidad de la flaca.

—Veo que hoy va a ser un día muy importante en tu vida. No lo pierdas de vista, Pepe.

—Pues ¡ojalá! Ya estoy cansado de tanta mierda.

Y diciendo esto se puso de pie.

—Pero, espérame Pepe, ¿qué tanta prisa traes? Tengo que hacerte un despojo. Creo que lo necesitas.

Adelaida se puso de pie y fue a un rincón del pequeño patio donde tenía algunas plantas, para seleccionar un ramito de cada bulto y preparar un manojo de hierbas que después le pasó a Pepe por todo el cuerpo mientras pronunciaba unas oraciones que él no lograba entender. Terminó y envolvió en un cartucho todo lo que había usado.

—Tira esto lo más lejos que puedas —le indicó—. ¡Pero hazlo! Tú verás que todo lo malo se te va, Pepe. Y cuando te vayas a bañar échale al agua unas rosas blancas y si tienes cascarilla, échale también, y cuando termines de bañarte, enjuágate con ella. Pásate un huevo entero por todo el cuerpo y después lo tiras junto con todo esto. ¿Tú me entiendes?

—Lo que no entiendo es de dónde carajo voy a sacar un huevo, si no hay ni para comer.

—Haz un sacrificio, aunque sea una vez, Pepe. Y escúchame bien, antes de salir al extranjero, no dejes de venir a verme. Hay que prepararte un buen resguardo. Eso es muy importante, porque veo por aquí unos obstáculos de los que tendrás que defenderte, como el gran guerrero que eres. Pero ese si lo vas a tener que pagar. Es necesario hacer un buen trabajo para que el camino esté limpio. Hay que pedirle a Elegguá.

—Gracias, Adelaida. Me da gracia que tú ya das como un hecho que voy a salir al extranjero y ya quieres que le pida a Elegguá.

—Pepe, Adelaida pocas veces se equivoca. Aunque la gente diga lo contrario.

Adelaida se mostraba con muchos deseos de ayudarlo, quería verlo cambiado. Quería verlo diferente.

—Una última cosa, Pepe. ¿Vas a salir hoy en la noche?

Pepe pensó por un momento y recordó que había escuchado en la emisora local, Radio Ciudad del Mar, el reporte de la empresa eléctrica que informaba que esa noche tampoco tendrían luz.

—Sí, Adelaida. Voy al malecón a sentarme un rato, como todos los días. Así paso más tranquilo el apagón. ¿Por qué me lo preguntas?

—Solo quería pedirte que antes de irte al malecón pasaras por aquí. Quiero darte mi bendición.

—¡Así lo haré! —contestó y se marchó.

Adelaida, una vez que Pepe hubo salido, cerró la puerta y se dirigió al altar de la Virgen de la Caridad del Cobre. Quién sabe qué le dijo, pero después de un breve monólogo ante ella, pidió perdón por sus pecados y terminó diciéndole en voz alta: ¡A fin de cuentas, virgencita, es por una linda causa!

> *Extraña amante,*
> *solo me queda contemplar tu rostro*
> *(que es el mío)*
> *porque tú y yo somos un río*
> *que recorre un páramo incesante,*
> *circular e infinito:*
> *un solo grito.*
>
> Reinaldo Arenas

Miami
Sábado, 26 de noviembre del 2016
12:45 a.m.

Pepe se levantó del sofá y se dirigió hacía una foto de su padre, que colgaba en la pared de la sala. Lo contempló con un exceso de ternura mientras vaciaba lo que quedaba de *whisky* en el vaso.

—Este trago va por ti, papá. Me encantaría que pudieras disfrutar este momento, aquí conmigo. Sé que lo debes estar haciendo y por eso me quedo tranquilo.

Era inevitable pensar en su padre. Era inevitable…

Cienfuegos, Cuba
Jueves, 4 de agosto de 1994
1:45 p.m.

Pepe regresó a su casa pensando en todo lo que le había dicho Adelaida. Se miró al espejo y trató de que la imagen reflejada fuera la de aquel Pepe que había conocido en el pasado. Sin pensarlo dos veces, le dijo a su reflejo:

—¿Es posible que cueste tanto trabajo reponerse a la pérdida de una mujer, cuando hay otras cosas más dolorosas de las que nos reponemos con mayor rapidez?

Pepe había perdido a su padre en junio de 1992 y supo aceptarlo. Una muerte dura, inesperada, insólita. Aún recordaba esos momentos como si los estuviera viviendo. Alguien lo llamó por el sistema de bocinas centrales del hospital. Él estaba en la sala de terapia intermedia, le explicaba a su amigo Pedro la situación de su padre, que necesitaba con urgencia un buen psiquiatra. Su padre estaba sufriendo un cuadro de demencia senil. De nuevo su nombre, ahora sí lo escuchó bien claro.

—Sí, es a ti Pepe —le dijo Pedro—. Vamos, yo te acompaño.

Se había desatado un corre-corre en el hospital. Los pasillos eran un remolino de médicos, enfermeras, personal de limpieza, pacientes y policías internos. «¡Alguien se lanzó desde el quinto piso!», era lo que se escuchaba por todas partes. Y ahí estaba, sentado, encajado en los escalones de una pequeña escalera que daba al jardín. Su cabeza bañada en sangre, apoyada en el barandal de aluminio. Pepe se quedó estático. Sus piernas empezaron a temblar. Su temperatura bajaba y las gotas de sudor ya se convertían en pequeños hilos que le corrían por todo el cuerpo. Todos los poros de su piel parecían manantiales de sudor. No podía creerlo. «¿Cómo alguien podía lanzarse al vacío sin tener miedo?», pensó.

Alguien gritó: ¡Todavía vive! Pedro salió corriendo y mandó a preparar el equipo de terapia intensiva de la sala de emergencias. Ahí lo llevaron y allí murió en menos de una hora. La pelvis rota en cinco partes y una severa fractura de cráneo. Era imposible que pudiera sobrevivir.

Su padre había pasado a formar parte de las estadísticas anuales de suicidio y, además, lo hizo sin pensar que con el tiempo solo lo recordarían como aquel que se lanzó del quinto piso del hospital provincial de Cienfuegos. Solo Pepe lo llevaría por siempre en el corazón.

Nadie le habló a Pepe para darle información, ni para investigar cómo y por qué sucedió, y hoy todavía no se sabe qué pasó. ¿Se lanzaría? ¿Lo empujarían? Solo su padre lo sabe. ¿Cuántas culpas lo habrán llevado a tomar esa decisión?

Pepe recordó el momento cuando Pedro salió al pasillo de la sala. Se acercó a él, y lo abrazó.

—Acaba de morir—. Fue lo único que dijo.

Pero eso no fue todo. Aún después de haberse quitado la vida, su padre siguió padeciendo. Tardaron más de ocho horas en entregarle el cadáver. Fue una verdadera odisea. No había material para rellenarlo, ni algodón para taponearlo y la nevera donde guardaban las vísceras no estaba funcionando porque se había descompuesto la cámara frigorífica.

Después de hecha la autopsia, hubo que cerrarlo con todo y mondongos. Dos horas antes de la hora fijada para el entierro hubo que cerrar el ataúd y desalojar la sala donde lo estaban velando. Su padre empezaba a dar señales de descomposición.

—Y eso que somos una potencia médica —le dijo Pepe al espejo, al tiempo que vino a su mente una conversación que había tenido con Pedro después que enterrara a su padre:

«—Creo saber por qué se suicidó mi padre, Pedro.

—¿Qué piensas?

—Demasiado peso en sus hombros. ¿Sabes cuántas discusiones tuvimos por el tema del socialismo y por Fidel? Al final, mi padre debe haber sentido más arrepentimiento que glorias de haber sido un comunista. Fidel, al igual que traicionó a todos lo que hicieron la revolución junto a él, diciéndoles que sus ideas no eran ni socialistas, ni marxistas, ni estalinistas, de esa misma forma traicionó a todos los que se subieron al barco revolucionario y sostuvieron sus caprichos. Es triste ver pasar los años y dar todo por una causa, y, de repente, verte solo y abandonado por ese mismo gobierno al que tanto le entregaste.

Mi padre no se perdía una zafra, no faltaba a una movilización militar para estar preparado por si era necesario defender a la patria en caso de un ataque imperialista, de esos que se inventaba este viejo loco y que nunca llegaron. Y así pasaron los años, desperdiciando su juventud y viendo como llegaba la vejez, hasta un día que lo sacaron del trabajo sin una justificación aparente. No estaba enfermo, ni estaba incapacitado. Solo para darle su puesto de trabajo al hijo de un amigo del director de la empresa provincial de comercio interior. Mi padre atendía ese mecanismo diabólico que se llama Oficoda[2], y lo jubilaron casi a la fuerza. Se fue a la casa y sintió que le habían arrancado la vida. Jubílate en este tiempo, con un salario de 80 pesos cubanos al mes, cuando todos los precios se han elevado por encima de las nubes ¿Qué puedes comprar de comer en este país con ese salario? Explícame, Pedro, qué puede sentir un hombre que esa revolución que tanto defendió y hasta por la que se enemistó con su propio hijo y parte de la familia que nunca creyó en Fidel, un día le da la espalda y lo lanza a un olvido terrorífico. Creo que papá no pudo con esa culpa de sentir que desperdició la vida miserablemente en este país de mierda, para ahora no tener ni una vejez digna. Así le paga a su gente, este hijo de puta que tenemos como presidente. ¿Dónde está esa palabrería barata de que en este país hay igualdad y justeza cuando todo el mundo está jodido y Fidel es millonario? Así es, Pedro, mi padre antes de decir que estaba arrepentido y menos reconocer que yo tenía razón, su orgullo no lo dejó vivir un segundo más y se lanzó al abismo».

[2] Oficoda: abreviatura para Oficina de Control para la Distribución de los Abastecimientos. Institución administrativa cubana encargada de toda la tramitación de documentos para incorporar o dar de baja del Registro de Consumidores a cualquier individuo nacional. Igualmente, era la oficina que controlaba el Registro de Consumidores para garantizar la llamada canasta básica de productos normados por la Libreta de Abastecimientos.

Pepe había sobrevivido a todo ese dolor. Sin embargo, la ruptura con Bárbara había sido mucho más tormentosa. No podía creer que esa mujer se hubiera convertido en lo más importante en su vida, a pesar de que no lo merecía. Recordaba que ese día del fallecimiento de su padre, mientras esperaba que le entregaran el cuerpo de su padre, se había jurado que después que terminara con el velatorio y el entierro rompería con Bárbara. Recordaba su cinismo cuando, descaradamente, llegó al hospital acompañada de un joven que él no conocía y le dijo:

—Amor, me enteré de todo y le pedí al Nany que me trajera.

—No te preocupes, Bárbara. —Fue lo único que alcanzó a decirle.

Unos meses después, la relación terminó. Y con ello aumentó su tormento. No podía tener relaciones con ninguna otra mujer. Siempre la imagen de Bárbara aparecía como un fantasma que le decía: «Si no es conmigo, jamás podrás hacer el amor con ninguna otra piruja». Y así decidió cambiar a las mujeres por el alcohol. Su única y fiel relación, desde entonces.

Con el alcohol no tenía que preocuparse por infidelidades ni por su buen desempeño en el sexo. Ante el alcohol no tenía que justificarse por nada ni con nadie. Sin embargo, no reparaba que junto al alcohol su vida iba en picada y se había convertido en un verdadero asco. Volvió a mirarse al espejo, quería que su imagen reflejara al otro Pepe.

«Amigo», se dijo, «estamos a tiempo de recapacitar». La conversación con Adelaida le había dado la fuerza que necesitaba desde hacía tiempo. Y ahora su imagen, hablándole duro, le daba justo el empujón faltante para tomar el valor y organizar las cosas en su vida. Ya era el momento de leer aquel cuaderno dentro de un sobre manila, que había recibido cinco meses atrás, el día del sepelio de la madre de Bárbara. Quizás ahí encontraría la verdad que tanto había evadido. Recordó que ese día se le acercó Ana María, la hermana gemela de Bárbara, y le dijo:

—Pepe, quiero entregarte este sobre. Contiene un cuaderno donde mi hermana escribió sus andanzas. Algo que quiso llamarle: sus memorias. Antes de irse me pidió que lo guardara bien y que no se lo enseñara a nadie. Pero la muerte de mi madre me ha hecho ver muchas cosas. Y no tengo por qué guardarle este secreto a mi hermana. Léelo y, por favor, date cuenta, de una vez por todas, quién es ella. Léelo y bájala de ese pedestal donde la has puesto. Confío que esto te sirva para olvidarla.

Así mismo como se lo entregó Ana María, lo había guardado Pepe. No quería leer lo que decía. No quería borrar la imagen que tenía de esa mujer de la cual se había enamorado perdidamente. No había tenido el valor suficiente para enfrentar su realidad. Pero ahora sentía la obligación de hacerlo. El dolor de leer lo que suponía estaba allí escrito, sería lo único que lo ayudaría a sepultar, para siempre, ese amor al que se había aferrado.

Estaba en su librero, empolvado y con olor a humedad. Intacto. Sacudió el polvo que tenía y se llenó de valor para leerlo. Cuando lo abrió, se encontró un papel engrapado con una nota dirigida a Ana María. Recordó aquella letra. La misma que había leído en muchas cartas de amor, notas, recados, poemas. Aquella letra que ahora se imponía ante él, para revelar una verdad que siempre evitó conocer.

¡No, música tenaz, me hables del cielo!,
donde es obligación cavar la tierra.
No creo que exista tal consuelo
donde solo es vivir perenne guerra.
Reinaldo Arenas

Miami
Sábado, 26 de noviembre del 2016
12:55 a.m.

Fue inevitable recordar a Bárbara que, de inmediato, apareció ante él con su belleza, sus 170 centímetros de estatura y su envidiable figura llena de admirables contrastes. Pepe cerró los ojos y la vio desnuda, con su abundante cabello negro dividido en tres grandes mechones, dos cubriendo sus aterciopelados pechos y uno atrás, a media espalda, resaltando la blancura de su piel. Su rostro con una provocadora sonrisa que dibujaba sus sensuales labios y unos ojos azules que hablaban sin palabras, diciéndole que estaba lista para ser suya, una vez más. Pepe no pudo evitar el recuerdo de sus exuberantes nalgas, su diminuta cintura y sus piernas perfectamente formadas.

Abrió los ojos y volteó la vista hacia la escalera que conducía a su cuarto. Allí dormía plácidamente su actual esposa. En cualquier momento subiría a despertarla y darle la noticia que Fidel había muerto, pero todavía no era el momento. Había muerto el tirano, sí, pero sus recuerdos todavía no habían muerto y se empeñaban en no dejarlo levantar de aquel sofá, donde se sentía anclado.

El diario de Bárbara se impuso ante él y su mente volvió al pasado…

Cienfuegos, Cuba
Jueves 4 de agosto de 1994
1:55 p.m.

Pepe encendió un cigarro y agarró el papel que Bárbara había escrito a su hermana:

«*Hermanita del alma:*

A ti he dedicado mis memorias. Memorias que solo conocerás tú, si es que no cometes la gran estupidez de dárselo algún día a Pepe o a mamá.

Si estás pensando en juzgarme, no lo hagas. Dudo mucho que tengas la conciencia tranquila como para hacerlo. Tú sabes bien que siempre supe que amabas a Pepe, y mejor no te recuerdo otras cosas que pueden empañar tu excelente reputación.

También estoy segura que no aplaudirás mis actos, como tampoco lo hago yo, pero esto es lo que me tocó y es muy tarde para arrepentirme.

Nunca le muestres esto a mamá. Ella no soportará saber todo lo que he hecho. Y sé que ha sufrido bastante con saber en qué me convertí.

Hermanita perdóname. Pero esta es mi verdad. No hay omisiones, ni exageraciones. En esto se convirtió tu querida hermana. En una jinetera más.

Un beso grande Y dile a mamá que siempre la amaré con toda mi alma…

Bárbara».

Eran demasiadas revelaciones en muy pocas líneas. Pepe siempre se había negado a saber de Bárbara, evitando precisamente eso: conocer la verdad. Por otro lado, la revelación de que Ana María siempre lo había amado, lo tenía realmente sorprendido. Él jamás se había dado cuenta.

De vez en cuando, se pasaba la mano por los ojos empañados en lágrimas. Leía y releía aquella carta. Recordaba a Bárbara y trataba de imaginársela haciendo los quehaceres de la casa, o a su lado viendo la tele, o simplemente haciendo el amor. Pero sí estaba claro de algo, le era imposible imaginarla haciendo de la prostitución un oficio. No podía creerlo.

El cigarrillo casi le quemaba los dedos. Lo tiró. Se acostó en su cama y fue a la primera página del diario, donde leía: «El comienzo. 12 de agosto de 1992». Justo ahí empezaban las tantas páginas de revelaciones, que seguían:

Hacer el amor con Nany me ha devuelto las ganas de vivir. Ahora ya sé que es muy fácil traicionar a un hombre cuando no se le respeta. De no ser por la muerte de su padre, le hubiera abandonado mucho antes, pero por lo que nos unió alguna vez, resistí su aliento dos meses más. ¡Qué pesadilla retrasar lo inevitable! Solo ha sido una experiencia ya casi olvidada, un hombre sin valor dejándose la vida en conseguir las migajas cotidianas, sin pantalones para arrastrarme a decisiones desesperadas en situaciones desesperadas, y yo envejeciendo un poco más cada día.

Pero, por ahora, prefiero hablar de mí y no de Pepe. Y quiero me veas como lo que soy. Este día, 12 de agosto, marcó el inicio de una nueva carrera. Este día me convertí en una jinetera.

En realidad, creo que muchos se preguntaran cómo es posible que siendo una chica que nunca conoció la crueldad del sistema capitalista, ni el racismo, ni la desigualdad social, haya un día cambiado la moral y los principios para acariciar, con una fingida ternura, lo que se me pusiera por delante, dígase hombre o mujer, siempre que fueran extranjeros y portaran una billetera abundante, capaz de costear el precio que me había asignado.

Hoy tengo la lucidez y la seguridad para iniciar un nuevo camino y librarme de prejuicios y convencionalismos, lo importante es el fin, y todavía soy joven y atractiva, con muchas ganas de vivir. Veo como los hombres me miran y siento que todavía tengo el control sobre ellos, en este mundo asfixiante donde somos marionetas del miedo.

Esta mañana, cuando me paré frente al espejo, vi energía, vi un animal joven inquieto y con las riendas muy cortas. Quiero vivir a tope antes que todo se marchite, la vida es una y una mujer solo vive una vez. Los hombres, con un poco de dinero y salud, pueden empezar muchas veces. Nosotras, lo que no hagamos a los veinte y tantos años, no lo haremos a los 40.

Por eso no vacilé y me metí a jinetera y he experimentado en tan poco tiempo todo lo que puede sentir una mujer en una cama, en la arena de la playa, en una bañera, en la cocina, en fin, creo que no ha habido un lugar ni una posición sexual que yo no haya probado. Por mi cuerpo han pasado cualquier tipo de hombres, sin distinción de raza y estatus social y a esta larga lista tengo que incluir a alguna que otra mujer.

Ahora pertenezco al bando de las chicas cubanas que nos negamos rotundamente a ver perder nuestra juventud, a solo ver escuelas al campo o en el campo, a ir un domingo al mes a simular que aprendemos la defensa de la patria en una clase de las Milicias de Tropas Territoriales, a salir a una fiesta y que no haya ni qué beber o no se pueda poner música porque haya un apagón, o llegar a la casa después de estudiar el día entero y enfrentarme al pan duro de cada día, al arroz solo, al huevo cuando hay, a no tener jabón, no usar champú, no tener ni toallas sanitarias en nuestros días sangrientos, a pararte en las vitrinas de una tienda de dólares y solo mirar y no poder comprar. ¡No! Créeme que yo me negué a vivir así. A un costo muy alto, claro está, pero gracias a esto, hoy no carezco de estas cosas que te he mencionado anteriormente.

Pero no quiero buscar justificaciones. Soy lo que soy y punto. Y desde que soy prostituta, he descubierto un arte y una ciencia, las mismas técnicas que usa un actor para mostrar un estado de ánimo, un sentimiento, un deseo, son las mismas que utilizamos nosotras para hacerle creer a un tonto, que paga por placer, que nos hace llegar al orgasmo. Y, lo más triste, para ellos por supuesto, es que lo crean, que lleguen a creer que una los adora, que una se muere de deseo por estar con ellos y que no vean que lo único que hacemos es sacarles el billete de la bolsa. Muchas veces sin que te hagan sentir el más adorable de los orgasmos. Como esos orgasmos que me hacía sentir Pepe. Pero tienes que actuar. Es increíble. Porque te acuestas con tipos que son un asco, sucios y apestosos. Viejos que pagan bien para recompensar sus posibilidades sexuales. Jóvenes que vienen pensando que aquí, en Cuba, encuentran a las chicas más calientes y baratas del mundo. Otros que en sus países ni han hecho el amor y vienen en busca de la desinhibición y del sexo sin tabú, para aprender la lección. Otros a los que critica la sociedad y se refugian en la lejanía de sus detractores, y otros porque simplemente saben que las prostitutas buenas en su país, son muy caras.

En fin, una trabaja y trabaja para alcanzar el doctorado en nuestra profesión: casarse y salir de Cuba. Y mientras no logre mi título, a mí lo que me importa es el dinero. Por el momento, guardaré a la niña, a la joven y a la mujer que fui. A esa que tiene su lado humano, aunque no lo parezca. A esa que amó con toda la devoción que pueda tener un ser humano. La de hoy, definitivamente, decidió cambiar la bicicleta china por un taxi de turismo y emprender mi viaje hasta que un día pueda atravesar el Atlántico, el golfo de México o el estrecho de La Florida.

No sé qué pase el día que me enamore. No he querido pensarlo. A lo mejor me traiciona la otra yo. Pero mientras, no paro hasta que aparezca un galán con dinero y me saque de esta mierda de país en la cual ya es insoportable vivir. Y al emprender este camino seré una, una más, una prostituta más. Pero me queda el consuelo que, al menos, andaré un camino que, aunque peligroso, me da esperanzas y me libera del sentimiento de envejecer dando vueltas en un círculo cerrado.

Pero bueno, ya nada de esto viene al caso. Creo que lo más que te interesará saber, hermanita, fue cómo me inicié en este lucrativo negocio y ahí te va la historia.

Una noche, el Nany llegó muy tarde a la casa, como era su costumbre. A veces no llegaba a dormir, pero me decía que trabajaba en el puerto y que cuando llegaba algún barco tenían que trabajar madrugadas enteras. Yo nunca me preocupé ni dudé de lo que decía. Pero en realidad sabía cuál era su profesión nocturna, la que le hacía ganar una muy buena cantidad de dinero. Nany era un chulo que ganaba manejando a varias chicas del placer. Recuerdo que, a tanta insistencia, me explicó cómo funcionaba el negocio y la sed de aventura me entusiasmó.

Pepe aspiró el humo de su cigarro mientras apretaba sus puños, de tanta rabia que sentía. Se paró y fue en busca de su botella de chispa de tren[3]. Tenía que darse un trago. Sirvió, como era su costumbre, casi tres cuartos del vaso. Le dio un

[3] Chispa de tren: (Voz popular) En Cuba: bebida casera hecha por destilación de agua con azúcar negra fermentada. Algunos usaban melaza de caña. También le llaman *calambuco*.

trago, hizo dos muecas, aspiró otra fumada y prosiguió la lectura:

Confieso que aquello terminó con mis últimas dudas y me mostró la salida desesperada que había estado buscando a tanta opresión y mediocridad, ¡al fin, un sueño arriesgado en el cual creer!

En realidad, yo no era una santa ni mucho menos, mi afición por el sexo y la aventura habían despertado ya hacía algún tiempo en mí, así que lo de prostituta ya lo traía por dentro, solo era cuestión de echarlo a andar.

Lo que te cuento disminuye mis escrúpulos, pero es una decisión que ya había tomado y aunque no quisiera darle peso, la mierda en que vivimos me dio el pretexto y un culpable para acallar mi conciencia. Ya era momento de dejar de quejarse por todo y tomar acciones y riesgos. Era más fácil meterse a puta que esperar a que los del Norte revuelto y brutal vinieran a liberarnos de este asqueroso sistema.

Fui al baño y no pude evitar romper en llanto. Después de un rato de pensarlo bien y con un mar de sentimientos encontrados que me devoraba las entrañas, me paré delante del espejo y me dije: Acabo de decidir ingresar al grupo de las indeseables y tan criticadas jineteras. Juro entonces que me esforzaré por sacar de este oficio el mayor de los provechos, que no seré una simple prostituta de cuatro pesos, de esas que hacen el amor por un paquete de caramelos, por una caja de chicles, o por comerse un pollo y unas papas fritas en algún prestigioso club nocturno. No seré de esas que se sientan en el malecón o se paran en la puerta de un hotel para encontrar al esperado príncipe que le dé unos cuantos fulas[4]*. Yo me convertiré en unas de las mujeres más respetadas de esta profesión, porque llegaré a la cima, llegaré a tener muchos billetes. Lo juro.*

Y cerré un pacto conmigo y también con el Diablo.

Por fin, llegó la noche de mi iniciación. Llegamos a una enorme y hermosa casa, la cual le llamaban La Casa Verde. Antes era una casa de visita de militares, ahora era un bar nocturno donde todo se pagaba en dólares y donde las reinas del placer iban a buscar a su salvador o a su asesino. Contraste fatal, ganar dinero sin pensar en los riesgos. Ganar un

[4] Fulas: (Voz popular). En Cuba: dólares estadounidenses.

sida, una gonorrea o una infección vaginal. Pero había que afrontar los riesgos. Todavía no escaseaban los preservativos.

Cuántos padres ignoraban lo que hacían sus hijas y cuántas hijas se habían dejado llevar por el dinero o por la inexperiencia y, lo que es más triste aún, cuántas estábamos siendo llevadas a estos lugares por nuestras propias parejas. Hombres sin escrúpulos como mi supuesto marido. ¿Dónde quedaron aquellos valores idílicos de los que nos habló mamá? Un hombre que vende a su pareja, entregándola a los brazos de un desconocido.

Nany fue el primero que entró y se demoró unos diez minutos, luego salió y me indicó todo lo que debía hacer y a dónde debía dirigirme. Esa noche me vestí que parecía una extranjera. No fue difícil. En eso, el Nany era un experto. Nadie me preguntó si era cubana o se negó a que yo entrara, y me senté sola en una mesa y ordené un mojito.

No pasaron más de diez minutos y el primer pez mordió el anzuelo. Era un alemán. Al momento, atacó en mitad español y mitad inglés.

—*El Nany* said to me *que tú* are *la* girl *que...*

Creo que lo sorprendí cuando le respondí en un inglés casi perfecto.

—I understand, man. Can you speak English, please?

El tipo abrió los ojos del tamaño de un tomate y me respondió:

—Off course!

Fue tanta su alegría, que llamó al mesero y ordenó dos pollos fritos, papas a la francesa y una botella de Havana Club 7 años. Luego, me confesó que de los tres días que llevaba frecuentando el lugar no se había encontrado con una chica que lo pudiera entender en su totalidad, y que realmente lo tomó por sorpresa.

A partir de ese momento, toda la conversación fue en inglés. Estuvimos hablando más de dos horas. Él estaba de turista y le faltaba una estancia de una semana, al menos, eso fue lo que me dijo en ese momento, aunque después supe su verdad.

Bailamos, hablamos, nos reímos de lo lindo, porque en verdad era muy ocurrente. Tenía 42 años y, según él, era entrenador de natación. Aquel rubio estaba un poco panzón, pero se veía elegante y olía a perfume caro y a jabón de hotel. Pensé que, para ser mi primera experiencia con un extranjero, no me iba a ir muy mal. De vez en cuando, me volteaba para ver al Nany, que cuando podía me hacía señas de que todo me estaba saliendo muy bien y que me diera prisa en sacarle el dinero. El pobre, nunca se imaginó todo lo que pasaría poco tiempo después.

Pepe ya no sabía cómo ponerse. La lectura lo atrapaba. Pero no podía evitar el dolor que le causaba. Paró de leer y terminó de fumarse su cigarrillo. Sentía una mezcla de rabia con dolor.

—¿Qué estaría haciendo yo ese día? —murmuró para sí—. A lo mejor ebrio tirado en esta cama, sufriendo, mientras ella hacía su debut como puta.

Siguió leyendo:

Llegamos a la habitación del rubio y créeme que me costó mucho trabajo porque no me dejaban entrar al hotel Jagua, pero después de sobornar al portero con cinco dólares y al que operaba el elevador con otros cinco dólares, no hubo ninguna objeción. El rubio preparó dos tragos y me ofreció uno. Confieso que sentí un poco de miedo, pero pronto pasó y me hice el firme propósito de ser la más coqueta de las mujeres y hacerle a aquel galán el mejor de los trabajos y, por supuesto, ganarme el dinero, que era el objetivo principal. En aquel momento, solo me preocupaba cómo sacar de aquel lugar los dólares que me ganaría, pero llegado el momento lo pensaría bien.

Después de una media hora de total seducción, pero sin dejarme tocar ni un dedo, me puse de pie sobre la cama. Mis ojos azules destellaban sexo y mis partes temblaban de deseos. Lentamente, fui descorriendo mi ligero vestido y lo primero en asomarse fueron mis esculturales tetas. Los ojos de aquel rubio querían salírseles y se acercó como para tocármelas, pero yo, con una ligera seña, se lo negué. Seguí bajando mi vestido como la más experimentada de las bailarinas de un table dancing. *El galán se puso de pie y tomó su cámara fotográfica.*

—Espérate un momentico, chulo. Eso también hay que pagarlo.

—¿Qué te parece si doy cinco dólares por cada foto que dejes tomarte?

Rápidamente, mi mente voló sobre las matemáticas. Fue otra de las cosas que aprendí de Pepe. Así que rápidamente multipliqué 36 fotos a 5 dólares, era la bella suma de 180 dólares. Y sin mucho titubeo, le dije:

—Pues empieza, chico, esto me empieza a excitar. Pero págame por adelantado. No hago nada sin tener el dinero por delante.

Adopté las poses más sensuales que me imaginé. Cuando llegamos a la foto 10, el rubio se detuvo y fue al clóset y sacó una pequeña bolsa de plástico donde guardaba un polvo blanco muy fino. Preparó con mucha profesionalidad la dosis, la dividió en dos porciones, aspiró la de él y me indicó que lo hiciera. Nunca había visto la cocaína. Aquí tengo que confesar que no tuve el valor de probar esa experiencia y la verdad, no me arrepiento. Pero para compensar mi negativa, a partir de ese momento, las siguientes 10 fotos fueron más que eróticas, ya llevaban un sello pornográfico total, con lo que creo que aprobé el casting *al que me estaba sometiendo el señor.*

Por un momento dejamos las fotos y entramos al sexo mientras le susurré al oído:

—Sabes que son 100 dólares por cada vez que me hagas el sexo.

—No te preocupes. Aquí hay dinero para satisfacer mi apetito y tu sed de triunfo —me respondió muy amablemente.

—Entonces, paga por adelantado.

Hicimos 3 veces el amor, más bien sexo. Entre pausa y pausa, Fred tomaba fotos empeñándose en buscar nuevas posiciones, hasta que se completaron las 36. A las 10 de la mañana salí del hotel con 300 dólares por concepto de sexo y 180 por las fotos. Y con una enorme oferta de irme una semana a Varadero.

Creo que, para ser la primera faena, fue más que un éxito, 480 «verdes», era como para creerme la reina de la jungla. Fue entonces cuando me hice mi segunda promesa: No seré una jinetera corriente. Solo estaré con «puntos» que tengan un buen billete. Era un consuelo para respetarme a mí misma.

—¿Cómo habrá sacado los dólares? —se dijo Pepe deteniendo la lectura—. En la fecha que aparece en su diario, estoy seguro que no se había despenalizado el dólar. Fue hasta el 13 de agosto de 1993. No se me olvida. Fidel siempre aprovechaba el día de su cumpleaños para lanzar algún decreto. Aquí hay algo raro —balbuceó Pepe mientras encendía otro cigarro. Cerró el cuaderno y lo colocó sobre la mesa de noche.

Se dirigió al baño y se metió, otra vez, en la tina esmaltada que continuaba llena de agua. Se sumergió por completo, aguantó la respiración y un inmenso deseo de suicidarse lo atrapó por completo. Relajó su cuerpo y fue expulsando poco a poco el aire que contenían sus pulmones, hasta que su cuerpo quedó pegado al fondo de la bañera. De repente, los ladridos de su perra pequinesa lo sacaron del letargo.

Era poco lo que había leído, pero era suficiente para empezar a tomar decisiones. Salió de la tina, secó su cuerpo, se amarró la toalla a la cintura y se dirigió al teléfono. Marcó el número del trabajo de Ana María. Enseguida reconoció su voz al otro lado.

—Empresa Telefónica. ¿En qué puedo servirle?

—¿Ana María?

—Sí, soy yo. ¿Quién habla?

—Soy yo, Pepe. ¿Cómo estás?

—¿Y ese milagro?

—No sé si sea un milagro, pero necesito hablar contigo. ¿Hasta qué hora trabajas hoy?

—Ya justamente estoy terminando. ¿Te ocurre algo?

—No, en realidad quería saber si puedes pasar por aquí cuando termines de trabajar.

—Claro, pero ¿ya estás en tu casa?

—Sí, estoy de reposo.

—¿Estás enfermo? —preguntó preocupada Ana María.

—No me hagas caso, Ana María, Pedro me dio tres días de reposo y no iré a trabajar hasta el lunes.

—Bueno, allí te veo entonces. Llegaré entre 20 o 30 minutos, más o menos.

—Aquí te espero.

Del otro lado, Ana María colgó. Pepe, por su parte, se quedó más preocupado que pensativo. ¿Cuánta gente habrá sabido la verdad sobre Bárbara? Quizás no muchas personas, o tal vez todo el mundo.

Bárbara había desaparecido justamente ese mes de agosto de 1992. Su madre y su hermana decían que estaba en Varadero. Pero Pepe nunca más había sabido de ella, ni el día que lo citaron para firmar la sentencia de divorcio, ya que Bárbara había ido antes y la dejó firmada para no encontrárselo cara a cara.

Pero Pepe no podía disimular la ansiedad, ya había empezado a desprenderse de ese capricho que lo carcomía. Se puso de pie y lo primero que hizo fue quitar la fotografía de Bárbara que aún colgaba en la pared de su habitación. La contempló por última vez, durante unos segundos, y sin pensarlo, abrió el marco por detrás, sacó la foto y la hizo pedazos. Después fue al escaparate y sacó una caja donde guardaba todas las fotos familiares. Al abrirla, se le saltaron las lágrimas. Ahí estaban. Él y ella abrazados y juntas las mejillas. Ella vestía su traje de novia. Él su traje alquilado. Los dos reían. Pero ya él no creía nada.

—Esa fue la primera vez que se rio de mí. Me hizo creer que era feliz, que me quería. —Pensaba en voz alta.

Fue seleccionando, una a una, las fotos donde aparecía ella sola y las puso a un lado. En las que aparecía él solo, al otro lado, y las que iba encontrando donde aparecían los dos, las recortaba tirando las partes con la imagen de Bárbara. Cuando hubo terminado, las metió en un sobre, fue al patio, lo roció con alcohol y le prendió fuego. La quema de sus recuerdos. Los buenos y los malos. Pero de esos recuerdos él no quería saber nada más. Contempló el humo que ascendía y un nuevo epitafio ronroneó en su imaginación: «Cuando en la mente a la puta percibo, no es pues a la puta a quien estoy yo viendo: es a mí, que tonto he quedado. Aquí se va la puta y con ella, mi inocencia».

La amenaza de tormenta había desaparecido. Y, otra vez, el sol fuerte iluminó la víspera de la liberación de su mente.

Ahora me comen
Ahora siento cómo suben y me tiran las uñas.
Oigo roer llegarme hasta los testículos.
Tierra, me echan tierra.
Bailan, bailan sobre este montón de tierra y piedra que me cubre.
Me aplastan y vituperan
Repitiendo no sé qué aberrante resolución que me atañe.
Me han sepultado.
Han danzado sobre mí.
Han aprisionado bien el suelo.
Se han ido, se han ido dejándome bien muerto y enterrado.
Éste es mi momento.
Reinaldo Arenas

Miami
Sábado, 26 de noviembre del 2016
1:10 a.m.

Pepe necesitaba otro trago. Ahora se lo sirvió doble. Se dio el primer buche y sintió un ligero sonido que provenía del cuarto. Pocos segundos después sintió los pasos de su esposa bajando la escalera.

—¿Qué haces despierto, a esta hora?

Pepe le hizo señas de que mirara hacia el televisor y su esposa se llevó las manos a la boca y abrió los ojos, como si quisieran salírseles de sus cavidades. Luego, una sonrisa apareció en sus labios y se lanzó sobre Pepe. Ambos se fundieron en un abrazo.

—Por fin, mi amor —exclamó—. Pero ¿por qué no me habías despertado?

—Hace un rato me llamó Carlos para darme la noticia, pero solo me dijo: enciende la televisión. Y bajé para no despertarte.

—Sí, creo haber escuchado sonar el teléfono, pero no podía abrir los ojos y volví a dormirme. Anoche me dejaste exhausta. Hacía tiempo que no me dabas una zarandeada como la de ayer. Me diste *knock out* técnico.

—Y hacía tiempo que no me provocabas como lo hiciste anoche. Parecías una actriz de películas porno.

—De vez en cuando hay que sacar a esa tigresa que llevamos dentro. ¿Alguna queja? —preguntó su esposa en tono sarcástico.

—No, para nada. Me encantas cuando asomas tus garras. Pero creo que no es momento para resaltar nuestras cualidades sexuales. Ahora ve y empieza a arreglarte, que en rato nos vamos a la calle 8.

—¿Y tú? ¿Vas a ir así, sin arreglar?

—¿Cómo crees? Tú necesitas una hora para vestirte. Adelántate, que yo subo en un ratico.

Pepe contempló cómo su esposa subía casi de dos en dos los escalones. La alegría le brotaba a flor de piel. Se dio otro trago, este más largo, y volvió al pasado, como por arte de magia.

Cienfuegos, Cuba
Jueves, 4 de agosto de 1994
3:30 p.m.

Cuando Pepe abrió la puerta pensó por un momento que tenía a Bárbara ante sus ojos. Pero no, era Ana María, su hermana gemela. «No hay dos seres en el mundo que se parezcan tanto», pensó. Era impresionante el parecido de esas dos mujeres. Eran gemelas idénticas. No había diferencia apreciable a simple vista. Y, sobre todo, para cualquiera que las viera por primera vez, o por separado, no podría ser capaz de diferenciarlas.

—Gracias por venir, Ana María —habló Pepe volviendo a la realidad.

—Caramba, Pepe, me has pegado un susto del carajo. Pensé que te pasaba algo, pero después de pensar un poco, creo adivinar el porqué de tu inesperada llamada.

Eran sorprendentemente idénticas y semejantemente hermosas. La única diferencia apreciable, para quien las conociera bien, era que Bárbara era más vanidosa y siempre se arreglaba y se vestía mejor. Ana María, por el contrario, se preocupaba menos por su apariencia y descuidaba un poco su aspecto. Vestía muy casual y se maquillaba sin mucho esmero. Pero, aun así, su belleza saltaba a la vista de cualquier mortal. Al igual que Bárbara, su rostro y su cuerpo eran el típico prototipo femenino de cualquier portada de revista para caballeros.

—No te equivocas. Hoy decidí empezar a leer las memorias de tu hermana —comenzó Pepe—. Estoy realmente sorprendido.

—¡Ay, Pepe! ¿Al fin vas dejar atrás esa mariconada que tienes? ¡Coño, chico, qué bueno que vas a empezar a vestirte de hombre! —lanzó Ana María entrando—. ¡Ya era hora! Estaba segura que el día que empezaras a leer esa mierda, me ibas a buscar. Pero dime una cosa, ¿por qué te decidiste a leerlo? ¿Y por qué justamente hoy?

Pepe no respondió de inmediato. Caminaron hacia la parte trasera de la casa, a una pequeña terraza que daba a un pequeño patio interior que intercomunicaba la cocina, el cuarto de lavado y al traspatio, y donde Pepe criaba a sus animales. La invitó a sentarse y explicó:

—Hace un rato tuve una conversación muy interesante con Adelaida y después otra conmigo mismo frente al espejo. Creo que ya es tiempo que deje de jugar a la víctima y al victimario. Ya es hora de sacar todo lo que siento, que en realidad no sé si es amor o mariconada, como dices, pero de lo que sí estoy seguro es que ya no puedo más. Adelaida me hizo ver muchas cosas que…

—¡Ay Pepe! —Ana María lo interrumpió bruscamente—. Esa bruja no debe haberte dicho nada bueno. Ella adora a mi hermana y haría cualquier cosa que Bárbara le pidiera.

—Ana, creo que estás equivocada. Con decirte que es la primera vez que la siento sincera. Además, me dejó como loco cuando empezó a hablar de cosas que ella ni tan siquiera conocía. Es imposible que las supiera, te lo juro. Cosas muy íntimas que solo sabíamos Bárbara y yo.

Ana no quiso contradecirlo. Sitió pena ante la ingenuidad de Pepe. Ella sabía el tipo de relación que llevaban su hermana y Adelaida. Sabía que «la bruja» era algo más que una confidente para Bárbara. Estaba más que segura que Adelaida sabía de Pepe hasta cómo olían sus pedos mañaneros.

—Qué bueno que pienses así de esa odiosa bruja, pero no vas a hacer que yo cambie mi forma de pensar. Esa mujer es un peligro. Hoy te ayuda y mañana te chivatea con la policía. Yo no le creo nada, Pepe.

—Se ve que la quieres mucho —señaló Pepe sonriendo con un poco de ironía en sus palabras—. También quiero pedirte una disculpa por no haberte buscado en todo este tiempo.

—Pepe, no te preocupes, siempre he sido invisible para ti. Ya estoy acostumbrada.

—Ana María, perdóname, por favor.

—Pepe, no se le puede pedir a un ciego que vea. Y tu ceguera estaba muy avanzada. Yo te he amado en secreto, desde mucho antes de que mi hermana te diera el sí. Pero tú no me veías. Y, como siempre, mi hermana se me adelantó y tú caíste en sus garras y no en las mías. —Hizo una pausa, miró a Pepe a los ojos y se llenó de valor para soltarle de sopetón algo que podría ser duro para Pepe—: No dudo que después se haya enamorado de ti. Pero cuando ustedes empezaron, estoy segura que lo hizo para joderme. Para sentirse feliz por haberme arrebatado a un enamorado.

Pepe se dio cuenta que esta conversación tocaba fibras muy sensibles en Ana y que, indudablemente, estaba sacando toda la tristeza y el rencor acumulado en ella. Era mejor desviar la conversación hacia lo que a él más le importaba saber.

—¿Tu sabías que ella me traicionaba con el Nany?

Ana María bajó la cabeza. Su silencio habló por sí solo. Ahora se avecinaba el lado oscuro de las confesiones. Ella sintió mucho miedo de cómo pudiera reaccionar Pepe al escuchar lo que iba a decirle.

—No sé por dónde empezar, pero creo que es inevitable decirte todo. Sí, en efecto. Yo sabía que ella te traicionaba y sé otras cosas que, si tú supieras, no sé si me perdonarías.

—Por ahí va justamente lo que quiero saber. De lo poco que he leído del diario, solo hay algo que me está dando muchas vueltas en el *moropo*[5]. En la nota que te escribe al inicio del cuaderno dice: «Si estás pensando en juzgarme, no lo hagas. Dudo mucho que tengas la conciencia tranquila como para hacerlo. Tú sabes bien que siempre supe que amabas a Pepe y mejor no te recuerdo otras cosas que pueden empañar tu excelente reputación».

Ana María quedó pensativa por unos instantes, pero sabía que tenía que decirle la verdad, por muy dura que esta fuera.

—El día que enterraron a tu padre, Bárbara no quiso quedarse aquí contigo. Según ella, ya no te soportaba. —Ana María respiró profundamente y prosiguió—: Esa noche, me pidió que la supliera aquí, en tu casa, para ella irse con el Nany. Yo deseaba estar a tu lado y apoyarte en ese momento tan triste para ti. Fue por eso que acepté. Cuando tú regresaste ya tarde en la noche, la que estaba aquí en la cama acostada era yo.

[5] Moropo: (Voz popular). En Cuba: cabeza.

—Sí, me pareció muy extraño que Bárbara estuviera tan cariñosa y comprensiva. Pero, la verdad, nunca sospeché que fueras tú. Yo estaba tan mal que no tenía cabeza para pensar en otras cosas. Solo me di cuenta que, a pesar de que nuestra relación pasaba por un mal momento, ella se comportaba muy diferente. Bueno, es obvio que no era ella.

—Tienes todo el derecho a decirme lo que se te ocurra. Creo que estuvo muy mal de mi parte aceptarle esa propuesta a mi hermana.

—No, no voy a recriminar tu deseo de ayudarme, al contrario, gracias por ese gesto. En realidad, aquella noche necesitaba a alguien en quien apoyarme y te confieso que me dio gusto pensar que ella se estaba comportando amable con mi dolor. Si tuviera que molestarme con alguien, créeme que sería conmigo, pues fui un tonto al pensar que ella pudiera hacer algo bueno por mí. Incluso, llegué a imaginar que las cosas entre ella y yo podrían arreglarse.

Ana, al ver que Pepe no la recriminó por tal acción, decidió no desaprovechar la oportunidad para seguir echando castañas al fuego. Era necesario que Pepe terminara por despreciar a Bárbara.

—Al otro día, después que te fuiste al trabajo, ella regresó. Se había pasado la noche en casa de su amante y tú aquí sufriendo. No sabes cómo desprecio a mi hermana, Pepe. No dejes que mi hermana te haga más daño. Ya te han pasado demasiadas cosas para seguir cargando con este sufrimiento mientras ella se revuelca con sus machos.

—¿Y qué pasó cuando regresó?

—Ella llegó muy agresiva conmigo y empezó a molestarme y me dijo: «Quiero que sepas que te acostaste con él porque ya no me interesa. Espero que hayas aprovechado esta oportunidad para haberle hecho el amor, porque no creo que se te vaya a dar otra vez. No sé cómo no te da vergüenza estar recogiendo las sobras que yo dejo». No sabes cuántas cosas le dije, pero ella tenía el don de humillarme y hacerme parecer una hormiga.

Pepe, a pesar de su rabia, pudo comprender muchas cosas. Ana María mostraba un enorme complejo de inferioridad y aceptaba que no pudo nunca competir con Bárbara. Era evidente que estaba asumiendo el papel de víctima y trataba de mostrar a su hermana como la mala de toda la historia de rivalidad que había entre ellas. Para él, ya eran demasiadas revelaciones. No necesitaba oír más. Al menos, se había enterado de lo más importante: Bárbara le había sido infiel. Y eso era suficiente para mandarla bien lejos de su vida.

Pepe miró hacia el techo, como era su costumbre cuando quería buscar una explicación a las cosas, y pensó: «¡Cuánto sufrimiento me hubiera ahorrado, si me hubiera enfrentado a esta verdad hace tiempo! Total, me iba a enterar de lo mismo. He sido un estúpido».

Era necesario poner fin a la conversación. No valía la pena seguir alimentando el rencor con recuerdos del pasado. Pero Ana quería seguir y en el momento que Pepe le iba a sugerir no hablar más del tema, ella lo interrumpió y siguió con su desahogo:

—Ella se vanagloriaba de sus éxitos y estoy segura que me dejó ese diario para hacerme creer que era feliz y que había triunfado en su denigrante oficio de puta callejera. Haberse encontrado a un señor de dinero que la sacara del país, para ella era una victoria. Todo eso la hacía creer superior a mí. Y su mayor placer era demostrarlo. Recuerdo el día antes de irse, vino solo por unas horas, en un coche rentado y haciéndose la muy importante. —Ana María se puso de pie para imitar los gestos de Bárbara que, en efecto, cuando quería alardear de sus éxitos asumía poses muy estudiadas—. Me jaló del brazo y se metió en la habitación para decirme sin que mi madre la escuchara: «Mañana me voy y muy bien casada. Soy una triunfadora».

—Entonces, ¿te dijo adónde se iría?

—Nunca me lo dijo. ¿Puedes imaginar eso? Y nunca más he sabido de ella. El colmo es que yo le escribía cartas a mamá como si fueran de ella, porque Bárbara jamás escribió unas míseras líneas para saber de su madre. La que tanto la quería. Y esta —dijo dándose palmadas en su pecho—, la que no era su consentida, fue quien la cuidó durante toda su enfermedad. Así es la vida, Pepe. Solo que hay algo que no alcanzo a entender. Que haya hecho cosas para hacerme sentir mal, lo entiendo, pero que haya actuado así con mi madre, no me cabe en la cabeza.

—No te preocupes, Ana María. Al contrario, siéntete orgullosa de haber sido quien estuvo con tu madre hasta el último momento de su vida —señaló Pepe para consolarla cuando se percató que de sus ojos azules empezaba a brotar el llanto—. ¿Por qué nunca me dijiste que me amabas?

—¡Ay, Pepe!, esa pregunta es muy difícil de contestar. Yo sabía lo enamorado que estabas de ella. Y a mí jamás me mirabas. Para ti, Bárbara no era gemela y es posible que, si me paraba a solas ante ti, no hubieras vacilado en decirme Bárbara.

—Ana María, ¿qué puedo hacer para compensar tanto dolor?

—Nada, Pepe. Ya el hecho de que te des cuenta quién era en realidad mi hermana, me hace sentir mejor. Con saber que estás decidido a cambiar esta vida que llevas aferrado al amor de Bárbara, ya me es suficiente. Te lo juro. Me da gusto que hayas decidido olvidarte de ella para siempre. Tal vez deje yo de ser invisible para ti.

—Ven. Déjame mostrarte algo. —Pepe la tomó del brazo y la llevó al patio, donde le mostró en qué había convertido todos los recuerdos de su hermana—. En ese bulto de cenizas está lo que quedaba de Bárbara. Te lo juro.

—No tienes que jurarme nada. Ya quemaste lo externo que poseías de ella. Lo interno que llevas ahí dentro —le dijo mientras le señalaba con un dedo el corazón—, será más difícil de quemar. Pero estoy segura que lo vas a lograr.

—¿Por qué no te animas y salimos un rato hoy en la noche? Me gustaría que conversáramos. Creo que tenemos muchas cosas de qué hablar. ¿No crees?

—Sí, tienes mucha razón, hay muchas cosas que decirnos, pero hoy va a ser imposible. Ya me hicieron una invitación y no puedo cancelarla. Pero otro día, con mucho gusto, te acepto la invitación.

Pepe se mostró demasiado discreto al no preguntarle con quién iba a salir. Aunque sintió curiosidad, no insistió. Entraron a la cocina y él se dispuso a preparar un poco de café. Ana María quedó sorprendida al ver las condiciones en que estaba todo. Se puso la mano en la boca y sin poder evitarlo exclamó:

—Pepe, a partir de mañana me tocan tres días de descanso. Me gustaría venir y ayudarte a arreglar toda esta casa. Si vas a empezar a cambiar, debes empezar por poner orden y limpieza en este basurero donde vives.

—¿De verdad harás eso por mí?

—Claro que sí, Pepe. ¿Me dejas ayudarte?

—Está bien. Mañana me parece bien. Voy a estar aquí.

Con el ruido característico, la cafetera anunció que ya estaba el café totalmente colado. Ana María lavó dos tazas y ella misma sirvió el café, para tomarlo despacio mientras hablaban de algunos temas más, durante veinte minutos.

Ya en la puerta y a punto de retirarse, Ana le indicó:

—Ya no leas más ese diario. No te metas más allá. Me atrevo a decirte que con lo que has leído, ya es suficiente.

Cuando Ana María se fue, Pepe preparó su lata de aceite de cinco galones, la amarró con una cuerda a la parrilla de la bicicleta e inició su recorrido diario por varias casas para recoger el sancocho que le daba de comer a su puerquito Tito. Todas las tardes, cuando llegaba del trabajo, hacía lo mismo. Unas veces más, unas menos, pero siempre llegaba con un poco de comida para su caribajo.

Al salir de la casa, lo primero que hizo fue tirar el paquete con las ramas con que Adelaida lo había despojado. Se sintió complacido. Ya había tirado el bulto donde iba su mala suerte. Al menos, así lo pensó. Solo faltaba que fuese verdad. Y siguió para repetir la rutina de todas las tardes, solo que hoy lo hacía un poco más temprano. En todas las casas se sentaba entre cinco y diez minutos y la conversación cotidiana siempre fluía sobre las desgracias del día, los sucesos más relevantes del momento, el Período Especial, la escasez, el hambre, y todo tipo de conversaciones en tonos grises, como si lo bello de la vida hubiera desaparecido para siempre de la faz de la isla. ¡Siempre lo mismo! Cuando terminó el recorrido, la tarde ya había caído y, con ello, se aproximaba la hora que muchos esperaban que se fuera la luz, para recibir una noche más a oscuras y con calor.

Pepe se metió al baño y después de darse una buena restregada con estropajo, pero sin jabón, hizo lo que Adelaida le aconsejó. Se enjuagó con pétalos de rosas y se pasó un huevo por todo el cuerpo, pidiéndole a Dios que salieran de él las malas vibras. Se sintió bien consigo mismo. Al menos, empezaba a creer en algo. Mientras rezaba cerró los ojos y al abrirlos sintió un sobresalto que lo paralizó, por un instante pensó que se había quedado ciego. Todo estaba negro, entremezclado con la oscuridad de la noche. Se había ido la luz. Un apagón más en un país donde la oscuridad se había hecho cotidiana.

Iluminó el comedor con una lámpara de petróleo y mientras comía contemplaba el hilo de humo negro que se levantaba hasta el techo, donde ya se había formado un redondel de hollín. Al terminar, sabía que tenía que huir de su propia casa. Era una noche muy caliente, porque el calor, como de costumbre en estas fechas, era prácticamente insoportable, 35 grados centígrados con un 80 % de humedad relativa.

Para Pepe, ya se había convertido en una tradición sentarse en el largo malecón a contemplar la bahía y a tomar el poco de aire que soplaba del mar a la tierra. Ver los escasos barcos que estaban anclados en una bahía que años atrás parecía un árbol de navidad llena de luces, con muchos barcos iluminando la noche mientras esperaban su turno para entrar al puerto. O, simplemente, sentarse a ver la gente pasar y esperar y a esperar a que algún milagro ocurriera.

Se puso una camisa a cuadros rojos y blancos, su mismo pantalón de pana *beige*. Y antes de irse pasó por casa de Adelaida y le dijo:

—Flaca, para que veas que sí te creo, hice todo lo que me dijiste. Ahora vengo a que me des la bendición.

—Que la Virgen de la Caridad del Cobre te proteja, *mijo*. Que Dios te bendiga. ¿Y a dónde vas ir?

—Voy al malecón, al mismo lugar de todos los días. A esperar algún milagro.

—Ten fe, Pepe, ese milagro llegará.

Eran ya las ocho y media cuando Pepe salió y «la flaca» cerró su puerta, para inmediatamente tomar el teléfono y marcar un número que tenía anotado en un pedazo de papel. Estuvo hablando durante unos minutos con alguien. Colgó el teléfono y agarró un sobre donde introdujo una carta. Pasó la lengua por la parte engomada del sobre y lo pegó. Escribió el nombre del destinatario, puso la carta sobre su pecho y soltó un suspiro de felicidad. Muchas imágenes del pasado vinieron a su mente. Pensó en su hijo muerto en la guerra de Angola y en la mujer que siempre quiso para él. Sin vacilar un instante, se dirigió hacia el portal de su casa. Como era su costumbre, sacó uno de sus sillones de hierro y se sentó a disfrutar de las delicias de una ciudad a oscuras.

Mira, mira. Ah mira
como te has convertido en un ser
politizado
girando enajenado
alrededor del tema común
el gran tema
el único tema posible ya.
(Fragmento de Otra vez el Mar*)*
Reinaldo Arenas

Miami
Sábado, 26 de noviembre del 2016
1:20 a.m.

Pepe subió lentamente las escaleras hacia su cuarto. Su esposa había empezado a maquillarse sentada frente a la cómoda. Pepe fue directo al baño, se lavó la cara y se afeitó lo mejor que pudo.

—Amor, ¿te acuerdas de la primera vez que hicimos el amor? —preguntó Pepe mientras caminaba hacia su esposa y se paraba detrás, de manera que podían verse a través del espejo.

—¡Uy amor, hace tanto tiempo de eso!, pero lo recuerdo perfectamente. ¿Y a qué viene esa pregunta?

—Por nada, solo se me ocurrió. Creo que debe ser esta avalancha de recuerdos que han caído sobre mí —respondió Pepe mientras empezaba a peinarse.

—¿Debo preocuparme? —preguntó su esposa mirándolo a los ojos—. En esa avalancha deben haber aparecido todas tus primeras veces.

Pepe no respondió y se dirigió al vestidor para seleccionar la ropa que se pondría. Era muy práctico, a pesar de que había mucha diferencia con el pasado donde tenía dos o tres camisas y un solo pantalón. Ahora, su clóset estaba lleno de camisas de marcas, de pulóveres de muchos colores y pantalones de todo tipo. Se vistió lo más *sport* que pudo, dada la ocasión, y al salir del cuarto le dijo a su esposa: Te espero abajo. Bajó de nuevo a la sala del televisor. Sintió que había sido imprudente con la pregunta que le había lanzado a su mujer. Se bebió lo que quedaba del *whisky* y su mente voló a esa primera vez, que para él quedaba intacta, tal y como la había vivido aquella noche.

Cienfuegos, Cuba
Jueves, 4 de agosto de 1994
8:50 p.m.

Pepe llegó al malecón, estacionó su bicicleta y se sentó. Esa noche, llegó al mismo lugar de siempre a esperar que pasara el apagón y a mirar cómo pasaba la gente. De cuando en vez un conocido. Un saludo. Una promesa de visita o el último chisme que andada en *vox populi*: «¿Te enteraste quién se fue del país? ¿Te enteraste que agarraron 'al gordo' con más de quince sacos de harina en la casa? ¿Te enteraste...?», ¡nada nuevo! Las mismas miserias de cada día.

Por momentos, le invadía la angustia por tanta soledad. Pero ahí seguía. Y para remediarla, esperaba con ansias a que pasara algo. Lo necesitaba. Esencialmente, algo que rompiera su rutina, bueno o malo. No importaba. Pero Pepe esperaba y esperaba. Él no quería suicidarse como su padre, pero a veces su estado depresivo lo incitaba a pensar cosas horribles: que a un auto se le fuera la dirección y fuese ahí donde estaba sentado y lo aplastase, que subía la marea y el mar se lo llevaba... Por momentos, deseaba algo que lo desapareciera para siempre. Y así estaba Pepe con su cigarro Popular encendido, cuando de repente una voz lo sacó de sus nefastos pensamientos:

—¿Te molesto con un encendedor, por favor?

Pepe se frotó los ojos, se pellizcó un brazo y se dio palmadas en la cara. No podía creer que fuera verdad. Dos mujeres estaban paradas frente a él. Tenían aspecto de extranjeras, por su acento y cómo vestían. Por otra parte, no estaba acostumbrado a que ninguna cubana le dijera: «¿te molesto con un encendedor, por favor?». Si fueran cubanas le hubieran dicho: «Oye chico, me das candela». Pero decir ¿por favor?, eso era imposible en tiempos donde la educación formal se había vuelto demasiado informal.

De forma inmediata, vinieron a su mente las palabras de Adelaida. «¿Será posible que todo lo que me dijo 'la flaca' sea verdad?», pensó, porque tenía delante de sí a dos mujeres y eran extranjeras. Demasiada coincidencia y, además, sorprendente. Sobre todo, que parecía ser muy bueno como para que le estuviera sucediendo a él. Parecía que su mala suerte empezaba a alejarse y que estaba ante el milagro que tanto esperaba. No podía articular palabras. Su mirada recorrió sus rostros. Y, para su gusto, quien había hablado era la que más le había gustado. Todo en ella era espectacular: cara, ojos, pechos, hombros, brazos, piernas, caderas y nalgas, que formaban toda su armónica figura.

Él le acercó el encendedor y mientras le daba lumbre le preguntó:

—¿Puedo saber cómo te llamas?

—Mi nombre es Andrea..., Andrea Parres de Berlanga. ¿Y el tuyo?

—Me llamo... —Pepe pensó unos instantes y respirando profundo, balbuceó—: Juan José Vega, pero todos me dicen Pepe el Salao, Pepe por José y *salao* porque todo me sale mal.

Las dos recién llegadas soltaron una escandalosa carcajada.

—Pues ya sabes el mío, y ella es Rebeca.

Rebeca estrechó la mano de Pepe, que le lanzó un rápido escaneo como lo había hecho con Andrea y pudo comprobar que Rebeca también estaba muy apetecible. Pero, definitivamente, a Pepe le impactó más la presencia de Andrea.

—Mi nombre es Rebeca. Somos mexicanas y nos da mucho gusto encontrarnos con un apuesto caballero que se autonombra «el Salao». Digamos que tú le pondrás la sal a estas inofensivas verduritas —indicó Rebeca mientras lo miraba fijamente a los ojos. Al ver la sonrisa que adornó el rostro de Pepe, no vaciló en manifestar—: Por lo menos sabes sonreír.

—¡Gracias! Créeme que ya se me había olvidado. Hace tiempo que no me rio como debería. Así que un poco de alegría no me vendría nada mal.

—¿Y a qué se debe tanta tristeza? —Volvió a atacar Rebeca.

—Parece ser que me he transformado en un hombre triste —señaló Pepe, aunque no quiso ser muy explícito—. Para mí, la tristeza se ha convertido en una forma de vida.

—No te creo. Los cubanos se caracterizan por ser personas muy alegres —apuntó Rebeca, como queriendo, de una vez y por todas, que Pepe les dijera el porqué de su tristeza.

—Rebeca, cuando ves la vida en blanco y negro, los momentos de alegría son escasos. Hace dos años me volví daltónico del alma, espero que algún día llegue un milagro y pueda ver de nuevo la vida en sus más vivos colores

—Pepe, ¿crees en los milagros? —preguntó Andrea, quien los escuchaba atentamente y a quien la curiosidad empezaba a devorar. A ella, por cómo lo miraba, también le había impresionado mucho la presencia de Pepe.

—Para serte sincero, no creía —le respondió Pepe—, pero créeme que a partir de este momento empiezo a creer que sí existen los milagros.

Por un momento, los tres quedaron callados. Pepe tuvo la sensación de que se acababa el tiempo con aquellas chicas y que en un abrir y cerrar de ojos se había dicho todo lo que había que decirse. Andrea dio una fumada al cigarro recién prendido y cruzó una mirada con Rebeca, que en ese momento la miraba como diciéndole que rompiera el hielo momentáneo que se había apoderado entre ellos. Fue Pepe quien tomó la iniciativa:

—¿Por qué no se sientan un ratico?

—¿Ratico? —replicó Rebeca en tono burlón—. Sí que hablan chistoso ustedes los cubanos. Pero creo que te vamos a complacer, aunque sea solo por un ratito, porque queremos ir bailar.

Pepe se animó a prender un cigarro.

—¿Por qué no nos aceptas una invitación y te vas con nosotras a bailar? —continuó rápido Rebeca, quien se dio cuenta que algo le pasaba a Pepe.

—Es que...

—Perdón, ya sé que me vas a decir que no tienes dólares y que no puedes aceptar la invitación de dos mujeres, porque eres un macho alfa y, además, orgulloso, al que no le gusta que sean las mujeres las que paguen.

—Ufff..., además de ser muy guapas, también saben leer el pensamiento de los machos orgullosos. La verdad, no tengo dinero. Y no es solo machismo, más bien es vergüenza, y me pone de muy mal humor que una persona como yo, que trabaja y tiene una carrera, no tenga un centavo para invitar a dos mujeres tan…

—Pepe, por favor —Andrea lo interrumpió—, nosotras sabemos todo lo que pasa en Cuba. Déjanos invitarte. Y mira, no discutamos ese punto, así qué no te queda más remedio que aceptar ser nuestro invitado de honor.

—Pues quiero creer que me están obligando. Así que anota por ahí que acepto, pero bajo protesta —replicó Pepe mientras dejaba escapar una sonrisa.

—Bueno...

Alguien interrumpió a Rebeca. Era un joven que, a juzgar por su apariencia, también era mexicano. Mediano de estatura, bien parecido y, sobre todo, muy elegantemente vestido.

—Buenas noches —saludó al llegar al grupo.

—Hola, *güey* —contestó Rebeca mientras el joven la rodeaba con sus brazos.

—¡No seas grosera, Rebeca! —la atacó Andrea. Luego dijo volteándose a Pepe—: mira, él es Raúl, un amigo nuestro.

Después, dirigiéndose a Raúl señaló:

—Él es Pepe. Un cubano solitario que estaba a punto de suicidarse y al que le hemos salvado la vida.

Andrea soltó una pícara sonrisa al tiempo que le decía a Rebeca:

—Creo que Raúl tendrá que pagar todos los gastos de esta noche.

Solo ellas y Raúl pudieron descifrar esta última frase dicha por Andrea, Pepe no prestó mucha atención porque desde que Raúl había llegado, había puesto a volar su imaginación. «Ya esto empieza a ponerse bueno», pensó que Raúl era como una especie de «amigo complaciente» que tenía Rebeca. Todo cuadraba de manera perfecta.

Raúl lo saludó y sin muchos rodeos dijo rápidamente:

—Si quieren que yo pague, pues ¡pónganse listas y vamos!, porque ya la guía de turismo debe estar esperándonos a la entrada del hotel. Ella reservó para entrar al *show* del cabaret Guanaroca. Dicen que hay una exhibición de travestis.

—Sí, vamos —apuntó Rebeca.

Nadie esperaba la respuesta que iba a dar Andrea, por lo que a todos agarró por sorpresa, incluso al propio Pepe, cuando proclamó:

—Mejor vayan ustedes —indicó con un gesto que solo Rebeca comprendió. Era evidente que quería quedarse a solas con el cubano—. Yo me quedo un rato con este amigo solitario, que no parece peligroso. ¿No te molestaría acompañarme más tarde y mientras nos quedamos aquí platicando un rato? —le preguntó directamente a Pepe.

—No, claro que no me molesta —contestó rápidamente este.

Andrea miró hacia Rebeca, quien con el rostro fruncido le iba a decir algo, pero no le dio tiempo porque de inmediato empezó a hablar:

—Váyanse ustedes, por favor.

Raúl y Rebeca se alejaron. Pepe se dio cuenta que Rebeca no quedó muy contenta con la idea de que su amiga se quedara con un desconocido. Daba la impresión que se había puesto celosa, cuestión que, según él, no tenía razón de ser y de nuevo puso a volar su imaginación. Lo primero que pensó fue que Andrea podía tener una relación con algún familiar o amigo cercano de Rebeca, pero no le dio importancia y solo se limitó a pensar: «A fin de cuentas, ojos que no ven, corazón que no siente». Y ahí se quedaron, uno junto al otro, sentados en el inmenso malecón, bajo una noche estrellada y con la radiante luna que iluminaba el cielo cienfueguero.

—Andrea, ¿Raúl es novio de tu amiga?

—No, solo son amigos. Rebeca no tiene novio. Es una larga historia que no pretendo contarte ahora.

Por un instante, los dos guardaron silencio y quedaron tan quietos como la noche. La luna los contemplaba y el reflejo de su luz comenzaba justamente bajo sus pies, que colgaban hacia la parte que daba al mar. Pepe, por primera vez en el día, comenzaba a sentirse a gusto con lo que estaba haciendo.

—Parecemos protagonistas de una escena de película. Dos desconocidos sentados mirando al mar, cada uno esperando que el otro rompa el hielo y, como siempre, el primero que hable dirá algo banal, en busca de algún tema apropiado para no parecer un aburrido. Me gustaría empezar buscando un título para esta película. ¿Qué te parece si le ponemos Andrea en el país de la magia?

—¿En el país de la magia? —Andrea soltó una carcajada—. Me gusta, suena romántico.

—Creo que será una trama poco romántica, pero será mágica. Andrea llega como por arte de magia y se encuentra a un tipo terriblemente solo, que ha quedado completamente hechizado desde el primer momento que la vio. Ella espera que Pepe diga algo, pero él no encuentra las palabras adecuadas para expresar lo que está sintiendo, porque tiene miedo que se acabe el encanto, porque en el país de la magia lo bueno dura poco y lo malo parece ser eterno. —Hizo una pausa y tragó saliva para continuar hablando—: En este país puede cambiar todo por arte de magia y no dudes que en cualquier momento llegue un policía y transforme lo romántico en tragedia.

—Siempre he sentido curiosidad por Cuba y los cubanos. He oído muchas cosas. Tengo una amiga cubana y me ha platicado lo que nunca creí imaginar, y te juro que a veces me resulta imposible creer lo que me dice.

—No sé qué te habrá dicho tu amiga, pero solo te digo que, si de Cuba se trata, todo lo que te digan puede ser creíble, aunque te parezca imposible. Por eso te decía que estás en el país de la magia. Tenemos un presidente que es mejor que ese mago que sale en la televisión, el tal David..., ¡ah, caramba, no recuerdo! —Andrea sonrió, por la manera tan especial que tenía Pepe de decir las cosas—. El mago de aquí cambia hasta el clima cuando se lo propone y así ha cambiado la isla a su antojo. Sobre todo, ha construido un país que no se entiende en sí mismo. Un país donde se hace más con menos, donde los reveses no se convierten en victoria, donde los profesionales ganan menos que los que no trabajan, donde las mujeres menstrúan cada 28 días sin tener toallas sanitarias, donde el dinero foráneo vale más que el nacional y donde una persona extranjera vale más que un cubano. Donde no hay prostíbulos, pero cada día hay más prostitutas en busca de que llegue su mesías prometido y la saque definitivamente de esta pocilga. Andrea, lo que te diga es poco creíble, pero te juro que es la verdad. Aquí, es el único lugar del planeta donde se come picadillo sin carne. Es de los pocos países del mundo donde se exporta todo en busca de divisas y donde no hay nada para los nacionales. En fin, Andrea, ¿dime si no es un país mágico que está gobernado por un gran hechicero?

—Es horrible tu sarcasmo, pero definitivamente te entiendo.

—Lo horrible es que perdamos nuestro tiempo hablando de esto. ¿Por qué no me cuentas un poco de ti?

—¿De mí?

Andrea lanzó una pequeña piedra que había tomado del muro del malecón y contempló como las ondas se agrandaban y desaparecían.

—Yo también tengo mis sufrimientos, con la diferencia que veo la vida con otros tonos. Acabo de terminar una relación que me afectó bastante, pero creo que tampoco vale la pena hablar de eso.

Andrea miró su reloj y giró los pies sobre el muro y saltó hacia la acera.

—¿Nos vamos a bailar un rato? Yo te invito. Y tú, en cambio, me cuidas y me acompañas.

— ¿Ya tenemos que irnos? —preguntó Pepe con un poco de angustia.

—Exacto —exclamó ella, menos convencida que nunca por lo que estaba diciendo. Hablar de su relación la puso en extremo nerviosa.

Pepe volvió a mirarla con su ternura característica y sintió que Andrea ya entendía sus miradas.

—Hablemos un rato más, por favor. Hace muy poco tiempo que se fueron tus amigos. Creo que más bien te has asustado al recordar la relación que acabas de terminar. No te preocupes. Bienvenida al club de los fracasados. Yo hoy terminé definitivamente con un recuerdo que tuve congelado durante dos años —señaló Pepe tragando en seco y pensando que no era el momento para hablar de historias tristes—. Estemos un rato más y después, te prometo que acepto tu invitación sin poner resistencia. ¿Por qué no me cuentas un poco de ustedes, los mexicanos? Quiero saber, en verdad, cómo se vive en el capitalismo.

Andrea volvió a sentarse y le contó a Pepe cómo había conocido a Rebeca, a qué se dedicaban, cómo era la vida en México. Pepe, a cada momento, la interrumpía con preguntas que, para ella, resultaban inverosímiles: ¿Donde tú trabajas es del estado o es particular?, y ella con una sonrisa le respondía: «Es mío, yo soy la propietaria». Pepe no podía entender bien. Andrea era dueña de su tiempo, de sus capacidades, de su dinero y de su casa. En cambio, en Cuba había un solo dueño.

Andrea siempre buscaba una salida inteligente para explicarle a Pepe sus definiciones, porque para Pepe existía una terrible confusión entre lo «legal» y lo «estatal». No podía creer que un negocio que no fuera del estado pudiera ser legal. No podía asimilar que hablaba con una persona dueña de su negocio, sin caer en confusiones. Para él, que había nacido y crecido en un régimen totalitario donde oía siempre que «todos los ricos son malos» por el hecho de tener dinero y que «todos los pobres son buenos» por no tenerlo, le resultaba en extremo difícil entender que Andrea pudiera ser «buena» teniendo dinero, siendo la dueña de su negocio y, además, siendo capitalista.

—Pepe, toda ideología se asienta en paradigmas y, por eso, puedo entender que, para ustedes, las mentiras tantas veces repetidas pueden cobrar una fuerza real y llegar a ser aceptadas como verdades. Para ustedes, el capitalismo es injusto. Pero, te repito, es un paradigma. Y no te dejes confundir. El capitalismo es un mecanismo económico, al cual estoy segura que le falta mucho para ser perfecto, pero del cual creo que es el sistema más eficiente para producir bienes y servicios en la economía de cualquier país. Tu confusión está dada porque estás acostumbrado a ver la presencia del estado en la economía. Aquí, todo es del estado y el que haga algo por su cuenta, es ilegal. Y eso es un error. La actividad del estado debe limitarse a preservar la justicia social y mantener el equilibrio entre las clases imperantes. Y como estado dar un apoyo global a todo el sistema que conforma la economía del país. Pero no tiene que centralizarlo todo para evitar que aparezcan «ricos malos» y «pobres buenos». Esa es una historia que han inventado los socialistas y los demagogos.

Pepe sintió que estaba haciendo un viaje al capitalismo, pero no al capitalismo que había estudiado en la universidad. Era todo lo contrario. Estaba conociendo el capitalismo real. Y, sobre todo, se sentía admirado por el conocimiento que demostraba Andrea. Poco a poco, la conversación fue siendo menos tensa. Era imposible que estos temas no generaran contradicciones entre quienes lo discutían, pero Andrea era sumamente inteligente y cuidadosa para no crear conflictos entre sus puntos de vista. Luego, le contó cómo había surgido la idea del viaje a Cuba y los lugares que había visitado desde su llegada.

Después, le tocó el turno a Pepe. Le habló sobre lo que había estudiado, le habló de sus padres, de su trabajo y, como por arte de magia, volvieron a caer en el tema de Cuba. Pepe le narró cómo era un día en la vida de Pepe el Salao. Luego, le hizo una breve reseña de lo que había sido la revolución cubana, sus principales figuras y sus más significativos triunfos y sus cotidianos fracasos.

—Las primeras medidas económicas y sociales que adoptó desde el primer día de su gobierno, excepto la Primera Ley de Reforma Agraria, mostraron un efecto distributivo de alto beneficio popular, y, de alguna manera, no alteraban, en lo esencial, ni las relaciones de propiedad, ni siquiera las de distribución de la riqueza. Sin embargo, y por obvias razones, ni al gobierno de los Estados Unidos ni a los empresarios, tanto cubanos como extranjeros que radicaban en la isla, les hizo mucha gracia. Por un lado, no se sentían dueños de la situación porque

Fidel iba cerrando más el círculo para controlarlo todo y, por otro lado, empezaron a sospechar que algo muy diferente a lo que decía en sus discursos se estaba tramando desde la cúpula más cercana al gran jefe.

—Voy entendiendo perfectamente. Es muy interesante lo que me cuentas —manifestó Andrea mostrando mucho interés por la conversación.

—Su primera jugada fue la creación de un sector estatal de la economía, que se dedicó a «recuperar» los bienes malversados por los funcionarios del gobierno militar de Fulgencio Batista. Claro, lo que parecía bueno tenía su truco. Algunos ministros reformistas eran partidarios de transferir dichos bienes mediante subasta pública al capital nacional y no al estado. Y fue evidente que la idea de una estatización de la propiedad fue lo que les infundió el terror, pues, para ellos, era una especie de comunismo enmascarado.

—¡Qué visión tuvieron esas personas! Porque, en realidad, en eso convirtió al país. ¿O me equivoco? —comentó Andrea, sin poder ocultar su admiración hacia Pepe.

—No, no te equivocas, Andrea. Todo lo que hizo el gobierno en ese tiempo iba enmascarado de un «populismo barato», con la fachada de que todas las medidas revolucionarias iban solo dirigidas a lograr una mejor distribución de la riqueza a favor de las clases que no tenían nada. Según Fidel, estas medidas no eran de carácter socialista, ni siquiera antiimperialista, en el sentido estricto de la palabra. Hay que tener cara dura, Andrea, porque lo que vino después fue todo lo contrario y demostraron, sin remedio, que todo era una trampa disfrazada de un populismo demagógico para captar el respaldo del pueblo y definir el comienzo de lo que ese señor llamó «una revolución verdadera». Es horrible, Andrea, porque ahí empezó nuestro calvario. El 3 de marzo de 1959, Fidel empezó nacionalizando la Compañía Cubana de Teléfonos. Después, el día

6 del propio mes, aparecía otra ley, mediante la cual se rebajaban en un 50 % los alquileres, lo que encontró un gran respaldo de ese pueblo tan necesitado. El 21 de abril se declaraba el uso público de las playas. ¡Imagina cuánto ganó! Ya todos los cubanos, negros, blancos, ricos y pobres podían hacer uso masivo de esas playas. Más tarde, el 20 de agosto se rebajaban las tarifas eléctricas, sin dudas, una medida de alto impacto popular. Pero Andrea, la medida más radical de esa etapa fue la Primera Ley de Reforma Agraria, dictada el 17 de mayo de 1959. A diferencia de las anteriores reformas a la tierra, esta ley sí alteraba la estructura de la propiedad y de las clases existentes en el país. En pocas palabras y para que lo entiendas bien, empezaron a quitarle a la gente lo que era de su propiedad. Empezaba a disponer de todo lo que no era suyo. Y en vez de que esta ley se limitara a un simple reparto de tierras ociosas en estado de precariedad o pertenecientes al estado, fue un poco más allá. Fidel dijo que se requería una transformación de la agricultura cubana que eliminara el latifundio y otorgara «en propiedad» la tierra a quien la trabajase. Con eso no había dudas que ascendería al salón de la fama. Se metió con los gringos porque no era posible realizar en Cuba una reforma agraria verdadera sin afectar los intereses de las compañías americanas y, por supuesto, a la propiedad privada. Ni era tampoco posible llevar a fondo el combate contra el dominio norteamericano en Cuba sin afectar las enormes extensiones de tierra incluidas en dichos latifundios. Por eso, en la primera fase del plan macabro de Fidel, el contenido agrario y el contenido antiimperialista venían indisolublemente agarraditos de la mano.

—Quiero entender que, a pocos meses de entrar al poder, empezó a hacer uso de esa magia que sarcásticamente me dijiste hace un rato. Había que hacerle creer al pueblo que se estaban haciendo verdaderos cambios sociales en la isla.

—Cambios sociales que solo tenían un nombre: socialismo. De esta manera, era evidente que Cuba estaba bajo las sombras del comunismo ruso. Y el régimen empieza a mover sus fichas para eliminar cualquier amenaza y emprende una especie de purga, similar a la que hizo Stalin durante su gobierno. Todo lo que oliera a contrarrevolución tenía que ser extirpado de raíz. Los viejos ministros con ideas reformistas fueron reemplazados por figuras revolucionarias. No importaba si eran idóneos o no para ocupar el cargo. Lo importante es que fueran revolucionarios y que jugaran del mismo bando que Fidel. Y para demostrarlo, el 16 de julio, Fidel Castro anunció a viva voz su renuncia al cargo de primer ministro, porque existían muchas discrepancias con el entonces presidente Manuel Urrutia. Discrepancias que, según él, estaban motivadas por las conductas contrarrevolucionarias asumidas por Urrutia. Y haciendo uso de su capacidad histriónica hizo una actuación merecedora de un premio de la academia del cine. Al día siguiente, Fidel comparece ante la televisión para explicarle al pueblo, en detalles, cuál era la causa de su renuncia y ahí, de manera eficaz, enardece al pueblo y este se lanza a las calles pidiendo, por un lado, la remoción de Urrutia y, por otro, su retorno a las funciones de gobierno. Y la jugada funcionó a la perfección, porque el día 18 de ese mismo mes Urrutia renuncia y en su lugar designa al doctor Osvaldo Dorticós Torrado, hasta ese momento ministro de Leyes Revolucionarias, pero que después se convirtió en un títere de Castro. Sin lugar a dudas, la renuncia de Urrutia asestaba un rudo golpe a los planes norteamericanos y a los de la oposición interna, los cuales veían frustradas sus esperanzas de ponerle un alto al proceso revolucionario.

—¡Jugada de campeonato! Con esto ya se consolidaba como el líder que el pueblo quería —remarcó Andrea.

—Pero eso no fue todo, Andrea. En octubre de 1959 viene la renuncia del comandante Huber Matos al cargo de jefe militar de la provincia de Camagüey, uno de sus principales hombres de confianza en la Sierra Maestra, pero con un profundo pensamiento anticomunista y vinculado a importantes sectores de la vieja guardia que querían cambios en Cuba, pero muy distantes a la implantación de un sistema socialista. En esencia, había que derrocar a Batista, pero ninguno de ellos quería quitar una dictadura para poner otra. En su carta de renuncia a Fidel, Huber lo emplazaba a definirse ideológicamente a favor o en contra del comunismo. Algo que Fidel no estaba dispuesto a confesar en aquel momento y ya podrás imaginarte la historia. Huber es encarcelado y condenado por traición a la revolución y Camilo Cienfuegos, otro de sus hombres de confianza, desapareció después del arresto de Huber en Camagüey, tras sugerirle a Huber que huyera de Cuba…

—Esto parece una historia de terror —interrumpió Andrea.

—Historia que no voy a seguir contándote porque se nos acaba el tiempo y no quiero aburrirte. Todo esto que te he contado nos llevó irremediablemente a la mierda en la que vivimos hoy.

—No me aburres, al contrario. Ojalá en mi país todos conozcamos nuestra historia, aunque sea en forma sintetizada. Me tienes sorprendida, Pepe.

Pepe se sintió halagado y hubiera querido hablar más, pero el tiempo estaba limitado y propuso la partida al hotel para entrar al *show* de travestis. Mientras tomaba su bicicleta le comentó a Andrea:

—Me imagino que en México tú debas tener un VW del año, pero aquí tendrás que montarte en mi bicicleta china, que es horrible, que pesa una tonelada, que no tiene aire acondicionado, sino más bien está condicionada a si hay aire o no.

—¿Cómo sabes que tengo un VW? Así que aparte de ser un *salao*, también eres adivino. En efecto, tengo un Jetta, que es de la VW.

—Así es. Incluso, puedo ver más en ti con solo mirarte. —Se hizo el que pensaba y soltó—: eres virgo, en extremo meticulosa y ordenada, eres perfeccionista y acabas de terminar una relación porque descubriste que tu novio era... ¡gay!

Andrea volvió a soltar una de sus carcajadas.

—¿Eres brujo? Porque, en efecto, soy virgo, soy irresistiblemente organizada. Y no seas tramposo, porque lo de mi novio yo te lo dije y, además, te equivocaste porque no era gay, solo descubrí que es un hombre casado.

Pepe tomó la bicicleta y partieron. Andrea iba sentada de lado en la parrilla trasera y se sujetaba de su cinturón. Era una experiencia fascinante para ella, acababa de conocer a un cubano y ya estaba montada sobre su «ecológico» medio de transporte.

—Es un ejercicio formidable. Yo pesaba 78 kilos y ahora, mírame cómo estoy, peso solo 69 kilos.

—¿Qué edad tienes Pepe?

—La que aparento, Andrea. Eso no se pregunta.

—Tú te quejas de tu mala suerte. Pero eres muy atractivo, así que en eso no fuiste tan castigado.

Pepe sonrió, aunque Andrea no se dio cuenta. En realidad, estaba contento. Hacía dos años que no escuchaba a nadie decirle que era bien parecido y eso le hizo elevar un poco su ego.

Al fin, llegaron a Punta Gorda. Había muchos jóvenes a lo largo de todo el muro que rodeaba la punta. Todos se agrupaban alrededor de una fuente que mostraba a una india llamada Guanaroca, símbolo de las culturas aborígenes de la zona. Y allí estaban todos. Unos velando a la policía para mover sus coches mal estacionados, antes de que los multaran. Otros oyendo la música del estéreo de su auto. Y algunas chicas esperando que pasara el extranjero y empezara su faena de ganarse el pan, mal vendiéndole su alma al Diablo. 40 dólares por una hora de placer.

Todo parecía en calma, aparente. Pero sin nadie darse cuenta, aparecieron más de treinta policías cerrando las calles de entrada y salida a la glorieta. Empezaron a pedir identificación a todos. Al que no tuviera, y a las chicas que parecían jineteras, los montaban en un carro jaula policial. Pepe y Andrea contemplaban la escena desde el estacionamiento de bicicletas, dentro del área del hotel. El más represivo acto a los derechos de cualquier persona estaba teniendo lugar ante sus ojos. Pepe sintió vergüenza de que una turista viera en qué se había convertido su país.

Después que hubo estacionado su bicicleta, la tomó por un brazo y se dirigieron a la puerta del edificio. Cuando se disponían a entrar, el vigilante de la puerta los detuvo:

—Oigan, ¿ustedes a dónde van?

—Yo estoy hospedada en el hotel, señor —le indicó Andrea.

—Muéstreme su tarjeta de huésped.

Andrea mostró su identificación que la acreditaba como huésped.

—¿Y la suya, joven? —le preguntó directamente a Pepe.

—El joven viene conmigo, es mi invitado —respondió Andrea.

—Lo siento, señorita, pero los cubanos no pueden entrar al hotel.

—¿Cómo es posible que yo tenga un invitado y no pueda entrar conmigo al hotel?

—Lo siento, señorita, son órdenes que tengo que cumplir.

—Pero se me hace una orden absurda. Yo debo ser libre de invitar a quien yo quiera. Para eso pago, ¿no?

—Usted será libre de invitar a quien usted quiera, pero si su invitado es cubano y, además, vive en Cuba, no puede pasar.

—¿Quiere eso decir que, si él fuera cubano, pero viviera en España, sí podría pasar?

—Claro que sí, señorita. Este hotel es solo para turistas.

—Esa es la respuesta más absurda que he escuchado en mi vida. ¿Cómo es posible que un cubano no pueda entrar? ¿Cómo me explica usted que siendo cubano y viviendo en Cuba no pueda ser turista? Yo cuando voy a un hotel de mi país, soy turista.

—Señorita, no me haga repetirle otra vez lo mismo. Estas son disposiciones de los superiores y yo tengo que cumplirlas.

—Andrea, el señor no te va a entender. Él cumple órdenes y las órdenes hay que cumplirlas.

—Así es, joven. Menos mal que usted sí me entiende.

—Claro que tengo que entenderlo, porque si no entiendo, de seguro iré preso a una cárcel que sí es para los cubanos que viven en Cuba, por no entender las medidas tan absurdas que se generan en este país.

—Compañero, le aconsejo que no me falte al respeto porque le puedo cumplir lo que usted acaba de decir. Y peor, puedo decirles a los policías que están allá afuera que usted está hablando mal del gobierno —le replicó el enigmático vigilante.

—Yo solo quiero hacerle una pregunta —dijo Andrea muy indignada—, suponga que mi amigo tiene dólares en su billetera. Si quisiera consumir con dólares en este hotel, ¿usted no lo dejaría entrar?

—Yo no lo dejaría entrar, simplemente porque es cubano. Tendrá dólares, pero no vive en el extranjero. O lo que es lo mismo, no es turista.

—Entonces, usted es un freno a que este país adquiera divisas. Eso podría interpretarse de otra manera. ¿No se ha puesto a pensar en eso?

—Yo solo cumplo órdenes, señorita, y si no está de acuerdo, puede usted quejarse a mis superiores. Si su acompañante tiene dólares, lo más probable es que sea un jinetero y aquí no entra ese tipo de personas.

Pepe ardía de la rabia, pero prefirió no contestarle al señor, que era evidente que tenía una escasez mental crónica. Pero Andrea no pudo aguantar tal agresión para su acompañante y exclamó:

—¡Ah, ya sé por dónde viene la historia! A usted lo corroe la envidia. Pero créame que lo entiendo.

—Señorita, estoy a punto de perder la poca paciencia que tengo.

—Con la diferencia que, si la pierde, a mí no podrá enviar a la cárcel porque yo sí soy turista y tenga por seguro que el escándalo que voy a armar va a ser mayúsculo.

Andrea se dio cuenta que, por primera vez, desde que hablaban con el vigilante, este había comprendido el sentir de sus palabras. Pepe quiso aplacar el momento tan difícil que se había desatado y le pidió un favor al estrecho de mente.

—¿Podría pedirle un favor? Yo creo que no hay una disposición que diga que tiene que negar favores a cubanos que viven en Cuba, por el simple hecho de no ser turistas, ¿no?

—No, no existe esa disposición —respondió el vigilante.

—¡Qué bueno!, ¿podría localizarme a Isaura?

El enigmático vigilante mandó a buscar a Isaura, quien era la directora de relaciones públicas del hotel y en breve llegó a la puerta. Después que Pepe le contó a Isaura lo que había sucedido, la joven contrariada le indicó al vigilante que los dejara pasar.

Pepe y Andrea miraron al vigilante, quien se encogió de hombros diciéndoles:

—Ustedes disculpen, pero estas son...

—Sí, entendemos, son disposiciones que hay que cumplir —interrumpieron a coro Pepe y Andrea.

Después de haberse alejado unos pasos de la puerta, Andrea le comentó a Isaura:

—No sé cómo tienen a estos analfabetos aquí, destruyendo la imagen del turismo en Cuba.

—Señorita, si hay ministros analfabetos, solo por el simple hecho de ser comunistas y personas de confianza al Partido, ¿cómo le sorprende que haya un vigilante en la puerta de un hotel que sea analfabeto? —respondió Isaura en voz baja, caminando con ellos hacia el interior del hotel.

—Pero qué pena, con tanta rabia no las he presentado. Mira, Isaura, ella es Andrea —aclaró Pepe.

—Mucho gusto —dijo Andrea.

—El gusto es mío —respondió Isaura.

Pepe la conocía porque ambos habían estudiado francés en la escuela de idiomas. Ya Andrea la había visto. A su llegada al hotel, Isaura los recibió y les dio un cóctel de bienvenida. Se había quedado maravillada con su trato y con lo profesional que se había mostrado. Isaura los llevó al bar y señaló:

—Bueno, me tengo que retirar. Si quieren entrar al cabaret, me avisan.

—De hecho, tenemos reservación, pero prefiero quedarme aquí con Pepe. Gracias Isaura.

Isaura se retiró, dejándolos solos.

—Te juro que nunca había visto cosas como estas, Pepe. Primero, lo más parecido a una represión, y luego, este estúpido portero que, para desgracia de los cubanos, es cubano. Es reprochable que discrimine a su propia gente por no ser turistas. Esto es el colmo.

—Perdóname, es una pena que veas algo así en mi país —señaló Pepe con una mezcla de odio y vergüenza.

—No te sientas mal, Pepe, tú no tienes la culpa. Pero me dio mucha rabia. Te juro que es horrible. Nunca pensé que en Cuba se discriminara a su propia gente, dándole más valor a un extranjero por el mínimo hecho de que tenga unos dólares.

—Andrea, y lo más triste es que no sabemos hasta dónde va a llegar esto. Cuando empezó esta crisis, con la caída del campo socialista, en el año 89 para ser más preciso, decían que este Período Especial iba a durar muy poco. Ya estamos en el 94 y esto todavía no se compone, y estoy seguro que pasaran muchos años y no se compondrá. Puedo hacer una profecía en donde pasaran los años y cada día que pase será más difícil para el cubano y, con ello, vendrán las sublevaciones y, con ellas, las medidas represivas, y cada año serán más los que se sumen en contra del gobierno, y como eso va en contra del principal mandamiento de esta doctrina «Amarás al Dios y estarás con él, y si no estás de su lado, estarás en su contra», aparecerán las leyes radicales y los tribunales inquisitivos decretando sentencias de 20 y 25 años, y hasta la pena máxima, por el simple hecho de no pensar como el rey. Esto no lo para nadie y hoy entiendo más a esos que se fueron cuando este señor llegó al poder en el año 59. Lo vieron todo con una claridad envidiable.

Andrea bajó la cabeza, porque no quería que Pepe la viera secarse sus ojos, que ya estaban empañados de lágrimas. Solo le comentó en voz baja:

—Y nosotros, los mexicanos, nos quejamos del país donde vivimos. Si pudieran ver lo que pasa aquí, dejaríamos de creer en esa izquierda que intenta llegar al poder en México.

Entraron al Salón Escambray y se sentaron en una mesa que estaba en el fondo. Delante de ellos, más de ocho parejas conversaban muy románticos bajo la tenue luz del lugar. Ordenaron un vodka con jugo de mandarina para Andrea y un Havana Club a la roca para Pepe.

—Pepe, ¿tienes alguna relación? ¿Tienes hijos...?

—¿Acaso eres policía? —preguntó Pepe con una ligera sonrisa.

—¡Uy, los hombres! Creo que empiezas a evadir respuestas, así que como dice el refrán, a buen entendedor.

—No sé qué habrás entendido, pero no soy casado. No tengo ninguna relación y tampoco tengo hijos —respondió rápido—. Era casado, pero hace dos años me divorcié.

—¿Y se puede saber por qué se separaron? —atacó Andrea.

Pepe bajó la cabeza, como queriendo que la tierra se lo tragara, y ella se dio cuenta de que era una historia muy dolorosa para ser contada por un hombre a menos de tres horas de conocerla.

—Pepe, si no quieres hablar del tema, lo entiendo, creo que fue una pregunta muy directa, que no debía haberte hecho.

—Andrea, si te cuento todo lo que me pasó, necesitaría, mínimo, tres días. Pero, en síntesis, piensa que todo lo malo que le pueda pasar a una persona, me pasó a mí. Mi vida en los últimos dos años ha sido un verdadero infierno. Mi esposa me dejó. Me traicionó. Empezó a andar con un vago y hoy justamente acabo de enterarme a qué se dedicaba. Se prostituyó y se puso a andar con extranjeros y creo que terminó casándose con uno que la sacó del país.

—¡Qué triste, Pepe! ¿Pero dices que te enteraste hoy? ¿Cómo se explica eso? ¿Después de dos años?

—Sí, hoy justamente, después de dos años. Comencé a leer un diario que mi exmujer le dejó a su hermana. Acabo de enterarme de muchas cosas que no sabía.

—Creo que debe ser muy difícil para ti.

Andrea trató de que Pepe creyera que su curiosidad había terminado, pero en realidad quería escucharlo todo. Se mostraba muy interesada en aquel hombre que acababa de conocer. Le había impresionado su sencillez, pero, sobre todo, su sinceridad. Nadie que lleve tan poco tiempo de conocer a una persona abre su corazón para expresar su dolor, como lo estaba haciendo él.

—Andrea, no quiero justificarla —prosiguió Pepe—, pero en esta mierda donde vivimos, hay muchos y muchas que no pueden resistir y se doblegan. Aunque pienso que las personas que tienen valores pueden sobrevivir a cualquier crisis y no perder su dignidad.

—¡Qué feo!, ¿no?

—Aquí hemos perdido el encanto, el respeto y el amor a todo.

—¿Y cómo era ella?

—Una mujer hermosa. Muy hermosa.

Andrea comprendió al instante que Pepe todavía la amaba.

—Pepe, ¿y por qué crees que te traicionó?

—Andrea, todavía me repito esa pregunta todos los días, pero te voy a ser sincero. Yo dediqué muchas energías a sobrevivir en medio de esta mediocridad y creo que descuidé mucho la relación. Esto te lo digo sin meterme un poco más adentro de su maléfica mente. No quiero ser el prototipo de hombre engañado que siempre culpa a la mujer por haberle sido infiel. Yo creo que tuve mucha responsabilidad en esto. Sin dejar de reconocer que bien pudo evitar el engaño y decirme a viva voz: Ya no te quiero y hasta aquí llegó esto.

—En eso tienes toda la razón y me impresiona tu sinceridad, pocos hombres reconocen un fracaso y mucho menos reconocen su grado de responsabilidad. Eso habla muy bien de ti.

—No sé si hable bien, pero, en verdad, no me queda otra cosa que aceptarlo y en este proceso donde me encuentro, mejor es sacarlo todo y desengañarme de una vez que tengo que mirar hacia otro lado.

—Por como hablas, pienso que te hizo mucho daño la ruptura de esa relación.

—Sí, no voy a engañarte. Fueron muchos poquitos que llegaron juntos y siempre evité hablar de esto, y las cosas las tengo muy guardadas aquí adentro. —Señaló su pecho.

—Eso es malo, Pepe. Todo eso se va acumulando y llega un momento en que explotas. Y el organismo siempre cede por el lado más débil. Tienes que pensar que no solo te has hecho un daño mental, sino que puedes hacerte un daño físico y, encima de todos los problemas personales, tienes arriba la condena de vivir bajo este régimen dictatorial. ¿Por qué no te sales de este *pinche* país? —Andrea puso su mano en la boca en señal de vergüenza—. ¡Ay, Pepe!, perdóname por esa palabra, pero es que estoy muy indignada.

—No te preocupes, no sé qué quiere decir *pinche*, pero suena bonito. Me imagino que debe ser un sinónimo de mierda y de horrible, y creo entender que justamente así es como se llama la situación en que vivimos los cubanos. En cuanto a por qué no me salgo, esa es una pregunta muy difícil de contestar.

—¿Por qué difícil?

—Es difícil contestarlo y más difícil es hacerlo. ¿Cómo puedo salirme de aquí? ¿No crees que, si pudiera hacerlo de una manera segura, ya no lo hubiera hecho? La única forma es irse en una balsa y ponerse a merced de los tiburones. Aquí, en Cuba, y no me lo vas a creer, ninguna persona puede decidir que quiere ir a pasar unas vacaciones en cualquier lugar del mundo. No hay manera que nos dejen salir de aquí, a no ser que el gobierno te envíe a alguna de esas misiones internacionalistas.

—Pepe, te juro que, a partir de este momento, en lo que yo pueda ayudarte para que te salgas de este infierno, puedes contar conmigo. Y ojalá y algún día podamos vernos otra vez, pero que sea en México.

—Y yo, de ahora en lo adelante, haré todo lo posible por buscar una forma segura de irme, para encontrarme contigo en México. Te lo prometo.

Pepe se tomó un trago y, por segunda vez en la noche, la contempló de una manera muy tierna. Andrea era realmente hermosa. Ella también lo contemplaba y tras una sonrisa nerviosa le refirió:

—Pepe, creo que encontrarnos ha sido un verdadero milagro. Estoy muy sorprendida de cómo se han dado las cosas y, además, muy contenta.

—Yo también estoy sorprendido, porque hoy en la tarde una vecina mía me lanzó las cartas y me dijo: Esta noche te encontrarás con una extranjera y dejarás de ser Pepe el Salao. Yo, la verdad, la tenía como una estafadora que engañaba a medio mundo, pero al ver pasar estas cosas, créeme que estoy tanto o más sorprendido que tú.

Andrea soltó una carcajada.

—Yo no creo en esas cosas, Pepe.

Pasaron dos horas entre copas y conversación. Andrea se sentía como reina, pues era de esas mujeres que hablaba hasta por los codos y cuando sentía que era escuchada, le ponía más interés a la conversación y no había fuerza suprema en el mundo que la callara. Por suerte, también sabía escuchar. Era hábil y siempre llevaba la conversación hacia lo que quería saber. Solo en un tema fracasaba con Pepe y era cuando quería volver a tocar el tema de su salida del país. Ahí, él siempre, con gran habilidad, cambiaba el tema.

Entre risas fue pasando el tiempo y ya era la una y media de la madrugada. Pepe prendió otro de sus cigarros sin filtro y después de hacer pequeños círculos con el humo, le dijo:

—Andrea, creo que el tiempo ha pasado y tristemente los momentos lindos se van como el agua entre los dedos. Tengo mucho miedo que me pase como en el cuento de Cenicienta... Obviamente, cambiando la historia y que el príncipe sea el cubano y Cenicienta la turista, y que, de repente, suenen las campanadas del reloj y la turista salga corriendo porque ya se le va el avión y el cubano pierda estos momentos de encanto. Me preocupa una cosa, ¿cómo el príncipe va a poder ir a México a llevarle la zapatilla que perdió en su huida?

—Sería una linda historia.

—Pero mejor volvamos a la realidad. Andrea, me gustaría decirte tantas cosas, que con toda razón podrías no creerlas, pero sin la intención de imponer que me creas, necesito decirte que me siento muy bien y, como me dijiste al encontrarnos, has hecho que vea los primeros destellos de colores, como hacía tiempo no los veía. En verdad, tengo miedo que, al despedirnos, vuelvan los tonos grises a mi vista. Esto que estoy sintiendo es algo muy extraño. Pienso que en unas horas ya te irás y me quedaré con muchas dudas que no puedo evitar decírtelas. ¿Cómo hubiera sido? ¿A qué sabrán sus besos? ¿Será amor a primera vista lo que estoy sintiendo?

En ese momento, la mano de Pepe tomó la mano de Andrea y ella no lo rechazó. Una sonrisa dibujó mágicamente su rostro, mientras sus dedos se entrecruzaban con los de él.

—Hay tantas ideas dándome vueltas en la cabeza —dijo Andrea.

—Pues al menos di una. No te quedes con ellas por dentro, porque pueden explotar y volverte hipertensa, como me pasó a mí —acotó Pepe, burlándose.

Andrea volvió a sonreír y se llenó de valor.

—Pepe, no sé si será una locura o un atrevimiento lo que quiero decirte, pero el tiempo pasa y muy temprano en la mañana me iré, y no sé si te volveré a ver. Y estamos aquí sentados, hablando de nuestras vidas y mientras hablamos mis hormonas se mueven de manera anormal. Tú debes estar pensando cómo decirme que quieres irte conmigo a la cama y yo estoy deseosa que me lo digas. Sin embargo, tú no te atreves por temor a echar a perder la noche y yo porque me moriría de espanto de solo pensar en irme a la cama con alguien que no es mi pareja y que, además, acabo de conocer.

—Andrea, es cierto, no me atrevo. Llevo dos años sin tener una relación con una mujer. Y he perdido ese arte de transmitir un deseo. Pero, como dices, el tiempo se acaba y esta magia que estamos viviendo está a punto de desvanecerse.

—Pepe, ¿por qué crees que lo percibí? No has perdido nada, esa mano que no habla, me lo ha dicho todo con solo tocarme.

—¿Por qué no nos vamos a tu cuarto? —atacó Pepe.

Andrea se puso de pie y fue hasta donde estaba el mesero, liquidó la cuenta y regresó pidiéndole a Pepe que salieran a tomar un poco de aire.

Salieron del hotel. Ya todo estaba en calma y alguna que otra pareja caminaba por el lugar. Se dirigieron hasta la rotonda. Ahora, el viento soplaba con mucha fuerza y Andrea tenía que sujetar su falda, que por momentos se levantaba.

En todo el trayecto no articularon una palabra. Andrea se detuvo y él se le colocó por detrás. Contemplaban el golpetear de las olas en las piedras y el reflejo de la luna en el mar. Era un momento fascinante. Él deseaba abrazarla y besarla, pero aún no se atrevía. Ella se volteó hacia él y le dijo en un tono muy sugerente:

—¿Quieres saber a qué saben mis besos?

Pepe asintió con la cabeza.

—¿Por qué no lo haces? —sugirió nuevamente Andrea.

Pepe iba a decir algo, pero Andrea lo interrumpió poniéndole el dedo sobre sus labios, en señal de que no hablara.

—¿Por qué no me besas y te ahorras toda esa palabrería? ¿No crees que, si ese beso me gusta, la duda de irme contigo a la cama se disipe?

Estas últimas palabras lo sacudieron. Su orgullo, su sensatez y su miedo fueron rodando sobre su cuerpo, hasta que chocaron contra el piso. Sus cuerpos se fueron acercando lentamente.

—Eres encantadora.

—Que Dios bendiga y congele tus palabras —le dijo Andrea dando continuidad al juego seductor—, tengo la sensación de que después de este beso, seguro va a pasar algo más.

Andrea le rozó suavemente la mano y él se dio cuenta de que no debía demorarse un segundo más. Experimentó el contacto de aquella deliciosa piel y una sensación ardiente recorrió su cuerpo. Sus labios se juntaron y una pasión incontrolable estalló entre ambos. La falda de Andrea empezó a subirse lentamente por encima de sus rodillas, guiada por la destreza de una de mano que no pareció haber estado alejada del cuerpo femenino por tanto tiempo. Andrea se estremecía bajo aquellas vibrantes caricias. Con un gesto, casi involuntario, ella se apartó sin resuello y lo miró muy confundida, a la par que sus dos manos lo tomaban por el rostro diciéndole con toda la dulzura que pudo poner a sus palabras:

—Pepe…

No terminó la frase. No hizo falta. Pepe la jaló del brazo y salieron corriendo hacia el interior del hotel. Por suerte para ellos, a esa hora de la noche ya no estaba el enigmático vigilante de antes. Desde que entraron al elevador, Pepe se lanzó sobre ella y empezó a besarla. Andrea sintió que se quedaba sin aliento y al mismo tiempo percibió su olor a sexo. Un olor que la excitaba y le daba la seguridad de que esta aventura tendría un final feliz.

El elevador ascendía lentamente hacia el quinto piso, aislándolos de toda realidad. Pepe se olvidó que no podía ser turista en su tierra y ella que, por primera vez en su vida, se iba a la cama con un desconocido. La puerta del elevador se abrió, pero no sirvió para que separaran sus cuerpos. Continuaron besándose desenfrenadamente. Andrea caminaba de espaldas. No le hacía falta mirar el camino. Llegaron a la puerta y ella la abrió como pudo. A partir de ese momento, todo lo que traían puestos fue dejando un rastro sobre el piso. A ella solo le importaba disfrutar el momento y sentir su mano metida en la entrepierna. Estaba perdida, completamente excitada. Se le escapó un gemido que superó todos los miedos que hasta hacía unos momentos la aterraban. Cada milímetro que separaba a sus cuerpos estaba lleno de deseo, de atracción mutua, y ambos lo podían percibir.

—Eres encantadora —indicó Pepe quitándole su diminuta braga hilo dental y obligándola a acostarse sobre el amplio sofá cama que servía de mobiliario a la estancia de la *suite*. Su mano volvió a la carga mientras su boca buscó sus pezones y empezó a lamerlos, para Andrea fue imposible poner resistencia a sus caricias. Ella tocó sobre su trusa. Una descomunal erección llenaba aquella prenda gris y Andrea la apretó por encima de la tela.

—¿Qué esperas? —profirió mientras le bajaba la trusa y quedaba al descubierto su pene, que guiado por su mano fue a parar justo a donde ella lo necesitaba sentir—. ¡Vamos Pepe, no puedo aguantar más! —demandó nuevamente.

Pepe no le hizo caso. No quería desesperarse. Todo a su debido tiempo. Quería que Andrea se excitara aún más, por temor a eyacular sin que ella hubiera alcanzado el orgasmo. Pero retrasar la acción era ya casi imposible, porque Andrea le rodeó la cintura con sus piernas, fue elevando lentamente sus caderas y sintió como aquel miembro enérgico empezaba a penetrarla. Pepe se quedó estático mientras ella movía sus caderas, dejando que su pene saliera casi completo para volver a penetrarla tan profundo como pudiera. «Eso está muy bien», pensó Pepe recobrando la confianza en sí mismo, al ver que había aguantado sin eyacular, más de lo que pensó.

—¡Muévete, quiero llegar! Me tienes loca, Pepe, ¡vamos, más duro!

Pepe la complació y empezó a moverse con toda la rapidez que permitieron sus fuerzas. Y justo en el momento que su pene bombardeó su esperma en lo más profundo de su vagina, ella dejó escapar un grito ensordecedor que anunciaba al mundo que había alcanzado un merecido orgasmo.

Pepe se dejó caer sobre ella, por unos minutos, hasta que sus pulsaciones alcanzaron su frecuencia normal.

—Eres un salvaje. Solo me faltaba ese beso y heme aquí aniquilada. Me tiembla todo, Pepe —le confesó ella.

Pepe la tomó en sus brazos y la llevó a la cama. Comenzó a besarla y a susurrarle cosas al oído mientras sus dedos acariciaban cada parte de su escultural figura. Por segunda vez en la noche, Pepe dejó de ser prudente y cauteloso. Andrea lanzó un inesperado suspiro que fue seguido de varios gemidos y volvieron al combate con unas ganas incontenibles. Se sumieron de nuevo en la más mutua entrega. La pasión fue creciendo incontrolablemente y sus cuerpos se estremecían sumergidos en un mar de infinitas sensaciones. Poco a poco, fueron llegando al clímax y las cautelosas caricias fueron convirtiéndose en pecadoras sensaciones. Disfrutaban el momento, cada caricia, cada beso, cada mirada. Y, de nuevo, el sexo, envueltos en un tapete de lujuria. Envueltos en la magia que ambos habían diseñado. Cada cual daba y recibía al máximo, como si fuera la última vez que estarían juntos. Nada más alejado de la realidad.

Cuando terminaron, ella se quedó tendida en silencio, bajo su cuerpo. Pepe la miraba con una impecable ternura y le dijo:

—Andrea, me has hecho pasar la noche más hermosa de estos dos últimos años. Muchas gracias por este regalo.

—Gracias a ti por haber estado sentado en ese malecón, para que yo te pidiera lumbre y pudiera conocerte. Gracias por dejarte secuestrar. Gracias por todo esto que hoy me has hecho sentir.

—¿Te puedo preguntar algo?

—¿Me vas a preguntar si me arrepiento de haber probado? La respuesta es no.

— No, te iba a preguntar si tú crees posible que esta noche se repita algún día.

—Pepe, si antes de entrar a esta habitación me lo hubieras preguntado, ten por seguro que no hubiera tenido el más remoto propósito de volver a verte de nuevo. Pero después de esto que ha pasado, ten la seguridad que, a partir de ahora, estará entre mis metas inmediatas llevarte conmigo a México.

—Y en las mías, irme a México contigo —aseguró Pepe con tal firmeza en sus palabras, que un miedo escalofriante estremeció su cuerpo.

Andrea se puso de pie y fue a buscar en su maleta una botella de tequila que traía y que estaba sin abrir.

—Después que terminemos esta noche de placer, te regalo una igual que tengo ahí guardada.

Sirvió dos tragos y propuso un brindis por ella, por él y porque los momentos que habían acabado de vivir no se perdieran en el olvido. Pepe abrió la puerta que daba a una pequeña terraza, se asomó desnudo y respiró profundo. Su vista recorrió la bahía. Estaba feliz.

Hablaban, bebían y, cuando menos se lo esperaban, volvían a caer envueltos en la pasión. Una y otra vez sus cuerpos se entregaban. Había que aprovechar, al máximo, esta oportunidad que la vida les daba a través de esa divina casualidad que los había puesto en el camino.

Y el tiempo pasaba y se acercaba el despreciado momento de la despedida. Andrea sacó de su bolsa una tarjeta de presentación:

—Aquí están todos mis datos. Quiero que me escribas. No dejes de hacerlo —recalcó mientras anotaba el teléfono de su casa y su dirección en el reverso—. Si algún día sientes que necesitas escucharme, pide una llamada por cobrar a este número.

Pepe sintió vergüenza porque ni una tarjeta de presentación tenía. Buscó dentro de su carné de identidad, no tenía nada en donde anotar. Se sentó en una mesita que había en la habitación y revisó la gaveta. Ahí encontró unas hojas en blanco dentro de un fólder que tenía todos los datos del hotel. Tomó una hoja y guardó el resto de los papeles. «Soy un miserable», pensaba mientras escribía sus datos.

Se vistieron y ella decidió bajar con él para despedirlo. Llegaron al vestíbulo del hotel. Ya eran las 7:30 de la mañana.

—¿Vendrás a las 9 a despedirme?

—Aquí estaré.

Otro beso y sin decir una palabra se voltearon, Andrea subió al quinto piso y él regresó, pensativo. Tomó la bici y se fue a casa. Había muchas preguntas sin respuestas que daban vuelta en su cabeza. Pero se sentía inmensamente feliz.

Pepe decidió no acostarse. Ejecutó su ritual mañanero de alimentar a sus animales, se bañó, se rasuró y desayunó su acostumbrada taza de café. Esa mañana era especial. La alegría empezaba a respirarse en casa de Pepe, quien poco a poco iba dejando su mala suerte atrás.

A las 9 de la mañana estaba de nuevo en el hotel. Andrea, al verlo, corrió a su encuentro y fueron por un momento protagonistas de una escena muy romántica, la cual todos presenciaban con gusto. Se abrazaron fuertemente y Pepe le susurró al oído:

—Si pudiera convertirme en miniatura, ¿me llevarías en tu maleta?

—Prefiero que sigas así, bien grande.

Se besaban y ese era el único lenguaje para expresar todo lo que no querían decir con palabras. No hacía falta más. De repente, fueron interrumpidos por Maribel, la guía de turismo:

—Andrea, ya es hora de partir.

—Espero que me escribas —le susurró a Pepe.

Pepe la observó subiendo al autobús y en breves minutos se alejaba. Ambos se decían adiós con lágrimas en sus ojos. Probablemente nunca más se vieran. Pero alguien rompió los pensamientos de Pepe. Era Isaura que había llegado y poniéndole una mano en el hombro le dijo:

—No te entristezcas. Si está para ti, algún día se encontrarán de nuevo.

Y en el autobús, Andrea recostó su asiento lo más atrás que pudo, cerró los ojos y a su mente vinieron, inevitablemente, los acontecimientos más recientes de su vida, sobre todo, aquel que la hizo viajar a Cuba. Se sintió feliz, pero, al mismo tiempo, algo se le hacía muy raro.

No es el muerto quien provoca el estupor
es la sorpresa de ver cómo olvidamos
su propia muerte, nuestro gran dolor.
Queda el muerto, nosotros nos marchamos.
No es el muerto, no, quien se retira.
Somos nosotros que vamos discutiendo,
sobre el cadáver que mudo nos mira,
la posibilidad de seguir sobreviviendo.
Cuando en la memoria al muerto divisamos
(juegos del tiempo, macabro escandiador)
no es pues al muerto a quien estamos viendo:
Somos nosotros que tétricos quedamos
al ver cómo miramos sin horror
al que en el gran horror se va pudriendo.
Reinaldo Arenas

Miami
Sábado, 26 de noviembre del 2016
1:45 a.m.

El teléfono volvió a sonar.

—¿Qué pasa, Pepe? Ya estamos todos aquí. ¿Cuándo vienen?

—Ya casi, pero ya sabes cómo son las mujeres para arreglarse y vestirse, y la mía, en especial, necesita más de una hora, *man*. Pero en un rato llegamos. ¿Van a quedarse toda la noche ahí?

—No, esto es una locura. Estamos pensando ir mejor para tu casa. ¿Nos recibes?

—Mejor, vengan para acá. Aquí celebramos.

—¿Qué llevamos?

—Nada, *man*, gracias a Dios aquí no tenemos Período Especial. Tengo lo que tenemos que tener.

Pepe colgó el teléfono. La idea de reunirse en la casa lo entusiasmó. Sería un buen momento para que todos juntos revivieran los recuerdos. Todos los amigos que formaban parte de su historia.

Miró hacía la escalera y miró su reloj.

«Creo que puedo seguir recordando», pensó y sus pensamientos volvieron a viajar en el tiempo.

Cienfuegos, Cuba
Viernes, 5 de agosto de 1994
9:50 a.m.

«Quiero comenzar de nuevo», fue la frase que pronunció Pepe al llegar a su casa y pararse frente al espejo. Había renunciado a abrir su corazón, pero la experiencia que acababa de vivir con Andrea lo hizo sentir que estaba vivo y que no valía la pena reprimir sus sentimientos.

Estaba cansado y con mucho sueño. Desvelarse, hacer el amor varias veces, venir en bicicleta a las 7:30 de la mañana y regresar al hotel a despedir a Andrea a las 9:00, había sido mucha actividad. «Estoy muerto, pero creo que valió la pena», se dijo y se tiró en su cama a esperar a Ana María, y para acompañar la espera tomó de nuevo el diario de Bárbara. Quería seguir martirizándose. Era necesario. Ya el encuentro con Andrea y los deseos que tenía de cambiar su vida le daban fuerzas para enfrentar lo que no había querido conocer hasta el día anterior. Abrió el diario y leyó: «Mi viaje a Varadero».

Comenzó a leer. No podía creer hasta dónde había sido capaz de llegar la mujer que tanto había amado. Pero cada vez que tropezaba con algo nuevo, el mundo se le venía encima. Ya no era tanto el dolor, sino la rabia por haber creído en aquella mujer. Y una mezcla de odio con arrepentimiento se apoderó de Pepe. Pero, aun así, seguía leyendo. Su instinto masoquista lo dominaba más que la curiosidad.

Ya eran casi las 10:30 de la mañana. Los párpados le pesaban. Cerró los ojos y estaba a punto de quedarse dormido cuando sonó el timbre de la puerta. Era Ana María.

—¿Dónde está la que iba a llegar bien temprano?

—Chico, no seas descarado, estuve aquí a las nueve y me cansé de tocar. Como no me abriste, fui al mercado. Y ya sabes, había una cola del coño de su madre. Pero bueno, la espera tuvo sus frutos, traje dos libras de carne de puerco porque me imagino que en esta casa no haya nada para comer.

—Te imaginas bien —replicó Pepe mientras tomaba la bolsa de plástico que traía Ana María.

Fue a la cocina y la vació. Traía carne, arroz, papas, plátano macho y tomate de ensalada.

—Creo que hoy comeremos por todo lo alto —exclamó muy sonriente.

Ana María fue a cambiarse de ropa y cuando salió, Pepe quedó boquiabierto: «¡Qué buena está, Dios mío!», casi exclama. La mujer se puso un *short* hecho con un *jean* recortado y una camiseta también recortada por encima del ombligo. Se colocó un pañuelo azul en la cabeza, para resguardar su largo cabello negro del polvo y la suciedad con la que iba a enfrentarse. Su cuerpo era una verdadera obra de arte, una pieza de museo. «¡Qué cuerpazo!... ¡lástima que sea hermana de Bárbara!», pensó Pepe mientras ella se acercaba con escoba y plumero en mano.

Fue una larga y sofocante tarea. No porque la casa fuera grande, sino por lo sucia que estaba. Hacía mucho tiempo que no se hacía una limpieza profunda en aquella casa. Pepe la ayudaba, a pesar del sueño y del cansancio que tenía, pero no protestaba y trataba de no manifestarlo. Cambiaba el agua, tiraba la basura que se acumulaba, sacudía, aunque mostraba más deseos que destreza al ejecutar las tareas. Era evidente que la limpieza no era su fuerte.

—No es que no esté acostumbrada a hacer estas tareas, pero nunca me había enfrentado a una casa donde hubiera tanta mierda acumulada.

—Por una vez se empieza —comentó Pepe, con más vergüenza que con intención de hacer un chiste.

—No sientas vergüenza, Pepe. Todos los hombres son iguales. No pueden vivir sin una mujer al lado. Definitivamente, eres un caso típico. Un hombre que la mujer que ama lo abandona, pierde la musa y la inspiración y lanza su poca sensatez por el caño. Suena cursi, pero es así.

Ana hizo una pausa, tragó saliva porque no sabía cómo iría a reaccionar Pepe con lo que iba a decir a continuación, pero lo soltó:

—El típico hombre abandonado que se refugia en la bebida para olvidar las penas y busca andar con una mujer, luego con otra, y así va por la vida hasta que termina sentado delante de su médico, cabizbajo por el regaño, por no haber usado condón y haber terminado con una simple, pero vulgar enfermedad venérea.

—Pareces toda una experta en psicología y, además, especializada en hombres abandonados.

—Es que ustedes, los hombres, no tienen idea de cuán ridículos se vuelven. Al final, nunca saben si toman para olvidar las penas, o realmente todas sus penas son causadas por el alcohol.

Y mientras seguía moviendo el trapeador a la par de sus pechos bajo la camiseta, continuó dando una conferencia acerca de los hombres fracasados:

—Hay otros que no agarran una enfermedad venérea, pero se creen que están enfermos, porque beben a lo bruto y cuando van a buscar una mujer para olvidar a la que los abandonó, no llegan a alcanzar una erección. Entonces terminan visitando a algún psicólogo y le plantean su caso, totalmente asustados, porque creen que se han vuelto impotentes y no se dan cuenta que no alcanzan la erección por dos causas fundamentales: la primera, porque es imposible hacer el amor con una mujer pensando en otra y la segunda, porque el alcohol en exceso no es bueno para el sexo.

—¡Uf!, después de oír esto, no dudo que yo aparezca en alguna de tus clasificaciones.

—Claro, Pepe, a ti en especial te he visto muy de cerca, aunque yo haya sido invisible para ti. Tú tienes un poquito de la primera. Te refugiaste en el alcohol y no descarto la posibilidad de que hayas fracasado en algún intento sexual, pero, en general, tú fuiste por el camino de los que se olvidan del sexo. Tu síntoma principal se llama el síndrome del hombre monovaginal. Si no era la vagina de Bárbara, tu pene jamás podría sentirse a gusto, confortable y viril. Todo lo que usara falda, tuviera tetas y menstruara una vez al mes, se volvió invisible para ti, y ahí me incluyo a mí.

Pepe bajó la cabeza como si quisiera que la tierra se abriera y lo tragara. Pero Ana María tenía razón.

—Me aferré al amor de Bárbara como si no existiese otra mujer —confesó en voz baja—. Me emborrachaba y en vez de olvidarla aparecían los recuerdos unos tras otros. Lloraba abrazado a mi almohada, imaginándola ahí, junto a mí. Pero siempre terminaba viendo doble y una imagen de ella que se burlaba al verme en ese estado.

—Que daño te has hecho, Pepe.

—Mucho daño, Ana María. Pero estoy dispuesto a superarlo y recuperar todo el tiempo perdido. Hoy me siento diferente. Anoche volví a hacer el amor después de dos años sin haber, ni tan siquiera, intentado. Conocí a una mujer fascinante y, créeme, me siento vivo, me siento renovado. Y quiero aclarar muchas cosas y te pido que me ayudes.

Ana María contrajo su entrecejo, pero no quiso preguntar con quién había estado Pepe.

—¿Por dónde quieres que empiece?

—Quisiera que me hablaras de tu relación con Bárbara. Al leer ese diario me he dado cuenta que entre ustedes había una enorme rivalidad —aseguró Pepe.

Ana María le explicó a Pepe por qué consideraba que Bárbara, siendo su hermana, era su peor enemiga. No entendía cómo, a pesar de ser físicamente idénticas, eran diametralmente opuestas. Pepe pudo darse cuenta que Ana María no tenía el valor de aceptar que poseía un excesivo complejo de inferioridad, que la hacía verse menos que su hermana gemela y siempre culpaba a Bárbara de todos sus fracasos, sin reconocer sus propias debilidades.

Bárbara era una mujer que no se dejaba intimidar por nada. Tomaba decisiones sin consultar con la familia, y desde chica siempre fue de carácter fuerte. Reflejaba una independencia y una fuerza de criterios que muchos envidiaban. Era arriesgada, firme, y cuando se proponía algo era capaz de pasar por encima de cualquiera para lograrlo. Por el contrario, Ana María carecía de esa fuerza en su personalidad. Necesitaba siempre una segunda y hasta una tercera opinión para formarse un criterio y tomar el valor de lanzarse a una empresa. En su empeño por alcanzar un objetivo no arriesgaba nada, si no estaba segura que podía alcanzarlo. Quizás, por su forma de ser, Bárbara nunca la invitó a unirse a su grupo de amigas y no confiaba en ella para confesarle algún secreto.

Ana María aprovechó la conversación para desahogar todo lo que tenía por dentro. Pepe solo hacía caras cuando escuchaba las historias y pudo darse cuenta que, a pesar de toda la verdad que hubiese en sus palabras, estaba siendo muy dura con su hermana.

—En fin, Pepe, lo que pueda contarte es poco. Contigo fue otro ejemplo. Ella sabía que tú me gustabas y terminó adelantándoseme. —Hizo una pausa y suspiró como queriendo agarrar fuerzas para terminar—. Esa es la realidad mía y de mi hermana. Y si te contara lo que pasaba entre nosotras respecto a la relación con nuestros padres, tampoco lo creerías.

Ana María hablaba con rabia. No parecía que estuviera hablando de su hermana gemela. Pepe no quiso preguntar más. Ya era suficiente con lo que había oído.

—Nunca terminamos de conocer a las personas. —Fue lo único que comentó.

—Y eso nos pasa cuando estamos ciegos y sordos.

Ana María se incorporó y prosiguió con la limpieza. Pepe permaneció un buen rato en silencio, ayudándola y aprovechando para contemplarla. Ya eran más de las dos de la tarde y solo faltaba por limpiar el patio. Ana María agarró un cubo con agua, como si fuera a echarlo al piso, pero se lo lanzó a Pepe. Sus risas inundaron el lugar. Hacían falta. Pepe respondió a la agresión y le lanzó otro cubo de agua. Toda su camiseta se mojó y se pegó a su cuerpo. Pepe pudo ver sus pechos marcados a través de la tela. No apartaba la vista de ellos y Ana María se dio cuenta que había quedado impresionado.

—¿Quieres verlos? —propuso al mismo tiempo que sus manos tomaban la camiseta por la parte inferior y empezaba a quitársela, como se le quita la funda a una almohada.

Ana María, por primera vez en su vida, tomaba una decisión sin pensarla dos veces. Se le acercó y sus manos lo tomaron por el cuello atrayéndolo a su boca. Lo besó en los labios. Pepe se había quedado sin habla. Se quedó inmóvil. Pero en lugar de apartarla, le correspondió. Ana María le besó los ojos, la nariz, las orejas, el cuello. Combinaba sus besos con pequeñas mordidas cariñosas. Poco a poco, Pepe sintió que su inmovilidad desaparecía y empezaba a desear a aquella mujer que había sido su cuñada.

—¿Qué tal si nos bañamos? Estamos demasiado sucios —sugirió Ana María al tiempo que lo arrastraba del brazo.

Él la siguió hasta el baño. La bañera, como siempre, estaba llena de agua fría, pero no hacía falta calentarla. Con el calor que emanaban sus cuerpos era suficiente. Ana María no pudo aguantar más. Era mucho el tiempo de desear a aquel hombre. Se abalanzó sobre él besándolo y susurrándole al oído que la poseyera, porque ya no podía esperar más.

—¡Oh cielo!, ¡cuánto deseaba esto! —exclamó Ana María.

Esta vez no fue Bárbara la que vino a su mente, Pepe pensó en Andrea, pero no podía renunciar a este momento. Andrea había sido una aparición en su vida y podría ser solo un lindo recuerdo. Chorreando agua, salieron de la bañera y se fueron a la cama. Momentos de placer invadieron la habitación que, hasta ese momento, había sido para Pepe un santuario al celibato. Un rato después, cayeron extenuados y se quedaron dormidos.

A las cinco de la tarde, el timbre de la puerta se dejó escuchar por dos veces. Pepe despertó sobresaltado y apartó la pierna de Ana María, que estaba sobre su cuerpo. Se envolvió en la toalla y en el camino a la puerta se alisó un poco el cabello con las manos.

—¡Qué sorpresa! ¿Tú aquí?

Era Dora la listera, que mostrando una sonrisa de oreja a oreja exclamó:

—Oiga, compadre, usted se pasa la vida proclamando que es el tipo de más mala suerte en el planeta, pero coño, ayer en la mañana te explico cómo se juega, apuntas un número y ¿qué crees?, que parece que tu mala suerte agarró una balsa y se fue de Cuba, porque tu número salió completico y vine a traerte tus 2,640 pesos.

Pepe se quedó pasmado. Tuvo la sensación que se iba a desmayar, pero se contuvo. Él nunca había visto tanto dinero junto, ni cuando salía de vacaciones que cobraba dos meses de salario. Y todo solo por decirle un número a Dora. «¿Así de fácil he ganado casi mi salario de un año?». pensó perturbado.

—Oye, Pepe, ¿tenías alguna inspiración para jugar este número?

—Me salió del alma.

—¿Te apunto algo para mañana?

—No, mejor no abuso de la suerte, porque desde anoche empezó a visitarme y no quiero que se asuste y salga corriendo.

—Oká. Muchas felicidades, Pepe —soltó Dora, se subió a su bicicleta y se marchó.

Pepe cerró la puerta y salió corriendo a su cuarto. Ana María continuaba dormida y comenzó a jalonearla para despertarla. Ana María abrió los ojos y todavía sin alcanzar a despertarse por completo, preguntó:

—¿Qué te pasó?

—Mira esto —exclamó Pepe mientras extendía a Ana María el fajo de billetes de a 20 que tenía en sus manos—. 2,640 pesos, ¿te das cuenta?

Ana María sonrió disfrutando su alegría. Pepe se lanzó sobre ella soltando al aire los billetes, estiró el brazo y tomó la botella de tequila que Andrea le había regalado.

—Esto hay que disfrutarlo. Me he ganado la lotería.

Preparó dos tragos y propuso un brindis.

—Porque no regrese la mala suerte.

—Porque seas feliz, Pepe —propuso Ana María.

Ana María se llenó la boca con la bebida y lo besó. Lentamente, fue pasando tequila desde su boca a la de Pepe, que se dejó caer en la cama para que ella se le trepara encima.

—Me parece que este brindis será mejor —afirmó mientras se quitaba unos billetes que tenía pegados en su cuerpo, a lo largo de su torso, y dejando asomar sus dos perfectos senos, que como lanzas afiladas desafiaban a su rival, anunciando que estaba lista para un nuevo combate.

Pepe acarició sus pezones mientras contemplaba a aquella mujer que le hacía recobrar más la confianza en sí mismo.

—¿Crees que puedas llegar a amarme algún día como amaste a mi hermana?

—Es una respuesta muy difícil. Pero si algo bueno quieres escuchar, es que eres muy valiosa, que eres una estupenda mujer, que eres muy especial para mí y que te quiero mucho.

Ana María dejó caer su cuerpo desnudo sobre el de Pepe. Lo besaba como queriéndole comer los labios. Realmente, lo amaba. Y esto para Pepe ya no era un secreto. La volteó y se colocó sobre ella. Ana María gemía de placer. Sus uñas se clavaron en su piel y Pepe sentía que una hermosa sensación empezaba a sacudir todo su cuerpo. El placer los envolvía una vez más. Un grito fue la señal. Ana María llegaba de nuevo al orgasmo. Pepe cayó desplomado sobre ella, después que descargó una abundante eyaculación.

Ambos disfrutaban cada instante. Ya estaba ahí el otro Pepe.

—*I'm alive*! —gritó mientras se estiraba para servirse otro trago de tequila y prender un cigarro.

—Ana María, ¿tienes novio?

—Lo que se dice novio, no. He salido dos o tres veces con Pedro, tu amigo.

—Ana, ¿por qué no me dijiste nada?

—¿Crees que soy tonta? Si te lo hubiera dicho, no te hubieras acostado conmigo. Sé que tú y Pedro son muy buenos amigos. Pero no te preocupes, no somos novios. Yo le dije que no quería ser su novia todavía porque amaba a otra persona y que esa persona eras tú, Pepe. Pero no sé qué me pasa que siempre llego tarde. Hoy venía muy ilusionada, pensando que tal vez había llegado el momento y me encuentro que anoche otra mujer llegó tu vida. Como ves, otra vez alguien se me adelantó.

—¿Y qué vas a hacer ahora?

—Pepe, dime tú, ¿qué puedo hacer? ¿Sentarme a esperar de nuevo a que fracases con esa nueva mujer que hay en tu vida? ¿Resignarme a ser la segunda y ser tu amante cuando quieras vivir estos momentos? Y de ahí no pasar. No, Pepe. Entre lo dudoso y lo seguro, creo que esta vez me iré por lo seguro.

—Ana, no exageres porque Andrea se regresa a su país y no sé cuándo vuelva a verla de nuevo, es más, lo más probable es que no la vuelva a ver en mi vida. —Hizo una pausa y sin poder evitarlo le preguntó—: ¿Vas a buscar a Pedro?

—No, no lo voy a buscar, simplemente voy a esperar a ver cómo se dan las cosas. Con Pedro solo existe una amistad y hemos salido un par de veces, pero no ha pasado nada. Por supuesto, ya me declaró su amor y me pidió que iniciáramos una relación, pero no lo amo y estoy confiada que algún día tú te fijes en mí.

Ana guardó silencio por unos minutos y luego tomó el diario de su hermana, que estaba sobre la mesita de noche. Ese diario que tantas veces leyó y que ahora podía ser la excusa ideal para no soltar todo lo que estaba sintiendo en realidad. Sabía que amaba a Pepe con la vida, pero estaba decidida a no seguir esperando por él y comenzar una nueva vida junto a otro, y, para eso, Pedro era el candidato ideal. Lanzó el diario para descargar su rabia, miró a Pepe y le dijo:

—¡Ya no leas más esa mierda! Ya te demostraste a ti mismo que el recuerdo de Bárbara dejó de ser un fantasma en tu vida. Has estado con dos mujeres en menos de 18 horas. No hay duda que vuelves a ser el Pepe capaz de hacer vibrar a cualquier mujer. Prométeme que, aunque no seas para mí, vas a proponerte olvidar a mi hermana.

—¡Claro que lo haré! —afirmó Pepe con mucha seguridad. Aunque pensaba que no era conveniente deshacerse del diario de Bárbara, porque quería llegar hasta el final, saber qué lo había llevado a experimentar el más oscuro y destructivo sufrimiento durante los dos últimos años—. Te lo prometo, pero este diario lo voy a conservar. Algún día me servirá para algo.

—Para lo único que puede servir es para vengarnos de Bárbara.

—No pienso en la venganza, pero sí nos puede servir para limpiarnos el culo cuando no tengamos papel sanitario.

Inmediatamente, Pepe se dio cuenta que era muy malo para decir mentiras, porque él mismo sintió huecas sus palabras. Sabía que, en realidad, sí quería vengarse de Bárbara y confiaba que algún día ese diario sirviera para desenmascararla y que todos supieran la verdad. Sin dudas, Pepe no podía deshacerse del enorme rencor que sentía hacia su exmujer y pedía encarecidamente a Dios que le concediera ese momento. Y tal era su obsesión, sin manifestarla obviamente, que estaba más convencido de querer vengarse de su exesposa, que de poder olvidarla.

Ana, que era una mujer insegura pero no tonta, percibió que Pepe no estaba siendo del todo sincero.

—Pepe, la verdad que tienes un gran corazón. Con todo lo que te ha hecho mi hermana y eres incapaz de pensar en la venganza —comentó en un tono irónico—. Si no sirve para vengarte, por lo menos servirá para escribir una buena novela.

—Eso está mejor. Creo que sería una buena idea. Ganar dinero vendiendo la vida de Bárbara, me indemnizará de tanto sufrimiento.

Ya en la noche, después de la comida y justamente cuando estaba empezando el Noticiero Nacional de Televisión, sonó el timbre de la puerta. Una visita inesperada iba a romper su aventura. Pepe encogió sus hombros ante la mirada contrariada de Ana María. Ella no quería que nadie supiera que estaba ahí con Pepe. «Que horrible costumbre tenemos los cubanos de llegar siempre sin avisar para hacer una visita. Quien sea, ¿no se habrá preguntado si yo deseo recibir gente en mi casa en este momento? Tan fácil que es hacer una llamada telefónica y preguntar si uno no está ocupado», pensaba contrariado Pepe mientras se dirigía a la puerta.

La mayor sorpresa fue abrir la puerta y encontrarse con la quijotesca figura de Adelaida. Esta, como siempre, sin preguntar si podía entrar, se metió a la casa y fue inevitable que Ana María no fuera vista por la persona más chismosa del barrio. «En pocas horas, todo el vecindario sabrá que soy la amante de

Pepe», no pudo evitar pensar Ana. Pero la reacción de «la flaca» fue todo lo contrario. Cuando la vio, su rostro palideció y dijo muy sorprendida:

—¿Bárbara?

—No, Adelaida, no es Bárbara.

—¡Qué susto me di! ¿Y tú qué haces aquí?

—Adelaida, no pongas a volar tu podrida imaginación. —Se adelantó Pepe tratando de buscar una justificación lógica—. Simplemente, tú misma me dijiste que esta casa estaba horrible y le pedí a Ana María que me ayudara a arreglarla. Nos hemos pasado todo el día en eso. ¡Mira qué cambio! —Y señalaba todo a su alrededor.

—Sí, estoy realmente sorprendida del cambio. Ya se puede decir que esto es una casa —exclamó Adelaida, sin poder evitar la mirada de reproche que Pepe le lanzó. Realmente, ella no era la persona más indicada para criticar el estado de su casa, cuando la de ella era un verdadero desastre.

—Pero siéntese Adelaida, no se quede ahí parada, que ya no va a crecer más —expresó Ana María con visible hipocresía.

—No, Anita, no quiero ser inoportuna. Solo quería saber cómo estaba este señor —respondió «la flaca» señalando a Pepe—, y cómo le fue ayer en la noche.

—¡Uy!, parece que no le fue muy mal porque encontró a una princesa —contestó Ana María con aires de despecho.

—¿Es eso verdad, Pepe?

—Sí, Adelaida, es cierto. Una mexicana parece haber tocado lo más sensible de mí. Todavía estoy sorprendido. Te juro que empiezo a creer en tu gracia, porque algunas de tus predicciones se hicieron realidad.

Adelaida fue vencida por su enorme curiosidad y no pudo evitar sentarse. Pepe miró a Ana María y ella comprendió lo decían sus ojos: «ya nos jodimos, porque ahora va estar aquí más de tres horas». Y no le quedó más remedio que contarle su aventura. No fueron tres horas, pero sí casi treinta y cinco minutos lo que estuvo la inoportuna mujer invadiendo su privacidad. Para Ana María no estuvo mal, pues se enteró con lujo de detalles del encuentro de Pepe con Andrea y ya sabía, en realidad, a qué era a lo que tenía que enfrentarse.

Por fin, Adelaida dio señales de despedida.

—¿Ves Pepe?, hay que tener fe —dijo poniéndose de pie.

—Sí, lo único que falta de tus predicciones es que haya boda y que me vaya para México.

—Pues...

Adelaida guardó silencio por unos instantes, como queriendo decirle algo, pero la presencia de Ana María se lo impidió.

—Hasta mañana, Pepito —balbuceó entre dientes y volteándose a Ana María le dijo—: Anita, si hablas con tu hermana, mándale muchos besos de mi parte.

Ana María le lanzó una mirada fulminante, como queriendo destrozarla. Sin embargo, no le respondió y, una vez que Pepe hubo cerrado la puerta tras Adelaida, dijo:

—Pepe, no me habías dicho que esta zorra te había hecho una predicción de lo que te pasaría ayer en la noche. —Su mente volaba a velocidades supersónicas, pero solo se limitó a agregar—: Ten cuidado. Recuerda que esta odiosa vieja quería mucho a mi hermana. No dudo que haya por ahí un complot entre ambas.

—Ana María, para empezar, ni tú misma sabes dónde está Bárbara. ¿Cómo vas a pensar que Adelaida lo sepa?

—Pepe, solo te digo que tengas cuidado. Yo, de esta vieja y de mi hermana esperaría cualquier cosa.

—No seas así, Ana María. Es más, ¿viste su reacción cuándo te vio? No sabía si eras tú o Bárbara. Además, no creo que Andrea se preste a algo así. No va a tratar de enamorarme para satisfacer una morbosa idea de Bárbara, aunque pensándolo bien, me dijo que tenía una amiga cubana.

Ana María no respondió a este último comentario. Solo fijó en su pensamiento que había que borrar esa imagen tan perfecta que Andrea había sembrado en Pepe.

—Pues veamos si esa mexicana tan caliente que te ha apasionado tanto es capaz de darte esto que te yo te voy a dar.

Y en el medio de la sala, Ana María se quitó la poca ropa que traía puesta y Pepe no ofreció resistencia. Otra vez, sus cuerpos se volvieron uno solo. La cargó en sus brazos y la llevó a la cama. Para él iba a ser su segunda noche de placer. Para ella no sería la primera vez que dormiría junto a Pepe, pero sería la primera noche de amor que pasaría junto al hombre que tanto había deseado y estaba consciente que había que aprovecharla al máximo, pues tal vez sería la última. Lo que había escuchado sobre Andrea le hizo entender que tendría en ella a una rival muy difícil de derrotar.

Se entregaron una y otra vez. Ana María dio todo lo que tenía por dentro. Sus cuerpos vibraron hasta que el cansancio los venció y cayeron rendidos, pero contentos.

Muy temprano en la mañana sonó el teléfono. Pepe medio dormido lo contestó. Era la secretaria general del núcleo del Partido Comunista de la planta donde él trabajaba, que le informaba que se presentara a las nueve de la mañana en la oficina del compañero director.

—¿Qué pasa? —preguntó Ana María, al ver que Pepe empezaba a vestirse.

—Nada, creo que esto explotó por algún lado. Me mandaron a buscar de la empresa.

Pepe se metió al baño y Ana María se dirigió a la cocina para prepararle un poco de café. El tiempo que él tardó fue el suficiente para que el sonido de la cafetera anunciara que ya el café estaba listo. Mientras se lo tomaba, ella no dejó de mirarlo. No sabía cómo decirle lo que estaba pensando. Pero se llenó de valor.

—Pepe, anoche quería decirte algo, pero no supe cómo hacerlo.

—¿Qué pasó?

—Después de escuchar a la bruja de Adelaida, me quedé con muchas dudas. Hay algo que me parece muy coincidente. La noche que tú te encontraste con Andrea en el malecón, yo recibí la visita de un joven muy apuesto. Venía de parte de Bárbara.

—¿Y qué hiciste?

—Prácticamente, no lo dejé hablar. Le dije que no quería saber nada de ella.

—¿Y no le preguntaste ni el nombre?

—No, pero hay algo raro en todo esto. Él llegó y me peguntó: ¿es usted la hermana de Bárbara? Yo le respondí muy groseramente: No conozco a ninguna persona que se llame así. Y él me insistió: No lo niegues, ustedes son idénticas, pero no temas, solo te traigo una carta y un dinero que ella te envía. Ahí no me pude contener y le dije muchas cosas: que no quería saber de ella, que no me hacía falta su dinero y que le dijera que se fuera al carajo. Creo que me porté muy grosera porque le tiré la puerta en la cara.

—A lo mejor fue el tipo con el que ella se casó.

—Sí, parecía extranjero. Pero no sé, yo creo que él tiene algo que ver con Andrea. ¿No te preocupa que exista tanta casualidad? La conociste a ella el mismo día que él me visita.

—¡Ay, Ana!, tú siempre pensando que detrás de todo lo que pasa tiene que estar la sombra de tu hermana. Ya deja de pensar solo en lo malo. Tranquilízate, por favor.

Pepe la besó, pero no quiso dar crédito a sus dudas, aunque no pudo dejar de relacionar el relato de Ana María con aquel joven que había llegado mientras él conversaba con Andrea y Rebeca, él que dijo llamarse Raúl.

«En verdad, creo que hay muchas coincidencias, pero ¿para qué me lleno la cabeza con otras preocupaciones?, si de solo pensar en esta citación que me han hecho se me eriza la piel. Solo Dios sabe qué va a pasar», pensaba Pepe mientras agarraba su bicicleta para irse a su empresa. Ana María lo observó hasta que cerró la puerta, después recogió sus cosas y organizó la habitación. Cuando terminó, se fue a su casa.

Tú y yo siempre prisioneros
de aquella maldición desconocida.
Sin vivir, luchando por la vida.
Sin cabeza, poniéndonos sombrero.
Reinaldo Arenas

Miami
Sábado 26 de noviembre del 2016
2:10 a.m.

—Será fantástico que vengan para acá a celebrar —le indicó Pepe a su esposa mientras ella bajaba la escalera muy elegantemente vestida.

—¿Y para eso me has hecho arreglar así?

—No protestes, amor. Te ves hermosa —contestó, al tiempo que la forzaba a que ella diera una vuelta completa para él contemplarla.

—¿Y sabes quiénes vienen?

—Me dijo Carlos que venían todos. Así que tendremos una larga noche.

—Y aguántate, porque será inevitable que se hable de esos temas que siempre has evitado tocar.

—Sí, será inevitable, pero también será una manera de agradecer. Gracias a todo lo que vivimos, hoy estamos aquí. Estoy consciente que algunos temas abrirán heridas, como el tema de los actos de repudios.

Pepe se dejó caer de nuevo en el sofá. En el televisor continuaban pasando imágenes del festejo en la calle 8 e intercalaban historias de represión vividas por los cubanos durante los años de revolución. Los sucesos de la embajada del Perú y el segundo éxodo de cubanos a la Florida no podían faltar. Los recuerdos se imponían en su mente como golpes imborrables.

Cienfuegos, Cuba
Sábado, 6 de agosto de 1994
8: 00 a.m.

El interrogatorio duró más de dos horas y media. Tiempo suficiente para que Pepe tuviera que responder un sin fin de preguntas de todo tipo. Él se lo imaginó desde que entró a la oficina del director y vio que había dos hombres más, aparte de su odiado jefe, quien, como siempre, estaba muy bien vestido y, sin importarle la hora que fuera, chupaba un delicioso Habano que en cualquier tienda de divisas costaba no menos de 10 *verdes*[6]. A uno lo conocía de sobra, era su jefe de departamento. Al otro hombre no lo conocía. Por su apariencia parecía un policía vestido de civil. Cabello corto, sin rastro de barba, una camisa negra y un pantalón mezclilla que le hizo recordar de inmediato al actor César Évora cuando interpretó el personaje de un investigador, en la serie policial *Día y noche.*

A juzgar por sus caras, la cosa no parecía nada buena. Daba la impresión que iba a iniciarse un juicio sumario en contra suya. El único asiento vacío estaba justamente frente al oficial y cuando Pepe se sentó, el primero en hablar fue el director de la planta:

—Oye Pepe, desde el punto de vista administrativo, nos interesa saber, ¿por qué te has ausentado estos días del trabajo?

Esa frase barrenó la mente de Pepe mientras encendía un cigarro sin pedir permiso: «Desde el punto de vista administrativo... Esto quiere decir que hay, además, otro punto de vista que no es administrativo. Y con este personaje enfrente, estoy seguro de que el otro punto es policial. ¿Habré cometido algún delito? Que yo sepa no, pero con esto de que en mi país cualquier cosa está prohibida, no dudo que salga de aquí esposado y termine vestido con un uniforme gris y con una P de preso en la espalda».

6 Referencia a dólares en el habla popular cubano.

—El jueves tuve muchas diarreas e incluso vomité dos veces en la madrugada —respondió con mucha tranquilidad—. Fui a ver al doctor y me dio reposo por tres días. —Y extendió el certificado médico que avalaba sus palabras.

—¿Y te sentías muy mal como para no venir a trabajar? —volvió a atacar el director.

—El doctor me dijo que tenía un virus, me indicó dos medicamentos. Ahí los puede ver. —Pepe señaló al papel —. Y le hice caso.

—Pero ya en la noche te pusiste bien, porque nadie que esté enfermo, como tú lo estabas, y a punto de «irse en mierda» y deshidratarse, tiene fuerzas suficientes para pasar la noche en una habitación del hotel Jagua con una extranjera.

Pepe sintió que un terremoto derribaba todo sobre su cabeza. Se sintió aplastado por las amenazadoras miradas que le lanzaban todos los presentes mientras esperaban su reacción. Se percató de inmediato que el sudor empezaba a brotarle por todos los poros de la piel.

—Sí, es verdad. Pero...

El director se puso de pie y pegó un duro golpe sobre su escritorio, interrumpiéndolo. Las arterias de su cuello se hincharon a punto de reventar. Miró a Pepe como si quisiera fulminarlo y después de poner el tabaco, que cualquier cubano de a pie no podía fumar, en el cenicero, le dijo en un tono muy agresivo:

—Mire Pepe, desde que viniste de la Central Nuclear, has tenido más de ocho llegadas tardes al trabajo. Aquí están relacionadas todas con fechas y horas. Ahora, te ausentas dos días con un supuesto virus que yo no te creo y dejas de hacer cosas muy importantes que tenías que entregar en la junta departamental de ayer viernes. Por tu culpa se incumplió el informe que había que presentar a la delegación provincial de la construcción, sobre el nuevo proyecto de losas prefabricadas. Proyecto que tú representas y que, además, es una innovación 100

% tuya. ¿Es que acaso nada te interesa en esta vida? Esto es una indisciplina laboral que yo no te voy a justificar, aunque seas uno de los ingenieros más capaces que tengo aquí en la planta y, mucho menos, sabiendo que ahora el joven Pepe es un jinetero nocturno.

Esa última frase hizo que Pepe explotara, no concebía que, por el simple hecho de haber pasado la noche con una extranjera que había conocido por casualidad, se le acusara de ser un cazador de extranjeras. Sintió que la presión arterial le subía a más de sus valores normales, sus orejas se pusieron rojas como un tomate y sentía que su temperatura aumentaba. Era necesario desahogarse porque de lo contrario reventaría y, por otra parte, para defenderse. Era evidente que había incumplido, pero aceptar esa acusación delante de un oficial de la policía era crear una evidencia de que él se dedicaba al negocio fácil de la prostitución. Imitando al director se puso de pie y casi gritando habló:

—Un momento, compañero director. Yo no soy eso último que dijo. Creo que antes de acusar a alguien, usted debe hablar con más argumentos. Si yo fuera jinetero, no estaría vestido como estoy y quizás no usara la espantosa bicicleta en la que ando, y fumara los Habanos que usted fuma, porque no va a negar que cuestan muy caro en divisas… ¿O no? Y, a lo mejor, ya no estuviera trabajando aquí porque con lo que ganaría con ese oficio, no estaría aquí ocho horas por 231 pesos que, hasta hace poco, no eran más que dos dólares al mes.

El director no esperaba su reacción. Era tan prepotente que nunca imaginó que alguien lo pudiera contradecir y, mucho menos, en su oficina y delante de dos personas más. Era indiscutible que actuaba como todos los dirigentes, que se desquitaban con sus subalternos lo que recibían de sus superiores. Muy al estilo castrista de no dejar valer otras opiniones más que las suyas. Pepe casi nunca hablaba, pero cuando defendía algo, por lo que sentía tener la razón, lo hacía tan bien que podía competir con el más ilustre de los abogados defensores.

El jefe del departamento, quien hasta este momento se había mantenido en silencio, trató de adoptar una posición combativa ante su director y, con el afán de ganar puntos ante este, dijo en un tono muy drástico:

—Yo, por mi parte, no lo quiero más en el departamento. Ya estoy harto de aguantar los incumplimientos y las negligencias de Pepe, y para tratar de ponerle un alto a estas actitudes no propias de un joven formado por nuestra revolución, ya estoy viendo esto con el consejo de trabajo y estoy pidiendo que se le sancione por un período de un mes, ocupando una plaza de guardia de seguridad. Cubrirá el puesto de la noche.

Después de esto, miró al director como queriéndole decir: «Usted ve, jefecito, que eficiente soy». Y por si no bastaba, agregó:

—Espero que esto le sirva de lección. Si su comportamiento es bueno, volverá a ocupar su puesto de trabajo.

—Pues compañeros, creo entonces que por mi parte esta reunión ha terminado —afirmó Pepe dirigiéndose hacia la puerta—. Si usted, compañero director, me acusa de ser jinetero sin serlo, y si este títere que tiene como jefe de mi departamento ya decidió que yo debo ser sancionado porque incumplí con un proyecto importante que, dicho sea de paso, ya estaba terminado desde el jueves y puesto en una carpeta sobre su escritorio... —Hizo una pausa para ver cómo el director reaccionaba ante la información—, y que si no lo encontró, fue porque no le dio su gana o, simplemente, porque no quiso reconocer mi trabajo, entonces, yo no tengo nada más que decir. Si consideran que mis llegadas tardes son muchas y que tengo que irme a cubrir un puesto de vigilante, pues no hay nada más que hablar. A partir de este momento me retiro a preparar mi carta de renuncia.

—Un momento, Pepe —señaló el director—. Tú no puedes irte todavía porque el oficial quiere hablar contigo. Creo que estás muy exaltado. Si quieres, cuando termines con él... —Señaló al oficial—, podemos seguir nuestra conversación.

Y diciendo esto le hizo una seña al jefe del departamento para que lo siguiera. Pepe se dio cuenta de que había desatado la furia del jefe supremo contra el esbirro de su jefe inmediato al descubrir ante todos que el proyecto ya estaba en su poder y que lo había ocultado.

El director al llegar a la puerta miró a Pepe fijamente a los ojos y agregó:

—Espero que reconsideres la idea y no vayas a hacer la carta de renuncia.

—Ya mi decisión está tomada, compañero director. Esta mierda de empresa se la puede meter por el culo. No me interesa seguir aquí y le reitero que me da lo mismo lo que usted decida, si me expulsa o acepta la renuncia. Eso se lo dejo en sus manos.

El director y el traicionero jefe de departamento se retiraron de la oficina, dejando a Pepe a solas con el oficial y un fuerte olor a Habano caro.

—Mi nombre es Nicolás. Teniente Nicolás... —se presentó el hombre mientras le indicaba a Pepe que se sentara.

—¿Teniente? —Pepe lo interrumpió—. ¿Se puede saber qué cosa tan grave he hecho para tener delante de mí a un teniente? ¿De qué eres teniente, si se puede saber?

—Soy el oficial del MININT que atiende varios centros de esta zona. —Hizo una pausa y preguntó—: ¿Me puedes mostrar tu carné de identidad?

Pepe se dispuso a buscarlo, registró su bolsillo trasero, sacó su cartera y se dio cuenta de que no estaba donde siempre lo guardaba.

—Teniente, siento decirle que no lo tengo. Debe habérseme caído en la casa o en algún lugar.

—¿Dónde estabas el jueves en la noche?

—Si ya lo sabe, ¿para qué lo pregunta?

—¿Con quién estabas?

—Me imagino que también lo sepa. Ustedes lo saben todo, ¿o no? Si se han tomado la molestia de enviar a un agente del G2 para hablar conmigo, es porque ya lo saben todo. No me falte al respeto, agente, que tonto no soy.

—Pepe, así no vamos a llegar a ninguna parte —señaló el teniente mientras encendía un cigarro—. Yo puedo saber muchas cosas, pero quiero que seas tú el que me contestes cada pregunta que te haga.

—Una forma muy sutil para agarrarme algún fallo. Ahora dígame, teniente, ¿me va a creer lo que le conteste? Porque si usted se ha dado cuenta, soy una persona no confiable. El director acaba de acusarme de jinetero y el otro imbécil me acusó de mentiroso e irresponsable. —Pepe extendió sus brazos y agregó con mucha ironía—: Teniente, ¿no cree necesario ponerme un detector de mentiras? ¿O esposarme?

—Pepe, tu director es una persona y yo soy otra. No quieras hacerte el gracioso y faltarme al respeto, porque yo he sido muy cordial contigo. Por última vez, ¿dime dónde estabas el jueves en la noche?

—Está bien, se lo diré, aunque usted ya lo sepa. El jueves en la noche estuve... —Pensó unos segundos para no decir nada mal dicho—, sentado en el malecón, esperando que pasara algo y que me llevara para siempre de esta mierda de vida que llevo. Por casualidad pasaron dos chicas y se pararon donde yo estaba a pedirme lumbre. Por suerte para mí, una quiso quedarse a mi lado y después de un rato de conversación, me invitó al bar Escambray y luego sucedió eso que a todos nos gusta, en la madrugada estuvimos en su habitación haciendo el amor, o singando, o follando, o como quiera llamarle, oficial.

—¿Sabes su nombre?

Pepe hizo un gesto de desagrado. Nunca había escuchado una pregunta tan absurda, pero viniendo de quien venía, no tuvo más que aceptarla. Era obvio que el teniente quería agarrarle algún fallo que demostrara que Pepe le estaba mintiendo. Pero si algo tenía él, era que odiaba la mentira. Así que, a cada pregunta absurda o repetida, daba siempre una respuesta verdadera y, además, sensata.

—Teniente, podemos ser insensibles, pero no creo que sea muy común acostarse con una mujer sin ni tan siquiera saber su nombre. Aunque pensándolo bien, ella pudo haberme mentido. Me dijo que se llamaba Andrea. No vi ninguna identificación de ella, salvo una tarjeta de presentación. A lo mejor no se llama así y su verdadero nombre puede ser Micaela, Augusta o Anastasia... Pero eso sí, no es mi culpa si me mintió.

—¿Cómo la conociste?

—Teniente, ya se lo dije. Pero si quiere se lo repito.

Pepe repitió sus respuestas, unas veces bien, otras con actitud prepotente o de forma irónica. Pero al teniente no le interesaba. Él lo mismo hacía preguntas nuevas, que repetidas: ¿Cómo se conocieron?, ¿Qué hablaron? ¿Qué hicieron? ¿Dónde estuvieron? ¿Qué había preguntado ella acerca de la revolución?... Y detrás de cada respuesta siempre estaba la misma duda de Pepe: «¿Cómo se habrá enterado esta gente que yo estaba con una extranjera en una habitación del hotel Jagua? Ahora lo único que me falta es que Andrea sea una agente de la CIA y que haya estado engatusándome para después reclutarme». Pensó también en Isaura, en el enigmático vigilante del hotel con quien había discutido, en el ascensorista, en la guía de turismo... Todo era un remolino de ideas, pero el tiempo pasaba y no veía cuándo se acabaría aquel martirizante interrogatorio. Al cabo de un buen rato, explotó.

—Teniente, le voy a ser sincero, ya estoy harto de tantas preguntas. ¡Carajo, teniente!, no creo que el haber singado con una mexicana sea motivo para tantas preguntas. Sí, me la singué, la disfruté y ya se fue. ¿Es acaso eso un delito?

—Pepe, claro que no es un delito, pero tratándose de ti... —El oficial hizo una pausa, estaba seguro de que después que dijera lo que estaba pensando, Pepe iba a explotar—, tú eres una persona que tiene antecedentes en este tipo de cosas.

Y en efecto, Pepe se puso de pie y lo encaró de una manera muy retadora.

—¿Qué yo tengo antecedentes? ¿Usted sabe lo que está diciendo? ¿Me está acusando igual que el hijo de puta de mi director? ¿Usted está loco o que pinga le pasa?

A diferencia del director, el oficial no se quedó con los brazos cruzados y se puso de pie empujándolo, haciendo que Pepe cayera sentado en el suelo.

—Pepe, te dije que no te pasaras de la raya. Aquí el que grita, pregunta y manda, soy yo. Así que siéntate en esa butaca y calma tus impulsos, que estoy seguro es la única forma de que te irá mejor. ¿O dime si quieres que te lleve a la Unidad?

—Teniente, el que nada debe, nada teme, así que si quiere lléveme a su unidad, ¡no tengo miedo! Pero dígame una cosa, si es que no es tanta molestia para usted... ¿En qué se basa para decir que yo tengo antecedentes en este tipo de cosas?

—Mira, Pepe, para nosotros no es un secreto que tu exesposa era una jinetera y que tienes un primo hermano que se fue cuando el Mariel.

—Carajo, teniente. De que mi exmujer es una puta, me enteré ayer. ¿Cómo puede acusarme por algo que hizo ella? Por lo que veo, todo el mundo lo sabía menos yo —aceptó Pepe en un tono muy sereno—. Y en lo que respecta a mi primo hermano, le pido que no lo meta en esto, teniente. Bastantes palos y golpes le dieron y eso fue hace 14 años. Todavía tienen que restregármelo en los ojos como hicieron con él que casi lo dejan ciego. Además, le aclaro, teniente, mi primo hermano no se llegó a ir por el Mariel, me imagino que ustedes que lo saben todo, sepan cómo se fue.

—Descuida, que sí me acuerdo.

—Además, yo no me fui. Yo decidí quedarme aquí. Ahora, ¿por qué tienen que sacarme todo ese pasado? ¿Acaso nunca lo van a olvidar? ¡No joda, teniente! Si ya olvidaron a todos los que se fueron y hace poco hasta le cambiaron el nombre y ya no eran escorias, ahora son la comunidad, «las mariposas» que vienen a traerle dólares a este gobierno. ¿Por qué se empeñan en joderme solo por haber pasado una noche con una mexicana?

Pepe cerró los ojos. El recuerdo de su primo hermano le vino a la mente. No pudo evitar moverse en el tiempo… otra vez más se imponía a los actos de repudio…

14 años antes

Corría el 1 de abril de 1980. Después de que un ómnibus con cubanos reventara el cerco de la embajada peruana en La Habana, se produce un tiroteo que causa la muerte de un policía. Aunque, luego, se comprobaría que el asesino fue uno de sus colegas, el gobierno de Fidel Castro acusa a los disidentes del crimen y exige a la diplomacia peruana sacarlos de inmediato de la sede. La embajada se niega y en la madrugada del 4 de abril la dictadura responde con desprecio: retira a los guardias revolucionarios del local donde miles de disconformes sueñan ya con la libertad y les dice por radio y altavoz que pueden irse del país si les da la gana.

Una vez que las más de diez mil personas, que habían ocupado la embajada de Perú por dos semanas, empezaron a retirarse a sus casas, tras el anuncio oficial de la legitimación del puerto del Mariel para todos los cubanos que tuvieran intenciones de salir del país, comenzó una campaña violenta sin precedentes en la historia de Cuba en centros de trabajo, casas y lugares públicos, y que tuvo el total consentimiento de las autoridades policiales, que no solo se paraban a contemplar los desmanes y el maltrato que se hacía contra los que querían desertar de la isla, sino que también los incentivaban.

La familia de Pepe también fue víctima de ese abuso. Jacinto, su primo hermano, y Renato eran amigos inseparables. Su amistad comenzó en la secundaria, cuando apenas tenían once o doce años. Eran fanáticos a las artes marciales y al fisiculturismo. Jacinto practicaba yudo y Renato practicaba kárate. Ambos eran adolescentes rebeldes que se negaban a ser educados como ganado listo para el sacrificio: escuelas al campo, escuelas en el campo, servicio militar obligatorio, misiones en Angola, misiones internacionalistas, todo lo que fuera alimentar el ego revolucionario del comandante en jefe y su comitiva de *guatacas*, *chicharrones* y esbirros.

Al terminar la secundaria tomaron caminos diferentes, pero siempre conservaron la amistad y se encontraban, como era costumbre de la juventud de aquel entonces, en el Prado cienfueguero, en alguna fiesta de quince años, o los fines de semana para ir juntos a la playa. Sus conversaciones eran muy diferentes de las del resto de sus amigos, en ellas siempre había un sentimiento de ira y rencor contra el régimen que desde su inicio había engañado al pueblo. Sus ansias de salir a la libertad eran constantes y Pepe sabía que no pararían hasta que un día pudieran alcanzarlo. Así terminaron el preuniversitario y Jacinto se fue a estudiar a la CUJAE[7] en la Habana y Renato a la UCLV[8] en Santa Clara. Como muchos, que pensaban como

7 CUJAE: Siglas para Ciudad Universitaria José Antonio Echeverría. Actualmente es la Universidad Tecnológica de La Habana José Antonio Echeverría.

8 UCLV: Siglas para Universidad Central «Marta Abreu» de Las Villas.

ellos, no escaparon del proceso de profundización revolucionaria que se hizo en las universidades para depurar al estudiante que pensara diferente a la revolución. Hubo un lema, por aquel entonces, que decía: «La Universidad solo para los revolucionarios» y, como ambos seguían siendo los mismos chicos rebeldes, se les acusó de falta de integración socialista y cayeron en la «trituradora» política del sistema para coaccionarlos y aislarlos de todo, hasta hacerlos sentir los malos, los desafectos, los inadaptables. Fue, entonces, en uno de esos recesos forzosos de estudios universitarios, que se reencontraron trabajando juntos en la planta de fertilizantes nitrogenados de Cienfuegos. Jacinto como aprendiz de instrumentista y Renato como operador en la planta de urea. ¡Bendita planta!, un grupo de técnicos rusos trataban de echarla a andar después que los ingleses habían sido expulsados de Cuba acusados de agentes de la CIA, quienes la dejaron a medio construir. Y aunque ese trabajo no era, en realidad, lo que ellos querían hacer, al menos, le daba un salario para pagar los gustos. Y ahí trabajaban cuando ocurrieron los sucesos de la embajada del Perú. En ese justo momento, Jacinto y Renato se miraron e interpretaron sus miradas: era su oportunidad de cumplir sus sueños y salir a buscar la libertad.

A Renato se le ocurrió la idea de ir a inscribirse como «escoria» en la Policía, pero los rechazaron porque no tenían antecedentes penales. El oficial les aconsejó que buscaran una carta de sus CDR donde dijera que eran personas desafectas a la revolución, que no cumplían con las guardias y que su conducta era indeseable. Con esa carta y la baja del centro de trabajo, los podían considerar como escorias y ya con «ese título nobiliario» podían clasificar para irse por el Mariel.

Era una opción muy triste porque el gobierno limpió las cárceles de Cuba y todos los que cumplían condenas por altos delitos comunes fueron puestos en la clasificación de escorias y subidos a las lanchas que venían desde Estados Unidos en busca de sus familiares. Otros decían que eran homosexuales y, como el gobierno también hizo una limpieza homofóbica, les daban la clasificación. Muchos prefirieron ser humillados y caer en la categoría de escorias, porque así obtendrían el permiso para subirse a un barco y largarse definitivamente de esa enorme cárcel con forma de isla en medio del Caribe. Así que, por decisión de ambos, decidieron ser escorias.

Cada uno hizo su carta donde escribió lo que fuera necesario para obtener el boleto a la libertad. Jacinto dijo que era Testigo de Jehová y que se consideraba un enemigo de la revolución. Renato, por su parte, le añadió que se negaba a hacer guardias, que también era Testigo de Jehová y que era un reacio enemigo de la revolución, que se negaba a saludar a la bandera e ir al servicio militar. Con las cartas firmadas, por sus presidentes del CDR, se dirigieron a la planta de fertilizantes a buscar la baja del trabajo. Y ahí empezó la odisea.

Fue evidente que la policía y los presidentes de sus CDR avisaron a los comunistas de la planta de que Jacinto y Renato irían por la baja para apuntarse como escorias y poder irse por el Mariel, por lo que era obligatorio hacerles un acto de repudio. Y la maquinaria empezó a organizarlo todo. Los comunistas, los menos comunistas y hasta los que estaban aspirando a comunistas usaron el acto como tribuna para ganarse «puntos» con los jefes, sobre todo, con los líderes del Partido. Porque pertenecer al Partido les permitía acceder a privilegios, entre ellos no ser tan vigilados y escalar más fácilmente en el trabajo, o la posibilidad de estudiar en el extranjero, u ocupar algún cargo de dirección que les diera poder y la oportunidad de robar o joder a los demás. Esa era la Cuba que ambos querían dejar atrás, así como a Fidel y a toda la camarilla de esbirros a su servicio, que lo único que hacían era hundir al país cada día más y quitarle al pueblo los más elementales derechos de un ser humano, sobre todo, la libertad.

Cuando llegaron a la planta, los dejaron entrar a la oficina de personal para pedir la baja y cuando se disponían a salir con su baja firmada, todos los trabajadores los estaban esperando en la calle interior de la planta. Los gritos parecían ensayados: ¡Qué se vayan! ¡Gusanos, si sacan los pies se los cortamos! ¡Que se vayan los parásitos y la escoria! ¡Mi ciudad más limpia y bonita sin lúmpenes ni mariquitas! ¡Fuera las ratas! ¡Qué tiemblen los flojos, el pueblo entró en acción! ¡Gusanos, ratones, salgan de los rincones! ¡Nuestra patria limpia y pura, que se vaya la basura! ¡Gusano, lechuza, te vendes por un pitusa! ¡Cuba, qué linda es Cuba, sin los gusanos me gusta más! ¡Pin pon fuera, abajo la gusanera!... Y empezó el calvario. La mayoría gritaba enfurecida y las palabras les taladraban las entrañas a Jacinto y Renato. Otros les lanzaban huevos. Y el peor de todos, una rata de nombre Gumaro, quien era un alcohólico empedernido, le lanzó aceite quemado a Jacinto, a la cara, y casi lo deja ciego porque se le metió en los ojos y le quemó toda la película externa de la córnea. También un hombre de piel negra, gordo y repugnante, al que llamaban Arquímedes, les lanzó una viga de madera muy parecida a un polín de línea de tren, golpeándolos y provocándoles lesiones en la piel y en la cabeza.

En medio de toda esa multitud de personas que golpeaban y lanzaban sobre ellos lo que encontraran, Jacinto y Renato, conocedores de las artes marciales, se defendían a golpes, por lo que fueron acusados de ser ellos quienes provocaron la riña atacando primero al grupo de revolucionarios que indignados defendían los principios de la revolución socialista. Jacinto y Renato estaban espalda con espalda y ninguno de los esbirros quería ser el primero en ponerse a tiro. Y en efecto, ninguno quiso sentir lo que sintió uno de los orientales que gritaba y alardeaba, que cuando se acercó demasiado, Jacinto le lanzó una bofetada que lo lanzó al suelo como un pollo cuando le parten el pescuezo. Y a golpes fueron sacados de la planta por el camino de salida de más de 30 metros, hasta ser expulsados como viles delincuentes, cuando solo pidieron la baja para poder irse del país.

Por suerte para ellos, al llegar a la puerta, Jacinto vio a un taxista que era amigo y vecino de ambos, que en un inicio no lo reconoció porque estaba cubierto de aquel aceite negro parecido al chapapote, pero los dejó subir al taxi, tal y como estaban, salvándolos de morir a golpes. Ya dentro del taxi los identificó y los llevó a la casa de Renato.

Pero todavía faltaba lo peor: el acto de repudio y la guerra psicológica de los vecinos que, en ocasiones, fue la que más dolía; y las desilusiones familiares y los amigos que les dieron la espalda por miedo a las represalias como perder sus trabajos o sus carreras universitarias. Pero en medio de todo, existieron amigos verdaderos que, sin miedo a nada, siguieron visitándolos a pesar del acoso vecinal y policial que sufrían en sus casas.

14 años después

—¿Cómo es eso de que acabas de enterarte que tu exmujer era jinetera? —preguntó el teniente trayendo de vuelta al presente a Pepe.

—Me extraña que no sepas que ella me dejó hace dos años —contestó rápidamente Pepe—. Pero bueno, voy a hacerme el que te creo y voy a decirte que durante ese tiempo nunca quise saber nada de ella, y justo anteayer leí una carta que le dejó a su hermana, donde me enteré de que se había metido a puta.

El teniente comprendió enseguida que Pepe decía la verdad, pero quiso saber que más sabía Pepe de su exmujer y volvió al ataque:

—¿Y has sabido de ella? ¿Sabes dónde está?

—Teniente, ni en su casa saben a dónde se fue. Lo último que supo su hermana fue que se había casado con un extranjero, pero no saben nada más. Nadie conoce a dónde fue a parar esa condenada mujer.

Pepe se volvió a poner de pie y, con un tono más suave, encaró nuevamente al oficial:

—Oiga, teniente, aclárame una cosa, porque no entendí bien. Por el hecho de haber tenido una mujer que se metió a puta y un primo hermano que se fue del país, ¿dice usted que yo tengo antecedentes penales?

—No te preocupes, Pepe, en verdad solo quería saber si esa mexicana, con la que estuviste, tiene algún vínculo con la que era tu esposa o con tu primo hermano.

—No entiendo. —Pepe se dejó caer en su asiento y puso sus manos sobre la cabeza. Era evidente que el oficial tenía la misma duda de Ana María, por lo que no pudo evitar preguntarse a sí mismo: «¿Por qué todos creen que existe un vínculo entre Andrea y Bárbara? Es totalmente improbable. Mi encuentro con Andrea fue más que casual».

—Dígame la verdad, teniente —agregó Pepe presionado por sus pensamientos—. ¿Cree usted que Bárbara tenga algo que ver con esta mujer que me dijo llamarse Andrea?

—No, Pepe. Te confieso que por un momento lo pensé, pero la verdad no creo. Solo quería profundizar en esto y saber si tú tenías algún vínculo con Bárbara, porque, por si no lo sabes, ella dejó algunas cuentas pendientes con la justicia.

—¿Y por qué la dejaron irse? —preguntó Pepe con evidente curiosidad.

—No podría decirte. Son errores que suelen suceder y que se pagan caros. Pero solo quiero decirte que tú no tendrás ningún problema. Te reitero que queríamos saber si tenías algo que ver con ella.

—Créeme, teniente, que no tengo ni quiero tener nada que ver con esa mujer. Y si averigua un poco, podrá comprobar que he sufrido mucho por culpa de esa hijaeputa. Gracias a Dios llegó esa mexicana, por la cual me está investigando ahora, y me hizo darme cuenta que estoy vivo. Así que, si eso es delito lléveme preso, porque a esa mujer la recibiré con los brazos abiertos cuantas veces venga. —Pepe lo miró y le preguntó casi implorándole—: Dígame, teniente, ¿hasta qué hora me va a tener aquí?

—Ya, Pepe, ya vamos a terminar. Solo quería estar seguro de que todo lo que has dicho es cierto. No hay delito. No hay problemas. Y si te mandé a buscar es porque... —Hizo una pausa y abrió un sobre de dónde sacó el carné de identidad de Pepe, quien se sorprendió al verlo—. ¡Toma! Parece que lo dejaste en una gaveta de una mesita que hay en la *suite* donde se hospedaba Andrea. Al otro día, la mucama que hizo la habitación lo encontró y lo llevó a la oficina del agente del MININT que opera en el hotel. Al ver tu centro de trabajo, me localizaron ayer viernes y vine a hablar con tu director, y por eso te mandamos a buscar.

Pepe, mirando su documento de identidad, comprendió que por un descuido suyo se había metido en este rollo. Recordó que mientras anotaba los datos de Andrea pudo haberlo dejado sin darse cuenta. Había metido la pata y de no ser por esa imprudencia, no se hubiera armado todo este problema.

Pero, evidentemente y a pesar de lo dicho, el teniente quería ir más allá, y sin sacar el dedo del renglón, preparó otra línea de ataque.

—Pepe, una última pregunta: ¿no estás enterado de lo que pasó ayer?

Pepe se quedó en silencio repasando todos los sucesos del día anterior y, de repente, la preocupación lo invadió: «No puede ser posible que este cabrón también sepa que me gané la lotería clandestina». Miró fijamente al oficial y le respondió sin mostrar sorpresa:

—No, teniente. Comprenderá que, por estar con una extranjera que sí es turista en mi tierra, no tuve tiempo de ver las noticias. —Pepe se puso de pie agregando—: ¿Me puedo retirar, teniente?

—Sí, Pepe, pero me preocupa que no quedaste muy bien parado con tus jefes. Déjame hablar con ellos.

—No, teniente. Se lo agradezco, pero no trate usted de engañarme. A usted le importa un comino cómo quedo ante mis jefes y créame que a mí me importa menos. Ya no me sentía bien en esta mierda de empresa. Esto quizás haya sido el empujón que me faltaba. ¡Muchas gracias!

Y salió de la oficina, sin detenerse a ver a su jefe de departamento ni al director.

No sabía si el teniente le había creído, pero no le importaba, estaba tranquilo con su conciencia, aunque contrariado porque su mala suerte había regresado. Acababa de quedarse sin trabajo, aunque, en verdad, no le preocupaba mucho, porque con el dinero que se había ganado podría aguantar unos meses hasta que consiguiera otro empleo donde se sintiera más a gusto. O quizás lo aprovecharía para fugarse del país.

Además, la última pregunta del teniente le daba vueltas en la cabeza y la curiosidad ya lo pinchaba: «¿Qué habrá pasado ayer? Si fue algo grande en contra del gobierno, no lo voy a encontrar en el periódico. Debo sintonizar Radio Martí. Para este gobierno, los únicos hechos dignos de destacar son los que ocurren en el extranjero». Y era cierto.

Pepe no tenía idea de lo que había pasado el 5 de agosto en el centro de La Habana. Un grupo de capitalinos se había lanzado a las calles, en una espontánea demostración de descontento popular. Hechos sin precedentes bajo la época dictatorial de Castro. Los manifestantes gritaban a coro: ¡Libertad! Y aunque la prensa cubana no publicó nada sobre los hechos del 5 de agosto de 1994, ese día pasaría a la historia como El Maleconazo, donde hasta el hermanito del dictador estuvo a punto de soltar a las calles un destacamento de infantería motorizada para aplacar a los protestantes. Por suerte, no pasó a mayores porque, desgraciadamente, el régimen dictador emergió victorioso y enardeció al populachero y a la muchedumbre, como siempre, y echó a pelear al pueblo contra el pueblo. Un estilo muy inteligente de dividir más a los cubanos, como hizo durante los sucesos de la embajada del Perú, en 1980.

Ajeno a esta realidad, Pepe salió de la planta y miró hacia el cielo. El recuerdo de Andrea vino a su mente: «A estas horas debes estar volando de regreso a México. No te olvides de mí, chiquita. ¡Sálvame de tanta opresión!». También pensó en su primo hermano: «Dicen que la diferencia entre una tragedia y una comedia es simplemente el paso del tiempo, y es verdad, porque a pesar de todo lo que pasaron aquellos que fueron víctimas de un acto de repudio, muchos pudieron adquirir el famoso salvoconducto que les diera el boleto a la libertad. Hoy, mi primo hermano Jacinto y su gran amigo Renato llevan 14 años disfrutando de muchas cosas, pero, sobre todo, son libres».

Renato sí pudo tomar una embarcación en el puerto del Mariel, pero Jacinto no. Unas semanas después del acto de repudio, y justamente el día de su boda, fue detenido como persona de alta peligrosidad. Cerca de las 9 de la mañana llegaron a su casa, parquearon el carro patrullero al doblar de la cuadra, por lo que nunca se supo quiénes eran. Era evidente que se habían enterado de que Jacinto se iba a casar para obtener una visa vía México. Al principio, cuando llegaron a arrestarlo, fueron muy amables, pero una vez en el carro patrullero empezaron las amenazas: «Ahora podemos hacer contigo lo que sea, a ver si eres tan gallito como dices que eres. Es más, le vamos a decir a tu familia que te llevamos hasta el puerto del Mariel y que nunca llegaste a los Estados Unidos y te desaparecemos del mapa. A fin de cuentas, un gusano menos, es mejor para nuestra revolución...». Trataban de provocarlo para que Jacinto mal reaccionara y les diera la justificación para patearlo y encerrarlo. Gracias a alguna fuerza divina, Jacinto se contuvo y no reaccionó como siempre lo hacía.

Aun así, lo encerraron en una celda en la unidad de la Juanita para transferirlo posteriormente a la cárcel de Ariza, pero cuando le estaban llenando los papeles, el jefe de la Seguridad del Estado que aprobaría su transferencia, cuando vio el nombre de Jacinto, ordenó que lo llevaran a su despacho. Otra fuerza divina operaba para protegerlo porque ese oficial era amigo de su papá y ordenó su liberación de forma inmediata, no sin antes decirle:

—Jacinto, vete urgente del país, no vaya a pasar que la próxima vez que te detengan no esté yo aquí y pueda ayudarte, porque entonces si vas terminar con cuatro años en el tanque[9] por la ley de peligrosidad.

Cuando Jacinto, en compañía de su novia, salió de la unidad policial, ya eran más de las 5 de la tarde, y a esa hora todo estaba cerrado, incluso, los juzgados de la calle Arguelles. Jacinto tocó a las puertas del Juzgado, pero alguien contestó que ya estaba cerrado, aunque luego abrió la puerta. Una juez, que debe haber visto la cara de desesperación de la pareja y, sobre todo, la de Jacinto, al escuchar la explicación de por qué tenían que casarse antes de salir del país, abrió un libro enorme, dijo unas cuantas frases políticas como parte del protocolo y terminó diciendo: «Jacinto, después de haberte leído los artículos más importantes del Código de la Familia, persiste usted en la idea de contraer matrimonio con Mercedes…», pero había un problema: no había testigos. Jacinto salió desesperado a la calle y le suplicó a una desconocida que le sirviera de testigo, la señora aceptó y Jacinto pudo gritar el «Sí, acepto».

Poco después empezaría su segundo viacrucis: el tránsito por todo México hasta llegar a la frontera con Estados Unidos, para poder cruzar la línea fronteriza hacia la libertad.

9 Tanque: (Voz popular) En Cuba: cárcel.

> *De modo que Cervantes era manco;*
> *sordo, Beethoven; Villon, ladrón;*
> *Góngora de tan loco andaba en zanco.*
> *¿Y Proust? Desde luego, maricón.*
> Reinaldo Arenas

Miami
Sábado, 26 de noviembre del 2016
2:30 a.m.

Pepe abrió la puerta para recibirnos. Allí estábamos todos. Los amigos de antaño. Cada uno con su propia historia. Los que pudieron salir en los 80, los que salimos en los 90 y algunos que salieron mucho después. Todos, de una forma u otra, víctimas del sistema impuesto por Fidel que, pareciera, hasta había planeado la fecha de su muerte, coincidiendo con el día en que había empezado la historia revolucionaria. Era increíble, pero cierto. En la madrugada del 25 de noviembre de 1956, bajo la lluvia, el yate Granma comenzó a navegar sigilosamente por las quietas aguas del río Tuxpan, en México, y llegaría a costas cubanas el 2 de diciembre de 1956, cerca de la playa Las Coloradas, marcando el inicio de la lucha guerrillera que culminaría con el triunfo de la revolución cubana, el 1 de enero de 1959. Solo en la mente diabólica de Fidel Castro podían planearse tales actos. Como por obra de la causalidad, fallecía exactamente 60 años después, para cerrar un círculo de coincidencias.

Después de los abrazos de bienvenida, nos fuimos todos a la terraza. Pepe sirvió a cada uno un trago doble de ron cubano.

—Hagamos un brindis por el momento —pidió Pepe.

—Por el fin del tirano —exclamó Jacinto.

—Por nuestro pueblo, que no podrá expresar abiertamente su júbilo por la muerte de este hijo de puta —gritó Renato.

—Por Cuba y el inicio del fin de su dictadura, que tanto sufrimiento ha impuesto a nuestro pueblo —señaló Pedro.

—Por la libertad de todos los presos políticos, por nuestros muertos, por los que fuimos reprimidos por ser homosexuales, por Reinaldo Arenas —exclamó Tony, con un nudo en la garganta.

—Por todas esas chicas que un día se convirtieron en putas, por culpa de un sistema que no daba muchas alternativas —gritó Ana, con lágrimas en sus ojos.

Uno a uno fue expresando sus sentimientos. En todos se reflejaba un factor común: el deseo de ver algún día a nuestra Cuba libre de Castros.

—Solo faltas tú, Carlos —afirmó Pepe señalándome con el dedo.

—Hoy quiero hacer un brindis muy especial. Durante todos estos años he estado escribiendo una novela, donde muchos de los aquí presentes somos protagonistas. Y este día me ha dado la fuerza para poder publicarla. Brindo por este momento, que no representa para mí festejar la muerte de un ser humano, porque es algo que no puede ser motivo de fiesta, pero, para nosotros los cubanos, representa disfrutar y celebrar la muerte de un tirano que nos jodió la vida, nos obligó a salir al exilio, nos forzó a hacer lo que quiso y nos quitó la libertad. Por eso, hoy brindo por su muerte, brindo por todos nosotros que tenemos que pensar que todo ese sufrimiento nos hizo decidir nuestro futuro y venirnos a tierras de libertad.

¡Salud!, gritamos todos a coro, empinando nuestros vasos para degustar del buen ron cubano. Otra vez nos abrazamos todos y fuimos ocupando nuestras sillas, formando un círculo alrededor de una mesa donde estaban dispuestas más botellas y algo para comer, que había preparado la esposa de Pepe.

Por su parte, Pepe se alejó hacia la cocina, disimulando que buscaba algo. Podía verlo perfectamente desde donde estaba sentado. Me puse de pie y fui hacia él. Vi su rostro preocupado y su vista perdida en los recuerdos. Me imaginé de inmediato por dónde andaban sus pensamientos…

Cienfuegos, Cuba
Sábado, 6 de agosto de 1994
2:00 p.m.

Pepe llegó a su casa y no pudo soportar la idea de encontrarse solo de nuevo, porque se dio cuenta que estaba, otra vez, con su amiga «la soledad», amenazando con volver a molestarlo.

Había vivido un par de días maravillosos. Dos mujeres, una mexicana y otra cubana, habían transformado su vida, regalándole dos noches de placer. «¿Por qué siempre pensamos en el placer? No, eso no fue lo más significativo, cuando experimenté mucho más». El rencuentro consigo mismo, darse cuenta que debía valorarse y quererse más, comprobar que podía ser importante para alguien, fue lo más importante que había disfrutado.

Sabía que no podía correr, que su recuperación tenía que ser paso a paso, así que no dio tiempo a deprimirse.

—Mejor me voy a la calle. No me puedo dejar vencer por la soledad —dijo en voz alta y agarró la lata de sancocho, dispuesto a adelantar el horario de su habitual recorrido para buscarle comida a su puerquito.

El primero en visitar fue a Tony «la yegua». Controvertido personaje, pintoresco por naturaleza y homosexual por convicción. Un mulato alto y bien parecido, con quien cualquier mujer desearía tener una aventura. «¡Lástima que sea gay! ¡Qué desperdicio de hombre!», eran algunas de las frases que soltaban las hermosas damas al enterarse de su homosexualidad.

Tony había estudiado medicina y, a pesar de no haber terminado su carrera, pudo saltar a la fama con facilidad cuando un día, mientras cursaba el segundo año, a un paciente trató de pasarle consomé de pollo por el catéter por donde le aplicaban el medicamento en vena. ¡Casi lo mata! A partir de ese momento, todos lo conocieron como el autor del Síndrome del *Chicken Soup*.

Con la fama negativa que había adquirido, Tony decidió cambiar de profesión y abandonó sus estudios de medicina. Para, después de salir del clóset y anunciar a sus padres que era homosexual, convertirse en lo que siempre quiso ser: un excelente diseñador de vestuarios. Ahora, trabajaba como costurero desde su casa y, además, era el encargado de diseñar la ropa de los artistas del hotel Jagua. En las noches de jueves, viernes y sábados participaba en una función de travestis, que organizaba un grupo de amigos en el *show* del cabaret, donde imitaban a famosas actrices nacionales e internacionales. Todos quedaban fascinados al verlo vestido de mujer, porque su metamorfosis era tal, que era muy difícil percatarse que se trataba de un hombre.

Ese día, al ver llegar a Pepe exclamó:

—¡Uy!, llegó el hombre más *sexy* de todo Cienfuegos. ¡Estás guapísimo!, pero coño, aliméntate mejor, porque te vamos a perder. ¿Qué te están dando de comer en esa planta de hormigón? ¿Acero o tortitas de cemento? Por favor, dile a esos comunistas de tu empresa que el hierro se toma en pastillas y es para las embarazadas, y el cemento no se come.

—¡Ay, Tony!, déjate de payasadas, que hoy no estoy para bromas.

—Óyeme, *este niño* —siguió en un tono más afeminado—, si estás molesto, te vas a desquitar con otros porque yo no tengo la culpa.

—Es que tú no sabes identificar cuándo es que uno está para juegos y cuándo no.

—Así soy y nadie me va a cambiar. Pero dime, ¿qué te pasó para que estés con ese genio de mil demonios?

—Me acabo de quedar sin trabajo.

—¿Y por eso estás así? ¡Uy!, deberías estar dando brincos de alegría. Trabajar en este país y no trabajar es lo mismo. ¿Para qué trabajas? Esa ley que nos enseñaron en filosofía marxista que en el socialismo «de cada cual según capacidad a cada cual según su trabajo», está muy lejos de lo que se vive en nuestro siniestro país. ¿Te has puesto a pensar cuántos profesionales han abandonado sus puestos de trabajo para irse a trabajar en turismo porque ahí es donde solo se puede conseguir los dólares? ¿Te has fijado cuántos ingenieros andan manejando turistaxis porque están en contacto directo con el «billete verde»? ¿Te has dado cuenta que en este país todo está al revés? El profesional que trabaja, no tiene dinero, y el que no produce nada, tiene de todo.

—Todo está al revés —afirmó Pepe.

—¡Ay, chulo!, no te pongas así. Deberías estar feliz. ¿Para qué quieres trabajarles a estos comunistas de mierda? Si no dan nada. Solo nos dan hambre y apagones. Ese cuento de salud y educación gratis, ¡que se lo crea su abuela!

—Entonces, ¿a qué me dedico?

—¡Uy!, con esa cara que tienes y lo *sexy* que estás, hasta te puedes meter a jinetero y servir de hombre de compañía a esas viejas millonarias que vienen a quitarnos lo único que no nos han racionado en este país… ¡El sol, Pepe, el sol!

Tony tenía una manera muy peculiar de decir lo que pensaba. Era una lástima que muy poca gente lo tomara en serio, porque, entre broma y broma, siempre le cantaba las verdades a quien fuera.

—Tony, la verdad es que ya no me sentía a gusto en ese trabajo, pero, pensándolo bien, no tengo idea de qué voy a hacer para buscarme un poco de dinero en el futuro.

—También puedes vestirte de mujer como yo. ¿Tú sabes cuánta propina me dejan los *yumas*[10]?

—No jodas, compadre.

[10] Yuma: (Voz popular) En Cuba: extranjero.

—Entonces, búscate un carro y conviértelo en taxi. Ponte a vender croquetas. Vende la *chispa de tren*[11] que tú haces, ¿quién sabe?, a lo mejor te vuelves famoso por mandar a más de un mortal a terapia intensiva con problemas hepáticos.

Ambos rieron y Tony se sintió satisfecho de haber hecho sonreír a su amigo.

—¡Qué bueno que veo esa linda sonrisa! Así se hace, Pepe. Mira, yo estoy tan jodido como tú y trato, al menos, de reírme de las desgracias. Pero dime, ¿por qué te quedaste sin trabajo?

—El jueves me empaté con una…

—¡Ya sé! —Tony lo interrumpió con su característico tono afeminado—. Tú sabes que todos los chismes vuelan y me enteré que te empataste con una mexicana, que me dijeron que está lindísima la condenada.

Esa era otra característica de Tony: no había chisme que él no supiera. Era el vocero principal de la «radio bemba» del barrio.

Pepe, al oír que sabía de su encuentro con Andrea, le preguntó muy sorprendido:

—¿Cómo lo sabes?

—Oye, *este niño*, Tony lo sabe todo. Pero no pongas esa cara, que no soy del G2. Isaura me lo contó todito, hasta de la bronca que tuviste con ese energúmeno vigilante. Pero no quise ir a verte para no espantar a la mexicanita. ¡Imagínate que me hubiera visto!, iba a pensar que yo era tu amante.

—Hubieras ido y la habrías hecho reír de lo lindo. Además, es una mujer maravillosa y de una mente muy abierta.

—Pues para la próxima, la conoceré.

Tony fue a buscar la comida que tenía guardada para el puerquito de Pepe y mientras la vaciaba en la lata, insistió en saber la causa de su enojo.

[11] Ron casero cubano.

—Pero dime de una vez, ¿qué fue lo que pasó para que te dejaran sin trabajo?

Pepe narró todo lo acontecido durante el interrogatorio matutino del que había sido objeto. Tony lo escuchaba con mucha atención y sin interrumpirlo. Su rostro iba cambiando a medida que iba acumulando información. Y de forma similar a como explota un globo cuando se infla sin control, llegó un momento en que no pudo aguantar y reventó.

—¡Esto es el colmo! Pepe, cada día me siento más orgulloso de ser gay. ¿Te imaginas que uno no tenga la libertad para meter el pene en la vagina que uno quiera? No quiero ni pensarlo, pero estoy seguro que, para estos hijos de putas, usar una vagina extranjera es también diversionismo ideológico. —Hizo una pausa y agregó—: ¡Ay Dios mío, qué país!... ¡qué país! Va a llegar el momento en que nos van a decir con quién tenemos que acostarnos y hasta nos racionen el número de veces que tenemos que singar al mes. Con esto del ahorro de energía, hasta la del metabolismo nos la van a obligar a ahorrar.

Tony prendió un cigarro More mentolado y sentándose a la mesa de comedor soltó otras de sus ocurrencias:

—Y ojalá no aparezca un inteligente como tú, que descubra que con la energía que se libera en el acto sexual se pueda producir energía eléctrica, porque, entonces, a Fidel se le va a ocurrir que nos pongamos todos a singar para iluminar la ciudad, sin tener que usar petróleo.

Pepe soltó una carcajada. Parecía absurdo lo que acababa de decir Tony «la yegua», pero por el camino que iba el país y las medidas tan inverosímiles que se tomaban, cualquier cosa podía esperarse. Y tratando de evitar que Tony siguiera hablando, se inclinó a agarrar la lata de sancocho en señal de que ya se iba. Caminaron juntos hasta a puerta de la calle.

—Y mira ver si además de recoger comida para tu puerquito, recoges para ti también —exclamó al despedirlo su carismático amigo—. ¡Quiero que te pongas buenote otra vez!

Pepe sonrió y emprendió rumbo a la siguiente casa. Ahora le tocaba el turno a la casa de Rafaela, una comunista de extrema izquierda, quien pasaba por uno de los momentos más difíciles de su vida. El menor de sus hijos, y mejor amigo de Pepe, acababa de avisarle que había tomado la decisión de quedarse en México, donde realizaba sus estudios doctorales.

— ¿Ya te enteraste de lo que hizo tu amigo? —le preguntó Rafaela al verlo aparecer en su casa. En sus palabras podía percibirse más despecho que dolor.

—No, no he oído decir nada. Hace como tres meses que no he tenido noticias de Carlos —respondió Pepe mientras se dirigían a la cocina. Sabía de la pata que cojeaba Rafaela y tenía que ser muy precavido en sus comentarios.

—Pues vas a tener noticias muy pronto —afirmó Rafaela buscando un sobre de carta en el interior del centro de mesa del comedor—, el muy traidor escribió tres cartas, una para su hermano, una para su padre y una para ti. Acaba de informar que ya no regresa y que decidió hacer su vida en México.

—Rafaela, ¿por qué le llamas traidor? Es tu hijo.

—Era mi hijo —replicó fríamente la extremista de izquierda.

—No, Rafaela, no digas eso, carajo. Si Carlos ha decidido quedarse en otro país es porque razones tendrá. Eso no quiere decir que se haya convertido en un enemigo del país y mucho menos de ti. Me parece muy exagerado ese calificativo de traidor. Nunca olvides que, por encima de cualquier decisión, él siempre será tu hijo.

—No me salgas con esas porquerías. Yo no parí hombres blandengues que se olvidan de lo que ha hecho esta revolución por ellos. Este país le dio educación gratis, le dio salud, le dio un título universitario, lo envió a estudiar a otro país para que fuera mejor y le costeó toda su estancia en México, para que ahora salga con esa traición. Eso no tiene otro nombre, Pepe, se llama ingratitud, deslealtad y traición.

Pepe tomó el sobre en sus manos y dudó si debía abrirlo delante de Rafaela. Finalmente, no lo hizo, lo dobló y se lo metió en el bolsillo trasero de su pantalón. Simulando una sonrisa trató de disfrazar la mueca de dolor que produjo en él las palabras de Rafaela. Su actitud lo había desconcertado un poco, no entendía cómo una madre podía expresarse así de su hijo, solo para mantener una imagen de abnegada comunista para la cual era más importante la revolución que su propia familia.

—Rafaela, yo solo vine por la comida de mi puerquito.

—Qué manera más sutil de evadir una conversación —señaló Rafaela, a quien la impotencia dominaba.

—Rafaela, me resulta muy doloroso hablar contigo acerca de tu hijo y menos con la actitud que tienes. Me pones en una posición muy difícil, es como estar entre la espada y la pared. Carlos es mi mejor amigo y a ti te tengo mucho respeto, pero prefiero no hablar porque, créeme, que si tengo que darte una opinión seré implacable. No entiendo tu actitud. Por favor, no te sumes a este eterno juego de buenos contra malos y, mucho menos, si él que está de por medio es tu hijo.

Rafaela sintió un enorme nudo que estrujaba su garganta y no pudo evitar romper en llanto. Sabía que Pepe le estaba hablando con el corazón en la mano y que era inútil ponerlo de su lado. Pepe aprovechó su momento de flaqueza y pensó que si quería desahogarse ese era el mejor momento.

—Rafaela, esta es una guerra muy diferente a las guerras que vemos en las películas, pero, no por eso, deja de ser igual de despiadada. En esta guerra no se usan armas de exterminio masivo ni bombas antipersonales, esta es una guerra de ideas donde los malos son los que no piensan como piensan los buenos. Pero dime tú, ¿quiénes son los buenos? Dime, coño... ¿Quiénes son los malos? ¿En qué bando pones a tu hijo? ¡Coño, Rafaela!, no caigas en el juego. Esa escoria que se quedó en México es tu hijo, es tu sangre, y eso es lo que quieren, dividir más a la familia. ¿No te das cuenta que, para este régimen, divide y vencerás es su mayor estrategia? Y tú, por defender un ideal, tienes que enfrentarte a tu propio hijo. ¿No te das cuenta?

Rafaela no contestó y bajó la cabeza. No dejaba de llorar. Estaba destrozada. Y sintió remordimientos por todo lo que había dicho al referirse a su hijo. Se acercó a Pepe y lo abrazó con todas sus fuerzas.

En eso irrumpió en la puerta Alberto «el guajiro», el hijo mayor de Rafaela, y la mujer, al verlo entrar, soltó a Pepe y se fue a su cuarto.

Alberto también era amigo de Pepe, aunque no tanto como lo era Carlos. «El guajiro» era el tipo de gente que se sentía superior a todos. Muchas veces, Pepe dudaba si en verdad era su amigo, pero trataba de sobrellevarlo. Alberto era una pieza más de esa plaga de dirigentes que se aprovechaban de sus posiciones para obtener beneficios personales. Un poco de suerte y un poco de habilidad mañosa lo habían hecho escalar hasta donde se había propuesto. Presidía una ONG que se dedicaba a buscar financiamiento con instituciones internacionales, para ejecutar proyectos fuera y dentro de Cuba. Según decía, tenía la gran misión de buscar inversiones extranjeras para sacar a Cuba de la crisis, pero Pepe sabía, de sobra, que Alberto había llegado hasta donde estaba, no gracias a sus méritos, sino gracias a su suegro.

Para Alberto, no había conversación donde no hablara de sus vivencias en sus viajes por el extranjero y, obviamente, lo hacía para sentirse más importante que el resto de los mortales con los que estuviera hablando. Pepe a veces lo odiaba, al extremo de llegar al hartazgo con su presencia.

—De seguro que estaban hablando de Carlos —aseveró Alberto al ver que su madre se había retirado sin mostrarle el rostro. Luego, dirigiéndose a Pepe le señaló—: Qué bueno que estás aquí, porque tengo que hablarte de una cosa muy seria.

Pepe pensó de inmediato: «Debe ser algo muy grave, porque si fuera algo bueno, no querría contármelo, y ahora, una vez más, seré su paño de lágrimas».

Ambos habían crecido juntos en el barrio, aunque Pepe era cuatro años más joven. Alberto había venido a vivir para Cienfuegos desde muy chico. Su familia era de un poblado cerca de Cienfuegos, llamado La Sierrita, y por ese motivo en el barrio lo apodaron «el guajiro». Cuando terminó el preuniversitario, obtuvo la carrera de comercio internacional y se fue a estudiar a la Universidad de La Habana. Allí, conoció a Hortensia, con quien se casó cuando aún estaba en segundo año de la carrera. Su suegro tenía un cargo de viceministro y esto, para Alberto, era el puente necesario para escalar hasta donde quisiera. Después de casarse, «el guajiro» se fue vivir con ellos en una lujosa residencia ubicada en el Casino Deportivo, un barrio residencial de La Habana, colindante con la Ciudad Deportiva. Allí, Alberto conoció los lujos que no había tenido en su vida y, ahí, lejos de aprender a valorar sus privilegios, aprendió a tomarle mucho gusto a las cosas materiales y fue desarrollándose en él una ambición desmedida. Su inteligencia era una de sus mejores cualidades. Su ambición, su mayor defecto. Pero cuando conjugaba esos dos ingredientes, sacaba excelentes provechos para su vida.

Desde que se casó, su suegro le asignó un carro, aprendió a vestirse con ropas de marca, comía sin preocuparse de dónde salía la comida y sin pensar que su familia de Cienfuegos tenía muchas carencias. Visitaba los mejores hoteles durante sus vacaciones, tenía empleada doméstica en la casa y solo se codeaba con personajes importantes del gobierno y la política. Sin lugar a dudas, perdió el piso y empezó a vivir muy distante a cómo vive un ciudadano común en la isla. Era parte de la clase rica cubana. Una clase rica sin riquezas propias, una clase que vivía a expensas del dinero del pueblo: la clase dirigente cubana.

«Los verdaderos comunistas», una especie que nunca estaría en peligro de extinción, mientras durara la dictadura.

—¿Qué es eso tan urgente que necesitas decirme? ¿Tuviste problemas con Hortensia? —empezó atacando Pepe.

Era evidente que Alberto estaba en problemas. Bastaba solo con mirarlo para darse cuenta. Su rostro se desencajaba y aquella falsa superioridad, que mostraba en condiciones normales, desaparecía de inmediato y se dejaba vencer por un semblante preocupado y temeroso.

Alberto no contestó de inmediato a las preguntas de Pepe. Se pasó la mano por el ya escaso cabello que exhibía su redonda cabeza y las comisuras de sus labios se curvaron para intentar formar una sonrisa que distaba mucho de serlo. Si en ese momento se hubiera visto al espejo, su complejo de galán de telenovelas habría desaparecido. Se veía espantoso. Y no era para menos, él, más que nadie, sabía que estaba a punto de perderlo todo. Su suegro se había enterado que él tenía otra mujer, pero, para su desgracia, no era una mujer cualquiera por la cual pudiera llamarlo y regañarlo en una «conversación entre hombres». Alberto había sobrepasado la línea.

Hacía un año y medio, por recomendación de su suegro, Yamila había entrado a la ONG a ocupar el cargo de vicedirectora. Y hacía más de ocho meses, en uno de sus tantos viajes al extranjero, nació entre ellos una relación amorosa. Alberto no había reparado en las condiciones que ella le había impuesto para mantener esa relación, porque en un comienzo la tomó, simplemente, como una aventura que llenara sus travesías «turísticas-laborales». Pero cuando empezó a enamorarse de Yamila, la condición de solo tener sexo fuera de Cuba empezó a hacérsele insoportable.

—Era una relación difícil, o, mejor dicho, casi imposible. Pero perdí la cabeza y me enamoré —le explicaba a Pepe—. Es imposible no caer enredado con esa fémina. Una mujer que no sé cómo describírtela. Es hermosa, fina, educada, elegante... Y tiene algo que no puedes imaginarte, si no estás con ella. Cuando está haciendo el amor es otra mujer. Se convierte en la fiera más experimentada del planeta y no te puedes imaginar, jamás, que detrás de esa imagen angelical se esconda esa bestia sexual.

—¿Y por qué dices que era imposible la relación? ¿Es la esposa de algún personaje importante? —interrogaba curioso Pepe.

—Es la amante de mi suegro desde hace más de cinco años. Es una mujer que ha sabido usar el poder del que goza mi suegro, más que yo. Él le asignó un auto y un apartamento en Nuevo Vedado. Ahí va a visitarla. Y ahí se mete cuando le dice a mi suegra que se va de viaje al interior del país. Yo no sabía que era su amante. Como puedes ver, estoy en un gran problema.

—Guajiro, tú estás loco. ¿Y cómo supiste que es la amante de tu suegro?

—Mi propio suegro me lo dijo. Hace una semana me invitó a su oficina y me dio lujo de detalles. Ya el tipo lo sabía todo.

—Ahora sí que le encontraste las cuatro patas al gato.

—Mira, Pepe, no creas que él va a armar un escándalo, porque es evidente que no le conviene. Ni tampoco creo que le vaya con el chisme a Hortensia. Pero lo peor está por venir. El poder es el poder. Él no va a hacer nada que delate que está detrás de todo esto, pero sé que lo está. Para empezar, me acaban de informar que la ONG va a desaparecer por disposición del gobierno.

—¡Fíjate qué contradicción! Una organización no gubernamental desaparece por disposición del gobierno. ¿Cómo se entiende eso? Pero no me lo respondas. Yo tengo la respuesta y creo que tú también la tienes. En este país todo es posible y ahora tu suegro ejercerá su poder detrás del trono. Con esa medida, los jode a ella y a ti, sin decir una palabra sobre que la causa del cierre de la ONG es que descubrió la relación entre ustedes. Hay cobertura para todo. Son los puestos de trabajos y cargos que se crean con el único fin de acomodar a sus familiares, y ahora, cuando ya no los necesitan, los cierran sin que les tiemble el pulso. ¡Pobre de toda esa gente que se van a joder al cerrar la ONG!

Esto último, Pepe lo dijo para darle un toque dramático a su discurso. Él sabía que no iban a joder a nadie. En Cuba, las ONG son creadas por el *aparato* de inteligencia para regar gente por todo el mundo bajo una fachada apolítica, pero, en el fondo, están muy alejadas de esas «buenas intenciones». Los que quedarán sin trabajo en esa organización, pasarían a otras y seguirían sus misiones como si nada hubiera pasado.

—De momento, tanto ella como yo nos hemos quedado sin trabajo. Espero que no tomen otras medidas —comentó Alberto, tratando de consolarse.

—Mira, guajiro, tu suegro ahora actuará como un macho despechado y, lo más probable, es que le quite la casa y el carro a su amante, y no dudes que de repente les aparezca una auditoría y si les falta un solo peso del presupuesto, créeme que hasta preso vas a ir. Con ese tipo de gente hay que tener mucho cuidado. Puede canalizar, sobre ustedes, todo su despecho y su ira, a través de su poder.

Pepe lo miró fijamente, por primera vez, desde que lo conocía, veía asustado a Alberto. Pero «el guajiro» estaba bebiendo de su propio chocolate. ¿A cuánta gente no le habría hecho daño en su afán de escalar a posiciones ventajosas en su ambiciosa carrera? Ahora, empezaría a pagar todos sus pecados.

—¿Y qué vas a hacer con tu matrimonio? ¿Te imaginas si Hortensia se entera?

—Eso es lo de menos, Pepe. Ya ese matrimonio está jodido, desde hace mucho tiempo.

—Sí, eso lo entiendo. Siempre que uno se casa sin estar enamorado. Cada vez que te veo, me acuerdo de ese viejo proverbio que dice: el amor y el interés fueron a pasear un día, y pudo más el interés, que el amor que le tenías... Hortensia solo fue tu puente al estrellato y no se vale hacerles daño a las personas.

—¡No vayas a darme lecciones sentimentales, Pepe!

—Claro, no es posible que alguien como yo, un fracasado en el amor, le vaya a dar lecciones sentimentales al mismísimo Don Juan. Pero, aunque pienses que soy un estúpido frustrado y un borracho sufrido, aturdido y abrumado, siempre vienes a mí cuando tienes un problema.

—No digas eso, Pepe, todos cometemos errores.

—Sí, pero hay que ver qué tipo de errores. Somos humanos y podemos equivocarnos, pero tu caso es muy diferente al mío. Tú escogiste a una excelente mujer y yo me equivoqué de mujer. Tú te casaste solo para obtener buenos beneficios en tu carrera y en tu vida, y yo me casé porque amaba a Bárbara.

—Y ahora estoy pagando esos errores. Me siento muy mal, Pepe, muy mal.

—Más bien, estás resignándote a vivir con los errores. No creo que fácilmente aceptes tus derrotas. El poco o el mucho poder que tuviste, te ha hecho perder el piso.

Alberto no contestó, parecía que no escuchaba lo que Pepe le decía. Para él, lo más importante eran sus conflictos y lo que él pudiera sentir, lo demás era secundario. Para Pepe, Alberto representaba un culto al egocentrismo. Él era el centro del universo y lo demás tenía que girar a su alrededor.

—¿Por qué eres tan egoísta? ¿Por qué solo piensas en ti? Siempre eres igual, hermano. Tratas de manipular a las personas para parecer una víctima, cuando realmente sabes que de víctima no tienes un pelo. No es la primera vez que te escucho en este papel para dar lástima. Yo sé tú historia, hermano. ¿O ya se te olvidó que el día de tu boda nos fuimos a un bar porque querías darte un trago? ¿No te acuerdas? Necesitabas fuerzas para casarte y justamente a las nueve de la mañana nos tomamos dos ginebras dobles.

—Contigo no puedo, Pepe.

—Alberto, lo que pasa es que ya me cansé de ser manipulado por ti. Me cansé de oír tus únicas versiones y de poner a los demás como los malos de la historia. Te casas con la hija de un alto funcionario de este gobierno, te metes en su casa, terminas tu carrera como todo un rey y obtienes un trabajo que muchos quisieran tener. Te asignan como director de esa organización no sé de qué mierda, y tú sabes que, aunque no dudo de tu capacidad, no fue esa la causa por lo que te lo dieron. Haces lo que quieres, viajas por el mundo entero y coño... todavía te quejas de tu esposa y te singas a la querida de tu suegro. ¡No jodas, Alberto!

—Tengo que reconocer que me conoces como si me hubieras parido. Todavía conservas ese don de interpretar mi estado de ánimo y hasta lo que pienso.

Pepe soltó una sonrisa irónica.

—No, no, Dios no me dio el don de poder parir, pero si lo tuviera, prefiero parir a otro hijo y no a ti —le dijo sin pensarlo mucho. Hizo una pausa para prender un cigarro y volvió al ataque. Estaba dispuesto a demostrarle a Alberto que no era la víctima que quería representar—. Alberto, contéstame una pregunta: ¿Tú sabes lo que ha sufrido tu esposa?

—Pepe, no exageres, tú no sabes nada de la vida de Hortensia. Y no es solo ella. También es mi suegra. Entre las dos me hacen la vida imposible.

—Alberto, yo sé más de lo que te imaginas. Hace menos de tres semanas, estando tú de viaje, Hortensia me llamó por teléfono y ¿sabes que me dijo?: «Pepe, ya estoy harta de que Alberto me trate como si yo fuera un mueble o un objeto decorativo. Ya estoy harta de sentirme ignorada. Ya estoy harta de que viva de la influencia de mi padre y que todo lo que tenga sea gracias a este sistema, porque no tiene nada que haya hecho por sí mismo. Ya estoy harta que no aporte nada a la casa y que, ni tan siquiera, sepa de dónde salen las cosas. Ya me cansé de haber construido a un marido para el cual no soy su esposa, solo soy una cuida hijas… ¡Ya no puedo más!».

—¿Te dijo eso?

—Me dijo más. Me dijo que hace más de seis meses que no se la metes, *hijoeputa.* Ahora entiendo perfectamente.

Alberto bajó su cabeza calva y la metió entre sus brazos. A Pepe no le importó y siguió con su ataque a bocajarro:

—Coño, Alberto, ¿y no te diste cuenta que esa mujer que se singa a tu suegro y a ti, no sirve? Y para rematar, estabas traicionando a tu esposa y a tu suegro con la misma mujer. Por tu suegro no me preocupo, es un *hijoeputa.* Mira que darle casa y carro a una amante, cuando aquí en este país hay miles de matrimonios que viven agregados en casa de sus padres o de sus suegros, y se separan por no tener un hogar donde vivir con su pareja y sus hijos.

—No le dio casa a su hija para que viviéramos solos y se la da a la amante. Sí, Pepe, ¡ese tipo es un *descarao*!

—No jodas, Alberto, a ti no te importaba que te dieran casa, porque entonces tenías que preocuparte de mantenerla y, así, *pegao* con tus suegros estabas muy cómodo. —Pepe hizo una pausa, pero no se detuvo—: ¿Tú sabes cuántos profesionales en este país andan en bicicleta porque no pueden comprarse un auto? Y tu suegro le da un carro a su amante y uno a ti. ¡Eso se llama abuso de poder! ¿Hasta cuándo será esto?

—Pepe, nunca me habías hablado tan fuerte.

—Coño, guajiro, ¿es que tú no te das cuenta? Ese tipo tiene poder y te puede desaparecer del mapa. No seas comemierda, has tirado por la borda lo que tanto has ambicionado en tu vida. Y si lo pierdes, hermano, vas a pasar más trabajo que una vaca dentro de un cine. Porque te han acostumbrado a no trabajar. Solo vives del cuento. Piensa en eso.

—Pepe, ¿quién te ha dicho que no estoy acostumbrado a trabajar?

—Guajiro, no es en mal plan. Cuando digo que no estás acostumbrado a trabajar, me refiero a que te has educado a vivir detrás de un escritorio, a planificar y a hacer proyectos en papeles. Pero coño, si tu suegro te jode, como parece ser, tú no estás acostumbrado a ir a la caña, a trabajar en la construcción, a buscarte la vida por ti mismo. Es muy triste, Alberto, pero tú no estás preparado para regresar a ser el guajiro que fuiste —señaló mientras se inclinaba para agarrar su lata de sancocho. Ya había dicho demasiado y se marchaba—. Guajiro, tienes que enfrentar la realidad.

—Pepe, hay una idea muy fuerte que me está dando vueltas en la cabeza y tengo que decírtela. Creo que no tengo otra alternativa que irme del país.

Pepe se quedó sin habla, pero prefirió no hablar de salidas del país con Alberto. Siempre tuvo en mente que Alberto podía ser un agente del G2. «Tengo que tener mucho cuidado», pensó, aunque había percibido mucha sinceridad en sus palabras, pero debía ser precavido con Alberto. Lo abrazó para despedirse y le dijo en voz baja:

—¿Te digo algo, Alberto? ¡Estás en problemas! —Y se marchó de una casa a la que solo fue por comida para su puerquito y donde nunca pensó encontrarse con un infierno en formación: una madre sufriendo por un hijo «traidor» y un pudiente al que empezaba a quebrársele los cimientos.

Pepe siguió su recorrido. En las otras casas donde llegó, casi no habló. Estaba muy conmovido por la conversación con Rafaela, sin embargo, porque Carlos se hubiera quedado en México sintió alegría. Un amigo más que había logrado la libertad y estaba seguro que, con el tiempo, Rafaela lo entendería, sobre todo, cuando su hijo empezara a mandarle dólares. Así eran los extremistas. Pero por Alberto sintió miedo. Se había metido en la boca del león. Y si en Cuba habían desaparecido del mapa a personas más importantes, ¿qué podría esperarse para un simple peón de este dramático juego? Alberto era uno más de esa fauna que habitaba en la isla, esa fauna a la que había hecho referencia Reinaldo Arenas. Pepe la recordó mientras pedaleaba su bicicleta: «Ahora, descubría una fauna que en Cuba me era desconocida; la de los comunistas de lujo».

—Es muy cierto —Pepe hablaba para sí mismo, en voz muy baja—, en Cuba existen dos élites sociales, los de abajo y los de arriba, o lo que es lo mismo, el pueblo y los dirigentes. El pueblo pasa carencias de todo tipo y vive en condiciones miserables, mientras que los dirigentes viven a sus anchas, gozando de todos los beneficios que no goza el pueblo: buena ropa, viajes al extranjero, buenos carros, y, lo peor, es que mantienen un estatus de vida al nivel de cualquier persona rica en cualquier parte del mundo. Creo que ya es hora de decidir en qué bando quiero estar y como nunca voy a pertenecer a esa fauna comunista, mejor decido en qué lugar quiero vivir el resto de mis días.

Había sido un largo día, lleno de emociones y sentimientos encontrados.

—Creo que ha llegado la hora tomar decisiones importantes —exclamó Pepe al entrar a su casa.

Cuando terminó de hacer todas las obligaciones para mantener bien alimentados a sus animalitos, se dio un baño, se puso un *short*, un pulóver, se calzó unas chancletas plásticas, prendió un cigarro y pensó: «Creo que hoy no recibiré ninguna visita, así que ya estoy listo para sentarme a leer la carta de Carlos».

México, 23 de julio de 1994

Mi buen amigo:

Todavía sigo recibiendo correos de mis antiguos colegas de la universidad, preguntándome siempre lo mismo: «Carlos, ¿cómo van las cosas? Según nos informaste, debías regresar el día 30 de abril, al esto no hacerse efectivo, te solicito que me pongas al tanto de tu situación. Saludos V.M. Decano F.I.».

Como comprenderás, mi respuesta nunca les ha llegado. Espero que, a estas alturas, deban hacer uso de su buena inteligencia y darse cuenta que no hace falta una respuesta para saber cuál es mi decisión.

Ha sido difícil tomar esta decisión, pero después de tres años viviendo en México, como vive un estudiante de doctorado, he podido comprobar que algo anda muy mal. Y creo que no soy yo.

Pepe, al igual que muchos, me sumo al grupo de los mal llamados «desertores». Te confieso que me llevó mucho tiempo tomar esta decisión, pero créeme que es la mejor y más sabia que he tomado en mi vida.

Hoy me pregunto, ¿qué hubiese sido de mí si esto hubiera pasado en el año 80? Me imagino a mis compañeros de la universidad yendo a mí casa a hacerme un acto de repudio. Movilizando a una selección del Sindicato y a varios estudiantes, sin que a esto faltase, además, la muchedumbre y el populacho gritándome: ¡Abajo la escoria!, ¡Que se vaya la escoria!, ¡Abajo la gusanera!

Créeme que no dejo de acordarme lo que hicieron con Jacinto, tu primo, a Renato, y a muchos más que fueron víctimas de estas atrocidades. Estas consignas todavía martillean en mi mente, una tras otra, sin parar. Hoy me pregunto, además, ¿qué es lo que soy realmente? ¿Me convertí en una escoria? ¿Ahora me dirán gusano? ¿Soy un peligro potencial a la revolución, por el simple hecho de haberme quedado en México? ¿Dejé de ser cubano por decidir hacer mi vida en otro país?

Te juro que siento que me hicieron un «acto de repudio», no a la manera de aquellos tiempos, pero para el caso es lo mismo. Ojalá y exista un milagro que pueda borrar, para siempre, de la mente del cubano aquellos «actos de repudio», que son, a mi modo de ver las cosas, uno de los errores más grandes, entre tantos, que se han cometido en nuestro país. Ya la historia se encargará de probarlo.

Pero ya me cansé, amigo. Me cansé de trabajar y trabajar para esperar una nueva bicicleta como premio, o un apagón, o un mal salario, o simplemente, a no tener el más elemental de los derechos del hombre que es la libertad.

Yo quiero trabajar y sentir que soy un hombre útil para la sociedad, pero también quiero sentirme útil para mí y para mi familia. Y eso, en Cuba, donde predomina la «ley del embudo», no hay Dios que lo consiga.

¿Y ahora qué me espera? Cinco o más años de castigo y con la peor condena de tener que pedir permiso a un cabrón para poder entrar a mi país. Nuestras leyes migratorias están hechas bajo la más vil trampa que haya engendrado cerebro humano. Cualquier mexicano se va de mojado al sueño americano y regresa cuando se le pega la gana. Nuestras leyes migratorias tienen el único y diabólico objetivo de separar a las familias cubanas. Esa es la venganza con que nos pagan por pensar diferente a como quieren ellos que pensemos. ¿Se quedaron?, ¡ahora se joden! Nuestra sanción es netamente macabra, diabólica y desmedida.

Siento que me estoy enfrentando a una lucha «de león contra mono», donde el mono está atado de sus cuatro extremidades. Ojalá y pronto llegue el comienzo de tiempos deseados, donde la razón se imponga a todos, a los «débiles y a los poderosos». No sé cuánto tiempo haya que esperar, pero tendrá que llegar ese día, porque ya nuestra isla y su gente no pueden seguir viviendo tanta humillación.

Y nada de cuento, hermano. Desde el momento que tomé esta decisión, no significa que soy un refugiado económico que se ha quedado por mejorar su nivel de vida, no, Pepe, la cosa es mucho más complicada. Me sancionan a cinco años sin poder entrar a Cuba a ver a mi familia porque soy un traidor a la patria, y si soy un traidor, es porque soy políticamente diferente.

Pepe agarró la botella de tequila, que Andrea le había dejado, y se sirvió un trago. Miró el contenido del vaso mientras pensaba en su amigo. Hizo algunos círculos con el vaso y el alcohol comenzó a rotar formando un débil remolino. Sin pensarlo, se bebió de un sorbo el contenido del vaso.

—Amigo, hasta tu madre piensa que eres un traidor. ¡Salud por ti, hermano! Esto me demuestra que no has perdido un ápice de inteligencia —habló al tiempo que se servía otro tequila y daba una chupada al cigarro que ya casi quemaba sus labios.

Siguió:

Hoy recuerdo cuando llegué a México, en el año 1991. Primero, sobreviví el miedo al capitalismo, pues ya te acordarás que en nuestro estrecho perfil de ver el mundo exterior, el capitalismo era el opio de los pueblos. No recuerdo haber visto nunca una noticia celebrando algo que viniera de un país capitalista. Así nos educaron. Así nos lavaron el cerebro desde que éramos niños. El socialismo era el modelo ideal a seguir por todos los pueblos del mundo. ¡Y créeme, hermano, todo es tan diferente!

Luego, vino el miedo a recorrer una calle con miles de autos. Miedo a una ciudad de más de veinte millones de habitantes. Miedo a la contaminación. Miedo a la inadaptación de mi organismo, el mareo y la sofocación de las primeras semanas en una ciudad que está a más de 2000 metros de altura sobre el nivel del mar. Miedo a la violencia, a la delincuencia. Miedo a todo. A no ser aceptado y a luchar contra muchos obstáculos, que empiezan desde el simple hecho de llegar a un lugar y percibir que el nacional se siente amenazado por la presencia de un extranjero, que, para colmo de males, es cubano. Obviamente, es una reacción natural que no critico porque es evidente que creerá que llegaste a desplazarlo, o a renegarlo.

¿Por qué hay que contratar a un extranjero? Esa es la pregunta clásica, y notarás la envidia, sentirás las puñaladas por la espalda y golpearás la cabeza contra la pared cansado de tanta hipocresía. Pero uno no se puede rendir. Hay que respirar profundo, contar hasta 10. Seguir adelante.

Y así pasan los días y se terminan los miedos, el mareo desaparece, me acostumbro al tráfico, a la gente, al frío, a la contaminación y empiezo a distinguir el matiz de las cosas. Empiezo a conocer más a las personas y con ello su ideología, idiosincrasia, comidas, formas de hablar. Todo es extraño, pero te adaptas. Y ahí viene el proceso de asimilación y aprendizaje.

Compruebas que el capitalismo no es tan malo como te lo pintaron, aunque hay mucha pobreza y muchos contrastes, pero se puede sobrevivir. Existen males necesarios y males tolerables. Pero, al menos, en estos países la pirámide social está al derecho y se estrecha en la medida que el nivel intelectual y económico aumenta, pero las posibilidades se amplían.

Aquí, por estudiar me pagaban 500 dólares al mes. En Cuba, por trabajar como un animal, no llegaba a 5 dólares mensuales. Y ahí es donde te das cuenta que nos han engañado toda la vida.

Después te llega el hastío. La decisión es dura y tiene que ser en silencio. Ahora aparecen otros temores. La reacción de la familia y, sobre todo, de mis padres, comunistas hasta la sepultura. La de mi hermano, que tú más que nadie sabes que siempre ha sido un tipo de doble cara que se esconde detrás de la fachada de comunista, pero si le rascas un poquito aparece, inevitablemente, su real facha de oportunista.

Temo mucho la reacción de los amigos, de los compañeros de trabajo, en fin, la de todos. En mis oídos resuenan esas horribles palabras. Es un martillo que golpea duro y constante: ¡traidor, desertor, vende patrias!

Doy el paso. Una nueva vida he construido desde que llegué. Ya tengo un buen empleo, un buen salario, ya tengo la camioneta que siempre soñé. Y no es que me importen las cosas materiales, pero no sabes cuántas veces me pregunto: si en Cuba trabajaba tanto, ¿por qué no podía tenerlas?

Sé positivamente que, con mi decisión, perderé a las personas en las que creía y quería. Uno a uno, todos los de Cuba me dejarán de escribir y si lo hacen, se esconderán en susurros. No les conviene, no pueden. También tienen miedos. La maquinaria los puede aplastar. Y el camino más fácil y obligado será renunciar a mi amistad.

Pepe se pasó la cara por la manga de su camisa, porque gruesas lágrimas le habían salido de sus ojos enrojecidos. Pensó en la conversación que hacía un rato sostuvo con la madre de Carlos. Pensó en lo duro que debe haber sido, para él, tomar la decisión de quedarse. Pero, al mismo tiempo, sentía admiración por su valor. Decisiones, como esas, en la que dejas atrás lo más valioso en aras de hacer una nueva vida, requiere de muchos huevos. Y Carlos los tenía.

—Carlos, estoy muy orgulloso de ti. Yo nunca te voy a dar la espalda —señaló en alta voz, restregándose de nuevo sus ojos que de inmediato volvieron a posarse sobre el papel.

Y cada día que termina, sientes el peso de todo lo anterior que te aplasta. Cada nuevo día, la determinación de salir adelante y triunfar. El tiempo pasa, los hábitos cambian, pero sigues trabajando duro. Los jefes se percatan. Sigues desafiando las pruebas, las zancadillas. Al final, convences. El sistema se abre, triunfas definitivamente y se abren posibilidades de estadios superiores. La vida cambia de matiz, tu pecho se llena de aire, pero la nostalgia y la horrible lejanía quedan en un pedacito de tu corazón, junto a ese pasado que hay, definitivamente, que dejar atrás. No se puede vivir fuera de Cuba con la cabeza en Cuba.

Vivir en el extranjero es largo y duro de contar. Es seguir siendo cubano sin tu Cuba. Es odiar a aquel que te impulsó a tomar la decisión de quedarte en otras tierras dejando atrás a tus seres queridos, a tus hijos, que quien sabe si algún día te perdonen que los dejaras atrás y te perdiste el verlos crecer. Es insertarse en un nuevo sistema. Es demostrar tus capacidades. Es olvidar a todos los que te llaman traidor y desertor. Olvidar al que no contesta tus llamadas o tus mensajes de correo electrónico. Es vibrar frente a un televisor cuando escuchas tu himno nacional en unos juegos olímpicos, es vivir el triunfo de un cubano como si fuera tuyo. Vivir fuera es también sentir siempre la tristeza y la nostalgia por lo tuyo, que ya no tienes y que sientes que alguien te lo ha arrebatado. Pero te das cuentas que hay que resistir, aunque no estén a tu lado tus seres más queridos, porque hay que luchar por una mejor vida —para uno y para ellos—. La vida que todos merecemos.

Se hace duro insertarse, pero sí se puede vivir en el capitalismo. Y hablando de capitalismo, el otro día estuve conversando largamente con un taxista que me llevó desde el laboratorio donde trabajo hasta el taller donde había metido mi camioneta a servicio. Fue una conversación muy simple. El señor me narró cómo era un día de trabajo para él. Un humilde trabajador que maneja un taxi que tiene un dueño y al cual le paga una cuota fija diaria por manejarlo. En pocas palabras, tiene un patrón capitalista que lo explota. No te voy narrar lo que ese señor me contó, porque, conociéndote, te morirías de rabia. Pero sí puedo contarte lo que hacía yo a diario en Cuba.

Un profesor universitario, en Cuba, no desayuna ni chilaquiles, ni frijoles refritos, ni quesadillas. Coño, a veces no tiene ni para tomarse una taza de café. Se sube a su bicicleta china, por razones obvias, deja a su hijo en la escuela y sigue pedaleando para empezar su faena como docente-investigador, sin «un patrón capitalista que lo explote». A las 12 o 12:30 p.m. almuerza, en una bandeja metálica toda escachada, una sopa de suerte —de que le toque un pedacito de carne— y arroz con pollo cruzado con dragón, porque lo único que te encuentras del pollo son los cuellos, como si se criaran pollos de mil cabezas y un solo cuerpo, y esto es el día que está buena, porque lo normal es arroz blanco y algún caldo sin sazón. El refresco ni soñarlo, y la carne ni se te ocurra preguntar por ella, porque puede resultar una pregunta subversiva. Después del mediodía, continúa su faena, ya sea dando clases o encerrado en el laboratorio tratando de descubrir la solución técnica que saque a Cuba de la crisis económica —lo sarcásticamente llamado Período Especial en Tiempo de Paz—. Un PPG[12], un refrigerador solar, un mineral del siglo que sirva para todo, un software *importante, una vacuna contra el sida, algo que te dé para ganarte un premio en el siguiente fórum de ciencia y técnica —seguramente otra bicicleta—. No tiene posibilidad para ir a buscar a su hijo a la escuela porque la consagración al trabajo no lo permite y esto debe hacerlo su esposa cuando sale de su trabajo. A las 6 o 7 de la noche se fuma un cigarro, si es que lo tiene, y si no se lo pide al compañero, y sigue trabajando hasta la hora que decida el Sindicato, o el Partido, o el jefe que «no lo explota», pues hay que estar consagrado para sacar al país de la pobreza, aunque tú no tengas ni dónde caerte muerto.*

Y ya muy tarde, la alegría o el descontento de estar, al fin, listo de nuevo frente al timón de su bicicleta, para irse a casita y encontrar la sorpresa que le espera: una esposa que no pudo cocinar porque su marido no fue a comprar el combustible que necesitaba la cocina, por estar tan consagrado. Antes de acostarse, tiene una pequeña e insignificante discusión con la mujer sobre las tareas a realizar al otro día, aparte de la

12 PPG: nombre comercial de un medicamento cubano compuesto de policosanol, que es una mezcla de alcoholes primarios alifáticos superiores aislada de la caña de azúcar.

consagración al trabajo en la universidad. Discusión que seguro termina en unos cuantos gritos, dos mandadas pa'la pinga, y, como siempre, una mujer que se acuesta y le da la espalda al marido porque ya no tiene ganas de singar con un esposo tan consagrado en todo, menos en la familia. Y después a conciliar el sueño, pues al otro día se repite la misma historia, para recibir un salario menor a 5 dólares al mes.

Pepe, ¡qué diferencia! Fíjate que ese taxista del que te hablé, con orgullo y honradez, se gana casi 600 dólares al mes.

¿Qué está jodido entonces, Pepe? ¿El capitalismo o el socialismo? Y a eso, súmale que tampoco somos libres.

Te mando un abrazo y con las ganas de verte pronto, pero fuera de Cuba.

Tu amigo que te estima y aprecia,

Carlos.

Pepe se imaginó, por un momento, todo lo que venía sobre la cabeza de su gran amigo y lo soltó entre susurros:

—Desde su casa hasta su trabajo. Es posible, tengan hecha la cruz donde lo crucificarán de por vida. Lo bueno que hizo pasará al cajón del olvido. Lo malo, que no hizo, surgirá como por arte de magia. Calificativos le sobrarán, ahora será un débil ideológico que se dejó vencer por el consumismo. Un flojo de patas que puso por encima de sus principios las cosas materiales. Un vende patria que ahora va sacarle algún beneficio al capitalismo. Un cobarde que no tendrá los huevos suficientes para sobrevivir en un sistema tan opresor como el capitalismo. Y el día que se encuentre a unos de sus antiguos jefes, allá en México, de seguro regresará diciendo que el tipo se está comiendo un cable, aunque hayan visto con sus propios ojos que a su excompañero le está yendo de maravillas.

Pepe no pudo evitar el llanto.

—¿Hasta cuándo tendremos que vivir así? —gritó—. Es evidente que la respuesta está en nosotros mismos. ¿Y quién lanzará la primera piedra? Nadie se atreve y mientras tanto a esperar y esperar. A veces no entiendo a mi pueblo. Tanto estudio y tanta cultura, pero no tenemos los huevos de parar a este hijo de puta.

El sonido del teléfono lo sacó de su estado. «¿Quién coño será? Hoy quiero descansar», pensó mientras encendía otro cigarro y se dirigía al teléfono.

—Oigo —respondió.

—¿Bueno? ¿Es Pepe? —Se escuchó del otro lado y el corazón de Pepe se aceleró. Esa voz le era conocida—. ¿Bueno?, ¿bueno? —continuó la voz.

—Sí, soy yo. Lo que pasa es que me has dejado sin habla —respondió Pepe, finalmente.

—Si eso es por teléfono, imagínate si me vieras en persona.

—Eso va a estar muy difícil, pero de solo pensarlo, se me agita el corazón.

—Muy pronto, Pepe. ¡Muy pronto!

Un ruido muy extraño se escuchó en la línea telefónica.

—Andrea, Andrea, ¿estás ahí? —gritó Pepe.

Pero nadie contestó. La comunicación se había cortado, pero Pepe se sintió feliz por el solo hecho de escucharla.

Media hora más tarde, Pepe se sentó a ver un corte informativo con las noticias más relevantes, donde contaban los sucesos del 5 de agosto en La Habana. Más bien, la versión del régimen. La única versión posible para difundir en cadena nacional: «Fidel al frente de un grupo de cubanos que coreaban a viva voz: ¡Fidel, Fidel!… Y la victoria de un pueblo que ama y defiende los principios de la revolución. No hubo necesidad de que el ejército saliera a parar a los manifestantes, fue el propio pueblo, quien con palos y sus puños, paró la ola de manifestantes desafectos al sistema».

—Pero en ninguna parte se dice que no era el pueblo, sino las brigadas de acción rápida, que simulando ser constructores del contingente Blas Roca, tomaron las calles y reprendieron contra los que gritaban ¡Libertad! Y, como siempre, cuando ya estuvo todo bajo control se apareció entre la muchedumbre y emergió como el gran héroe, como el líder ejemplar —murmuraba Pepe lleno de rabia. Se paró y, de tanta indignación, apagó la televisión—. ¡Ya basta de pan con lo mismo!

Entonces, el timbre de la puerta sonó. Al abrir la puerta, Pepe quedó otra vez paralizado y casi mudo, parada frente a él y mirándolo fijamente a los ojos, con una sonrisa que demostraba la felicidad que sentía, estaba Andrea.

—Pero… ¿qué haces aquí? Esto no puede ser verdad. ¡Si acabo de hablar contigo por teléfono! Pensé que estabas en México.

—¿De qué te asombras, amor? ¿No es posible que una mujer se arrepienta de tomar un avión, se quede a dormir en La Habana para reponerse del cansancio y después de un buen desayuno decida rentar un auto y se regrese a buscar al hombre que tanto la impresionó?

—Entonces, ¿de dónde me hablaste?

Ana María y Pedro, quienes se habían quedado escondidos a un lado de la puerta, asomaron sus rostros.

—Esto es demasiado. Creo que esto es un complot —exclamó Pepe sin salir de su asombro. Pero era una realidad.

—Amigo, ya despierta, que esto es la vida real —expresó Pedro—. Por lo menos, invítanos a pasar, que aquí fuera corremos el riesgo que en menos de diez minutos todo el barrio se entere que una extranjera ha venido a buscarte.

Pepe, sin articular palabras, se echó a un lado y dejó el espacio libre para que los recién llegados entraran. Pedro fue el primero en entrar con el equipaje de Andrea. Luego entró Andrea y, por último, Ana María, quien se notaba apenada con Pepe. Hacía poco más de doce horas que se había ido de su casa, después de haber pasado la noche con él, y ahora llegaba con el doctor.

—Pero, ¿cómo diste con Ana? ¿A qué hora llegaste? ¿Dónde dejaste a Rebeca?

—Pepe, son muchas preguntas al mismo tiempo —lo interrumpió Ana María—, ya tendrán tiempo de sobra para que hablen, porque Andrea se va a quedar hasta el siguiente sábado.

Andrea y Pepe se abrazaron y durante unos minutos fueron el centro de la atención de los demás. Ana María tosió ligeramente, para que los enamorados no olvidaran que ellos estaban presentes.

—Andrea llegó a mi casa como a las 4 de la tarde. Estuvimos aquí a buscarte, pero no estabas.

—Sí, salí a recoger comida para el puerquito, pero me demoré más de lo que acostumbro. Hoy ha sido un día muy complicado. Primero, Rafaela, después, Alberto. Se creen que soy cura y he tenido que escuchar sus confesiones.

Andrea, que aún no lo soltaba, le dijo:

—Espero que no tengas ningún inconveniente que me quede unos días aquí contigo. Me he propuesto conocer la otra cara de la moneda. Esa que no le muestran al turista.

Pepe la besó tiernamente y contestó:

—¡Claro que no! Para mí será un placer tenerte aquí, en mi casa. Aunque no sé si puedas resistir vivir sin tus comodidades cotidianas. Solo te pido que cuando ya no aguantes más, me lo digas y te vas al hotel.

—Esperemos que pueda resistir. Creo que lo que más me interesa es estar a tu lado y te juro que no será difícil adaptarme.

Pedro los miraba extasiado y sin poder disimular que le gustaría sentirse igual que ellos. Ana fue la que volvió a interrumpir la hermosa escena de amor.

—Bueno, no queremos seguir de chaperones de esta pareja feliz, que debe querer seguir compartiendo este hermoso reencuentro. —Mostraba una sonrisa fingida—. Nosotros nos vamos porque, al igual que ustedes, tenemos muchas cosas de que conversar.

—Esto huele a romance —sentenció Pepe, tratando de evaluar la reacción de Ana María—. Nada me gustaría más que verlos felices. Creo que ambos se lo merecen.

—Pues no hueles tan mal. Creo que te quedaste ciego, pero el olfato aún lo conservas —respondió Ana María en un tono muy irónico, que Pepe fue el único que entendió.

Se despidieron y, antes de cerrar la puerta, Pepe les dijo a sus amigos:

—Me gustaría reunirnos mañana domingo a comer aquí en la casa. —Su vista se detuvo en Pedro—. Amigo, hoy me quedé sin trabajo y creo que debemos retomar nuestra conversación del otro día. Voy a invitar a Tony y a Alberto.

—Yo no tengo ningún inconveniente —respondió Pedro.

—Yo tampoco —apoyó Ana María.

Otro adiós y, por fin, Pepe y Andrea quedaron solos. Volvieron a abrazarse y a besarse, como si tuvieran mucho tiempo de no verse. Nadie podía dudar que ambos se hubieran flechado mutuamente desde su primer encuentro.

—¡Qué feliz me siento! —exclamó Andrea.

—Es realmente una agradable sorpresa. Pero cuéntame, cómo fue que decidiste quedarte...

—No, no, ahora quiero hacerte el amor... —lo interrumpió Andrea—, después te cuento todos los detalles, pero ahora bésame. Solo limítate a saber que no pude soportar la idea de irme y dejar esto que tanto me gustó.

Pepe la atrajo hacia él y la besó. Andrea respondió a sus besos como si quisiera evitar que la boca de Pepe se separase de la suya. Caminaban sin dejar de besarse, hasta que llegaron a la habitación. Era una envidiable escena de amor. Todo encajaba entre ellos. Ambos se gustaban, se deseaban y disfrutaban cada palabra, cada gesto, cada caricia. Pepe la dejó caer lentamente en la cama mientras sus hábiles manos iban quitando la ropa. Poco a poco, Andrea iba apareciendo ante sus ojos, otra vez, completamente desnuda.

Volvieron a ser uno solo. La pasión desbordó aquella habitación y un ambiente limpio, pero lujurioso, los llevaba inevitablemente al clímax. Andrea estaba al borde de la locura, sin poder resistirse a los juegos de Pepe, y sus caricias le hacían sobrepasar los límites de la cordura y comenzó a moverse mientras sus piernas se abrían, apoyándose en los hombros de él. Los movimientos iban creciendo en velocidad e intensidad. Su cuerpo entero se estremecía y cada una de sus partes vibraba al compás de sus gemidos y ayes.

—No me canso de mirarte. ¡Qué bella eres, mujer!

—Dámela. ¡No pares! ¡No pares, Pepe! ¡Vamos, papi, dame tu semen!, ¡dámelo!...

Lo que sucedió fue indescriptible. Sus respiraciones perdieron su ritmo normal. El placer iluminó la oscura habitación y la vida de Pepe, quien veía con alegría como la felicidad había regresado de nuevo a sus días, y esta vez parecía que era para quedarse. Las profecías de Adelaida empezaban a cobrar fuerzas. Y sobre él caía la decisión de dar el paso más inmediato. Ya era inminente la salida de Cuba. Ya había una causa más que le daba ese ligero empujón que le faltaba. Algo, muy parecido al amor, estaba tocando de nuevo a su corazón.

Al día siguiente, Pepe invitó a comer a sus amigos, obviamente todo pagado por Andrea. Había que celebrar el acontecimiento y con quién mejor que con los mejores amigos: Pedro, Ana María, Alberto y Tony «la yegua», quien con una insoportable insistencia convenció a Pepe para que invitara a su nueva conquista, Paquito.

Fue una tarde maravillosa, como hacía tiempo no pasaban juntos. Andrea y Ana María se fueron muy temprano a la *shopping* y compraron todo lo necesario para hacer una excelente comida y, después, ambas se dieron a la tarea de prepararla. Ana María sacó sus dotes culinarias, porque para Andrea la cocina solo existía en teoría. A las tres de la tarde ya estaba todo listo. Y la comida quedó tan sabrosa, que todos la devoraron con tanto gusto y rapidez que parecía no habían comido en una semana.

La más perjudicada fue Chuchi, la perrita, que solo le dejaron los huesos de pollo sin rastros de carne por algún lado.

Para Andrea fue muy divertido ver a todos comiendo con ansiedad como si la comida se fuera acabar y con el temor que el primero que terminara se sirviera de nuevo y le quitara la posibilidad de repetir a otro. Por suerte, había tanta cantidad que todos comieron hasta que sintieron que la comida iba a salírsele por los ojos. Era evidente que todos, salvo Alberto, tenían tiempo que no comían tan a gusto y de tan abundante manera.

La sobremesa fue muy larga. Todos acosaban a Andrea con preguntas. Todos querían saber cómo se vivía en México y, como siempre, hacer comparaciones entre las dos formas diferentes de vida, terminando con la triste convicción de que en Cuba se mal vive y se sobrevive, pero no se vive.

Alberto no perdió la oportunidad para narrar sus felices viajes por Europa y, para su sorpresa, en Andrea encontró a la horma de sus zapatos, porque siempre que mencionaba algún país, Andrea ya lo había visitado y hablaba de lujosos lugares que nunca estuvieron al alcance de Alberto, a quien, como es obvio, sus escasos viáticos no le permitían visitar.

En una ocasión, Tony «la yegua» le soltó con su acostumbrada forma de decir las cosas:

—Ya cállate Alberto, que tú solo conoces las favelas del viejo continente.

Suficiente para que Alberto tapara su boca y no hablara más hasta ser requerido.

Pepe, por su parte, se dedicó a lanzar comentarios que requerían un análisis profundo de la situación actual del país y, luego, observaba y evaluaba las intervenciones de cada uno de los presentes. No confiaba en la presencia del nuevo novio de

Tony, al que acaba de conocer, y era evidente que estaba estudiándolo para, llegado el momento, lanzar la idea que desde el día anterior estaba dando vueltas en su cabeza. Realmente, solo dos de los presentes sembraban la duda en él, uno era Alberto y el otro Paquito, pero debía dejar la paranoia a un lado. Ya era tiempo de limpiar la mente y dejar de pensar que todo el mundo era espía.

Pepe se puso de pie y pidió, a todos, la atención. Muy brevemente hizo un recuento de los últimos sucesos que habían acontecido en su vida, desde la separación con Bárbara, pasando por el encuentro con Andrea y terminando con la pérdida de su trabajo. Nadie lo interrumpió. Andrea lo miraba, admirando su capacidad oratoria. Para todo buscaba una razón que justificara la acción. Pero, sin lugar a duda, lo que más admiró fue su valor para enfrentar su propia realidad. Muy pocas veces, ella había escuchado a un hombre reconociendo sus fracasos. Eso le encantó de Pepe y mucho más al ver que contó la verdad sin omisiones, porque si lo hubiera hecho, ella se hubiera dado cuenta, porque ya Andrea sabía toda la verdad de su relación con Bárbara, y algo más que él jamás habría podido imaginar.

Al terminar su discurso, Pepe fue directo al grano:

—Amigos, como ya les dije, el día de ayer me quedé sin trabajo y fui severamente interrogado por un agente de la *gestapo* cubana. Ellos insisten que entre Andrea y Bárbara hay una relación de amistad y que ambas se pusieron de acuerdo para que nuestro encuentro pareciera causal. Si entre los presentes hay algún espía —habló mirando directamente a Alberto y a Paquito—, quiero decirles que nada de eso es verdad y que he decidido irme de este país, y hago extensiva una invitación al que me quiera seguir.

El primero en hablar fue Pedro. Pepe sabía qué pensaba su amigo y no se sorprendió cuando este aceptó la invitación y brindó su barco para hacer una salida totalmente segura.

Tony miró a su galán y, después de darse cuenta que este aprobaba la idea, pidió la palabra para intervenir:

—Mi novio y yo nos sumamos y nos vamos con ustedes. Ya es hora de volar y volar, y como decía nuestro guerrillero, sí, ese mismo, el asesino que Fidel quería que fuéramos como él: llegó la hora y otras tierras del mundo reclaman el concurso de este modesto y carismático gay.

Todos soltaron una carcajada.

Solo faltaban Alberto y Ana María.

—Todo lo dicho hasta ahora suena muy bonito, Pepe. Pero yo quisiera saber más. ¿Hay alguna idea concreta de cómo se va a realizar la fuga? —preguntó Ana María.

Pedro expuso un plan. Era evidente que ya lo tenía muy bien pensado. «¡Mira qué cabrón!, si ya lo tiene todo elaborado», pensó Pepe mientras el doctor seguía explicando su propuesta. Al final, todos estuvieron de acuerdo.

—Me parece una idea muy sensata —señaló Pepe y le preguntó a Alberto—: ¿Y tú qué piensas? ¿Le entras o no?

—Le entro. Pero yo ya tengo mi plan de fuga. Yo, prácticamente, acabo de llegar de México y no sé por qué razón no me quitaron el pasaporte al entrar al país. Todavía tengo visa mexicana vigente. Yo voy a intentar otro tipo de fuga. —Miró a Andrea y la interrogó—: ¿Tú cuándo te vas Andrea?

—El próximo sábado.

—Creo que mi vía eres tú. Prepararé todo para irme contigo. Saldré de Cuba, fugado, pero por la vía legal. Creo que será un duro golpe a la inteligencia cubana, del cual me regocijaré para toda la vida.

—¿Y tú, Ana?

—Veo que todo el plan que han hecho es para irnos a México. Yo siento decirles que no voy con ustedes. Les agradezco que hayan tenido confianza en mí, pero nunca me ha gustado la idea de irme de mi tierra. Aquí, mal o bien, tengo mi trabajo, tengo mi casa, tengo enterrada a mi madre y no me ha pasado por la cabeza irme de Cuba.

—Ana… —intervino Andrea—, creo que es muy rápido para tomar una decisión tan drástica. Deberías pensarlo y, si me permites, me gustaría después platicar contigo a solas.

—Está bien, Andrea, después hablamos tú y yo, pero te soy sincera, no creo que me convenzas.

Nadie más la contradijo y, prácticamente, fue como un cubo de agua fría. La reunión se enfrió y media hora después todos se fueron retirando.

Al pueblo cubano tanto en el exilio como en la Isla los exhorto a que sigan luchando por la libertad. Mi mensaje no es un mensaje de derrota, sino de lucha y esperanza. Cuba será libre. Yo ya lo soy.

Reinaldo Arenas

Miami
Sábado, 26 de noviembre del 2016
3:00 a.m.

—¿Vas a contarles la verdad a todos? —le pregunté.

Pepe me miró fijamente a los ojos y pude comprender su respuesta.

—Mejor vamos con el resto del grupo —me respondió, al tiempo que tomaba dos platos que había servido con Cheetos y chicharrones.

—Son muchos crímenes los que cometió ese *hijoeputa* —decía Jacinto cuando nos incorporamos al grupo—. ¿Se acuerdan del hundimiento de aquel remolcador? En Cuba jamás se ha publicado una investigación independiente sobre el hundimiento del 13 de Marzo.

—Fue en la madrugada del 13 de julio de 1994, parecía ser el día perfecto para una fuga. El mar estaba en calma y hacía poco viento. Y empujado por un motor de mil 500 caballos de fuerza, el remolcador 13 de Marzo estaría en los cayos de la Florida para la hora de comida. —Recordó Pepe dándose un trago para aclarar su garganta—. Al menos, eso pensaba Fidencio Ramel Prieto, de 51 años, estatura media, jefe de operaciones del Puerto de La Habana y autoridad suficiente para moverse con absoluta libertad por todas las instalaciones de la rada capitalina.

—Eres una enciclopedia, Pepe —señaló Tony, quien sabía ponerse serio cuando el momento lo ameritaba.

—Fidencio pudo preparar al detalle la huida —continuó Pepe sin hacer caso a los comentarios de Tony—, en una «prehistórica» nave con casco de madera, que había sido recién reparada y que descansaba en un punto de atraque de la bahía de La Habana. Pasada las 2 de la madrugada, un grupo de 72 personas, entre ellos varios niños, bajaron de un ómnibus y caminaron en silencio hasta el muelle. Todos abordaron la barcaza y se acomodaron en la popa del remolcador. Sobre las 3 de la mañana, más o menos, zarpó y comenzó a bordear la bahía con las luces apagadas, para evitar ser vista desde la Capitanía del puerto. Al enfilar proa rumbo a la boca de la bahía, se le acercaron otros dos remolcadores, con casco de acero, provenientes del vecino muelle de Regla.

—Y ahí empezó la odisea —apuntó Jacinto.

—Fue un crimen de los tantos que han quedado impunes —siguió Pepe—. Los atacantes, después de intentar arrimarlos a los arrecifes, bombardearon la cubierta con cañones de agua a presión, cañones diseñados para apagar fuegos en los buques. Bajo ese asedio, el remolcador logró escapar mar adentro, pero otra embarcación se sumó al ataque. A varias millas mar adentro, una embarcación del servicio de guardacostas del Ministerio del Interior monitoreaba la operación. Cuando las mujeres les gritaron a sus atacantes que detuvieran la embestida, que allí iban niños, las únicas respuestas fueron frases ofensivas, mientras aumentaban la presión de los chorros. Varias madres, con niños pequeños, desesperadas se refugiaron en la bodega de carga y el cuarto de máquinas del remolcador. Pero a estos hijos de puta nada le importaba.

Pepe se limpió los ojos que se habían empañado de lágrimas.

—En una maniobra de siniestra ferocidad, uno de los barcos atacantes impactó por la proa al remolcador y otro montó su proa en la popa del 13 de Marzo, provocando el hundimiento y muerte por ahogamiento de todas las personas que estaban refugiadas bajo la cubierta. Ya, para ese momento, el impacto de los chorros de agua había matado a unos cuantos más. Pero, como si todo lo ocurrido hasta este momento hubiera sido poco, una vez hundido el remolcador, las embarcaciones atacantes maniobraron con la intención de crear remolinos de agua para ahogar a quienes aún intentaban mantenerse a flote. Detuvieron el ataque cuando fueron avisados de que un barco mercante, de procedencia griega, se hallaba cerca, en espera de acceder a la bahía de La Habana.

Todos se quedaron en silencio por unos minutos.

—Esa noche murieron 37 cubanos que intentaban obtener su libertad —señaló Pepe para romper el silencio—. Diez de ellos eran niños.

Seguía el silencio.

—Y lo peor es que después de haber cometido tan horrendo crimen, los capitanes de las embarcaciones que atacaron al remolcador 13 de Marzo fueron galardonados como héroes —remarcó Pedro.

—Y todavía hay gente que pregunta cómo es posible que estemos celebrando la muerte de Castro —señaló Tony muy enojado—, ¡claro que hay que celebrarla!

—Oye, Pedro, ustedes salieron de Cuba por esas fechas. ¿No les dio miedo? —preguntó Renato.

—De haber escuchado esta versión, que muy bien acaba de contar Pepe, creo que sí lo hubiéramos pensado, pero de esto no se decía nada en Cuba, más que poner a estas víctimas como culpables y justificar la acción de los atacantes como un acto de valentía en defensa de la revolución.

—Más bien, un acto de cobardía de estos asesinos, que les importó un comino que hubiera niños indefensos en ese remolcador —apuntó Ana.

—¿Qué día salieron ustedes? —volvió a preguntar Renato a Pedro.

—Nosotros salimos un día en que este hijo de puta cumplía años. Fue el 13 de agosto de 1994.

Pepe cerró los ojos mientras Pedro contaba todo lo que habían vivido en la travesía.

Cienfuegos, Cuba
Sábado 13 de agosto de 1994
0:00 a.m.

La estancia de Andrea en Cienfuegos fue muy alentadora para Pepe. Invirtieron mucho tiempo para conocerse un poco más, al mismo tiempo que se enfocaban en todos los preparativos necesarios para la fuga. Estaban contra reloj. Todos los días iban a la embarcación, con el pretexto que estaban acondicionándola para salir de pesquería, e iban dejando garrafones de agua potable y recolectando vasijas con combustible. Calculaban que, si todo salía bien, podrían hacer entre tres y cinco días de travesía.

Cada uno se dedicaba a una tarea específica. Entre Pedro y Pepe se enfocaron a todo lo relacionado con la comida y en conseguir luces de bengala. Pedro, además, recolectó botellas de a litro de suero deshidratante, por si les hacía falta durante el viaje. Ana María les ayudaba a elaborar gran parte de los alimentos que se llevarían cocinados. Tony consiguió hielo seco, por el que pasarían el día antes de la partida, para disimular que irían de pesca y de paso conservar en frío todos los alimentos que habían preparado. Con el dinero que aportó Andrea y parte del que se había ganado Pepe en el juego de lotería, consiguieron una balsa, trajes de hule, sogas, cuerdas de nailon, linternas, baterías y varios accesorios de seguridad. Todo en el mercado negro y con amigos de confianza, para no levantar sospechas.

Pepe estaba preocupado por dejar a todos sus animales a buen recaudo. El momento más difícil fue cuando le pidió a su madre que cuidara de su perrita. Fue una despedida muy triste. Pero así tenía que ser. Era imposible llevarla en la travesía. Otro momento sentimental para Pepe fue, cuando unas horas antes de partir, fue a ver a su madre.

—Madre, llegó la hora —le comentó al tiempo que se fundieron en un indescriptible abrazo—. En los últimos tiempos hemos tenido muchas discrepancias, pero eso no hace que el amor que siento por ti haya disminuido. Hoy, pensando fríamente, creo que fui injusto en no aceptar tu nueva relación. Creo que, tanto tú como yo, tenemos derecho de rehacer nuestras vidas. Y te digo, sin el más mínimo asomo de hipocresía, que te deseo que seas muy feliz y que encuentres en ese compañero lo que no encontraste en mi padre. Te quiero mucho, mamá.

—Yo también te quiero, hijo.

Y, por último, la despedida con Andrea. Esta partió hacia La Habana, en el mismo coche que había rentado. Fue imposible evitar las lágrimas y desprenderse el uno del otro. Habían pasado una semana muy intensa. El amor, al parecer, había nacido. Al menos, así lo mostraban ante todos.

Por otro lado, entre Andrea y Pedro habían convencido a Ana María para que se uniera al grupo y se fuera con Pepe y los demás.

Y, por fin, llegó el momento. Pedro, Pepe y Paquito llegaron al embarcadero. La embarcación no era ni muy grande ni muy chica. Era justo lo que necesitaban y, principalmente, era muy segura. Tenía 32 pies de eslora y era una de las mejores que atracaban en la Laguna del Cura, embarcadero usado para resguardar los barcos de propietarios particulares y otros perteneciente a alguna entidad estatal. Muchos propietarios de pequeñas cachuchas siempre estaban celebrándola: «Ahí viene el rey de la Laguna». Surcaba el mar con suavidad, pero mostrando firmeza. Su nombre era La Barracuda, y en la proa, por cada lado, se veía la imagen de una barracuda y el nombre en letras azules.

La Barracuda tenía casi treinta años y había navegado a través de toda la bahía de Cienfuegos y la costa sur de la parte central de la isla, desde Trinidad hasta Bahía de Cochinos. Pero a pesar de sus años, Pedro le tenía mucha confianza. Cada año la reparaban, la sacaban del agua y revisaban todo el casco. La calafateaban, pintaban y de nuevo al agua. En realidad, el barco fue la joya de la familia. Pero desde hacía tres años, el único que lo usaba y cuidaba era Pedro. Su padre ya estaba muy mayor y ya su médico le había prohibido salir de pesquería.

Pedro echó la última revisión a La Barracuda. Caminó por toda la barandilla revisando, una y otra vez, los aparejos en busca de algún problema. Revisó los pernos, las cuerdas, los trajes. Todos los accesorios estaban en orden. Revisó el lugar donde guardarían la balsa y entró a la pequeña cabina del capitán, la cual estaba situada en la parte delantera, a un metro y medio de la proa. Revisó el equipo de radio, los equipos para la orientación. Todo estaba en orden. Una mirada a Pepe bastó para que este se diera cuenta que ya era el momento. Pedro puso en marcha el motor, Pepe y Paquito quitaron los cabos y lentamente La Barracuda fue saliendo del embarcadero.

—Me estoy acordando de unas personas que partieron de aquí de Cienfuegos, hace un año exactamente. Una verdadera tragedia, siete ahogados, tres desaparecidos y los sobrevivientes deportados a Cuba por el gobierno mexicano —apuntó Pepe.

—Sí, supe del caso, fue una tragedia que le costó al presidente de México, Carlos Salinas de Gortari, pedir la devolución de los sobrevivientes y, gracias a Dios, hoy están en Miami —comentó Paquito, el novio de Tony «la yegua», que resultó ser un aficionado a la pesca, por lo que habían decidido que saliera desde el puerto con Pepe y Pedro.

—Nada nos pasará y llegaremos —afirmó Pepe—, además, hoy es el cumpleaños de Fidel Castro. Iremos protegidos por sus santos. Este será nuestro regalo a ese hijo de puta: nuestra fuga.

No hubo problemas para la salida. Se registraron en la Capitanía, a la salida de la bahía. Un oficial vino y revisó la embarcación. No había a qué temerle. Todo estaba acondicionado para que nadie sospechara nada. Avíos de pesca, caja de anzuelos. Carretes con cordeles. Pepe estaba cortando la carnada en trozos. Paquito preparaba los cordeles. El oficial los despidió deseándoles una buena travesía y que la pesca fuera productiva.

—Gracias, oficial. Vamos hasta Guajimico, así que, a lo mejor, de regreso pasamos y le dejamos un buen pargo.

—Mucha suerte, muchachos.

Eran las dos de la madrugada. El mar estaba muy tranquilo y pequeñas embarcaciones, de las cuales solo se veían sus luces, pescaban frente al hotel Pasacaballos. La Barracuda abrió proa hacia mar abierto. En tres cuartos de hora llegaron al punto donde Alberto había llevado a Ana María y Tony, con el resto de las provisiones que decidieron no llevar en el barco, para que el inspector de Capitanía no sospechara. Tony, al escuchar el ruido del motor, hizo señas con una linterna.

—¡Ahí está! —exclamó Paquito.

—Ahí están —aclaró Pedro—, Ana María también vino.

—No entiendo, Ana había dicho que no venía. ¿Cómo es esto? —preguntó Paquito, muy sorprendido.

—Ayer, entre Andrea y yo terminamos por convencerla —señaló Pedro, demostrando su molestia por la contrariedad que, sin disimulo, mostraba el novio de Tony «la yegua»—. ¿Acaso te molesta?

—No, no, ¿cómo crees? Solo que me sorprendió mucho.

Entre todos ayudaron a subir al barco todo lo que traían. Una balsa inflable y algunos maletines con comida.

Pepe se dirigió al timón, de un metro de diámetro y hecho de acero inoxidable, y comenzó la maniobra de salida. Pedro se acercó y le orientó el rumbo que debía tomar. La embarcación enfilaba la proa hacia el suroeste.

Después de orientar a Pepe en cómo debía guiarse, Pedro se dirigió al pequeño camarote, al cual se bajaba por una puertecilla situada a la izquierda del timón, y tomó una bolsa de lona, de la que extrajo unos trajes para darle uno a cada uno. Los cinco se colocaron su traje color naranja fosforescente. Pedro les explicaba que era importante usarlo por la noche, por si alguien se caía, pudiera ser fácilmente localizado en la oscuridad. Se colocaron, además, un arnés de seguridad y cada uno lo fijó a un perno diferente.

En muy poco tiempo, las pocas luces que había en la costa se perdieron de sus vistas. Todo a su alrededor era agua. Ya estaban en alta mar. Nadie hablaba. Todos sentían miedo, pero ninguno se atrevía a decirlo. Solo, después de un buen rato, Ana María rompió el silencio.

—Me gusta nuestra serenidad. Estoy segura que todos estamos muertos de miedo, pero ninguno dice nada.

—Estoy totalmente de acuerdo contigo —dijo Tony—, yo no sé si lo que tengo aquí —dijo tocándose el cuello—, son las amígdalas o mis cojones.

Todos soltaron sus risas. Tony sería el encargado de hacerlos sonreír, para disminuir la excesiva tensión, de la cual todos estaban poseídos.

Un médico, un ingeniero civil, un homosexual que estudió medicina y ahora era un excelente diseñador de vestidos, su novio peluquero y una operadora de teléfonos iban camino a la libertad.

Pepe seguía concentrado en una línea imaginaria que se había fijado para el rumbo del barco que piloteaba. La proa coincidía con la dirección en la brújula indicada por Pedro. Sus pensamientos estaban en esa dirección: México y Andrea, por un lado, y llegar a salvo, por el otro.

Pedro dio algunas instrucciones más al capitán de turno e invitó a Ana María a sentarse en la popa del barco.

—Tenemos que turnarnos para descansar y dormir un rato, porque cuando venga la luz del día, y con ella el sol, descansar va a ser más difícil.

—Yo tengo ganas de vomitar —señaló Ana María.

Pedro buscó en una bolsa, donde tenía algunos medicamentos que había sacado de su consultorio médico, y sacó una píldora que le dio con un poco de refresco.

—Ya verás que pronto te sentirás mejor. Es cuestión de acostumbrarte a este vaivén de las olas. Y con ese medicamento te vas a mejorar notablemente.

Ambos se acomodaron como pudieron. Pedro pudo conciliar un poco el sueño, pero el pánico que sentía Ana María le imposibilitaba cerrar los ojos. Temía que, si los cerraba, podría hundirse el barco y no le daría tiempo a despertarse. Pensaba en todo. En lo bueno de poder llegar con vida a donde fuera posible y en lo malo que sería servir de comida a los enormes tiburones del mar Caribe.

Paquito y Tony se sentaron a cada lado de la popa. No lo decían, pero también estaban muy tensos y no pudieron dormir.

—Por Dios, virgencita de la Caridad del Cobre, tú cuídanos mucho, porque si yo me ahogo, ¿qué será de este mundo sin un gay tan elegante como yo? —rezaba, a su manera, Tony «la yegua».

Y así pasaron las primeras horas de navegación. En el silencio de la noche, solo se escuchaba el motor de La Barracuda y, de vez en cuando, el silbido que salía de los labios de Pepe, que silbaba para no quedarse dormido.

—El mar se ha comportado como todo un caballero —observó Pedro cuando al mirar su reloj se dio cuenta que ya eran casi las cinco de la madrugada—. Pepe, déjame ser un rato el capitán, ve y descansa. Queda muy poco tiempo para que amanezca. Y ojalá siga todo así. Es posible que podamos enfrentarnos con un mal tiempo. Pero no se asusten, estamos preparados para enfrentar cualquier contingencia.

—No tengo sueño, Pedro —señaló Pepe.

—No tendrás sueño, pero tienes que descansar. Te quiero sereno y firme, porque tú eres el único que puede ayudarme con el barco. ¿Ok?

—Ok. Pero estoy bien, te lo juro.

Pepe le cedió el timón y se quedó un rato a su lado.

—Oye, Pedro, ¿cómo es posible que tu hermano «el Yanqui» y William no se hayan llevado este barco cuando decidieron irse?

—No sé. Pero yo tomé mis precauciones. La llave siempre la guardaba en un lugar seguro del consultorio y como no le gustaba salir a pescar, nunca aprendió a maniobrar bien el barco. No sé con quién se iría y en qué tipo de barco lo hizo, pero espero que no haya hecho una tontería.

Pepe cambió la conversación. Estaba seguro que Pedro no quería hablar de su hermano. Pero se equivocaba.

—Nadie sabe nada de ellos todavía. Se precipitó y en franco desespero se fue con unos amigos, en lugar de planearlo conmigo. Y eso es algo que me tiene muy contrariado. Lo peor es que creo que mi hermano no confiaba mucho en mí. Por el hecho de ser médico, tener cierta estabilidad laboral y tener muy buena reputación en el hospital con mis jefes, «el Yanqui» cree que simpatizo con el sistema. ¿Podrás creer que jamás tuvimos una conversación en contra del gobierno?

—Yo creo que más bien no quería buscarte problemas —indicó Pepe.

—Puede ser —respondió Pedro, con cierto desgano, y decidió entonces no tocar más el tema.

Pedro le explicó a Pepe todo lo que podía pasar en una navegación, como la que ellos estaban realizando, para que estuviera bien preparado y supiera reaccionar ante cualquier adversidad. Pedro era un excelente conocedor del mar. Desde chico compartía con su tío y su papá las tareas de la pesca. Su familia tenía una casa en Cayo Carenas. Un islote en el medio de la bahía de Cienfuegos. Y en las vacaciones disfrutaban de todos los placeres que el mar ponía a sus pies. Era un nadador por excelencia, pescaba con caña, a cordel y submarino. Y en lo referente a la navegación poseía una maestría envidiable.

Pepe se sentó, después de haber buscado el único equipaje que llevaba para la travesía y que era un maletín deportivo que tenía desde hacía unos años, cuando formó parte de un equipo que participó en un campeonato nacional universitario de béisbol. Cuando lo abrió, pasó revista a las pocas cosas que había tomado para el viaje. Unos impermeables y dos sudaderas, varias cajetillas de cigarro, el libro de Reinaldo Arenas, *Antes que anochezca*, y envuelto en un sobre de nailon el diario de Bárbara. «Algún día lo terminaré de leer», pensó cuando lo vio. Y en un doble fondo que tenía el maletín había un sobre amarillo pequeño que contenía 1,500 dólares que le había dejado Andrea. Y ahí, también, en ese doble fondo, estaba la tarjeta de Andrea con todos sus datos.

Recordaba todo lo que había planeado con Andrea, lo que debían decir y que debía coincidir en todo. No podía haber un fallo. Ambos tenían que contar la misma versión, por separado, en caso que fuera necesario. Pepe tenía mucha fe. Miró al cielo. Pronto amanecería y Andrea estaría volando a México, a esperar su llegada.

Ana María se puso de pie. Tenía mucho sueño, pero prefería no dormir. Se dispuso a preparar el desayuno para la pequeña tripulación. Al verla, Tony se puso de pie y fue a ayudarla. Dos barras de pan, unos huevos y refrescos. Prendió una pequeña cocina y tomó su puesto de cocinera. Tony se comportó como un verdadero ayudante de cocina. En breve estaban desayunando.

El día ya mostraba sus primeros rayos de sol. El mar estaba relativamente tranquilo y la brisa estaba buena. Pedro le dio instrucciones a Pepe y a Paquito de levantar la vela que, hasta entonces, había estado recogida, y una vez izada apagó el motor de la embarcación.

—Ahora iremos un poco más lento, pero podremos ahorrar mucho combustible, y mientras podamos aprovechar la luz del día y esta buena brisa, nos apoyaremos en las velas —anunció al grupo.

Todo estaba bien. Había suficiente combustible, comida, agua y, lo mejor de todo, un excelente tiempo.

—Si seguimos con estas condiciones de tiempo, me atrevo a proponer hacer la travesía directa hasta las costas de México —agregó entusiasmado.

Ninguno hizo comentarios. Ana María no le quitaba la vista a Pedro. El joven había despertado en ella una gran admiración. Lo consideraba inteligente, valiente y decidido, tres cualidades que para ella eran importantes en un hombre, pero a ella le faltaba lo principal: no lo amaba, y el verlo junto a Pepe se le hacía más difícil decidir si sería su pareja o no.

El día pasó sin contratiempos. Como a las dos de la tarde comieron, una parte de la comida que traían y una parte que pescaron entre Paquito y Pepe. Una que otra ola bañaba la cubierta de la embarcación y eso los ponía a trabajar. Enseguida, Tony corría en ayuda de Ana María que se ponía a sacar el agua. Pedro y Pepe se turnaban en el timón y durante dos momentos en el día tuvieron que prender el motor para abatir la corriente en contra.

Llegó la noche y con ella el terror. Ana María no había pegado un ojo, Pepe durmió por pedazos, Tony cayó redondito y Paquito había dormido un buen rato después de la comida. Pepe estaba listo para hacer el cambio y sustituyó a Pedro en el timón. Este se aseguró el arnés y se sentó junto a Ana María, en la popa. Necesita descansar un rato. La tensión del día había sacado síntomas de agotamiento en el doctor. Recostó su cabeza sobre el hombro de la joven. Ella se acomodó para que él se sintiera más a gusto, y a su vez ella a su lado sentirse más segura.

Alrededor de las doce de la noche, empezó a soplar un viento muy fuerte y varios relámpagos iluminaron la oscura noche. La situación empezaba a ponerse difícil. Cada vez eran más grandes las olas que cruzaban sobre la embarcación y el trabajo dentro de ella se volvía más intenso.

—No se asusten. A este barco no lo voltea ninguna ola —gritaba Pedro—. Solo estén bien amarrados, con eso no hay problemas. Yo calculo que, a este paso, al amanecer estamos tocando suelo mexicano...

Pedro sabía que estaba diciendo una mentira. Calculaba que, a la velocidad que iban y el tiempo que llevaban de navegación, estarían justamente bajo la provincia de Pinar del Río. Y a ese ritmo, y si no pasaba nada malo, estarían otro día navegando. Sí estaba seguro de algo, que el rumbo mantenido durante todo el trayecto era el correcto. Pero nunca contó en sus cálculos con el mal tiempo que estaba amenazando.

Todo comenzó a tornarse más peligroso. Ya las olas medían un poco más de un metro. Para Pedro fue la señal que estaban entrando a la tormenta y con ello se iba a complicar un poco la travesía. Para desgracia de todos, comenzó la lluvia. Una lluvia muy fuerte y con vientos muy intensos.

La embarcación se elevaba y, de repente, se sentía el golpe al bajar de la ola. Los movimientos aumentaban y el vaivén se tornaba cada vez más peligroso. Imprevistamente, la embarcación quedó perpendicular a la dirección de propagación de la ola y esta golpeó con toda su fuerza el casco de la embarcación, desde la proa hasta la popa. La Barracuda se inclinaba más y más a estribor y Ana María perdió el equilibrio, dando vueltas sobre la barandilla y quedando colgada fuera del barco, con la mitad del cuerpo en el agua. Comenzó a gritar, y Pedro y Paquito se abalanzaron a su alcance y sacando todas sus fuerzas la subieron de vuelta a la embarcación. Ana María rompió en llantos. Gracias a sus amigos, y a que estaba bien amarrada, se había salvado de no perderse en la oscuridad de la noche. Pedro buscó una manta y la cubrió, sentándose junto a ella. La joven temblaba del miedo y del frío. Sus fuerzas habían flaqueado y un ataque de histeria se apoderó de ella.

—Por eso no quería venir, coño. Ustedes están locos. ¡Váyanse a la mierda! —gritaba desesperada—. ¡No me toques!

Tony estaba asustado y se aferró a la barandilla con todas sus fuerzas. Pepe dominaba con destreza el timón, pero la fuerza de las olas y el constante movimiento de La Barracuda eran cada vez más intensos.

Paquito, siguiendo instrucciones de Pedro, corrió al pequeño camarote y sacó una ampolla inyectable de un medicamento que se usaba en los hospitales psiquiátricos para controlar a los pacientes cuando tenían crisis nerviosa. Se la entregó al doctor y este le inyectó a Ana María una pequeña dosis, y la abrazó hasta que se dio cuenta que Ana María se calmaba y se quedaba dormida en sus brazos. Tony también se abrazaba a su novio y este le correspondía con mucha ternura.

—No tengas miedo. Vamos a ponernos a sacar agua, esto nos ayudará a no pensar en lo malo —le aseguraba Paquito.

Poco a poco, la tormenta se fue disipando. Pepe seguía batallando con el timón. Amarró una cuerda para que el timón no girase libremente y fue a ayudar a Tony y a Paquito a sacar el agua que se había acumulado sobre la cubierta. Un buen rato les llevó la tarea. Cuando terminaron, Pedro les explicó para qué serviría la balsa que había guardado en el camarote y cómo la usarían en caso de ser necesario.

—Cuando se acciona este dispositivo, la balsa se infla sola. Y tendríamos que recurrir a los remos que están atados ahí —expresó señalando hacia el lado derecho del barco—. Pepe, esto es importante tenerlo bien presente. Si pasara algo, yo me encargo de la balsa y tú de los remos, y ustedes… —dijo mirando a Paquito y a Tony—, por supuesto, se encargan de Ana María. —Hizo una pausa mirando hacia el cielo y prosiguió—: Por lo que estoy viendo, ya el susto pasó. Ahora solo tenemos que cuidarnos de que la corriente no nos desvíe del rumbo.

Amaneció y ya todos más calmados desayunaron unos exquisitos panes con jamón y queso, ahora preparados por Tony, quien se encargaría también de hacer la comida y la cena.

El oleaje cambió. Pedro se dio cuenta que estaban en la corriente del Golfo. Puso la máquina a todo lo que daba.

Pasó el día sin algún contratiempo y la jornada estuvo más relajada. Ya todos, tranquilos, comentaron lo sucedido con Ana María y el susto que pasaron. Llegó la noche y, excepto Ana María y Pedro, todos lograron dormir unas horas. El doctor llevaba el timón cuando aparecieron los primeros rayos del sol.

—Vete a descansar, hermano —le pidió Pepe al acercarse.

—Pepe, hay que tener también mucho cuidado cuando nos estemos acercando a las costas del estado de Quintana Roo, porque hay una zona de arrecifes y conviene que lleguemos ahí con la luz del día. Así que, hermano, póngase en el timón y mucho ojo.

Antes de irse acostar, Pedro volvió a revisar cada rincón de la embarcación. Chequeó el rumbo. Todo estaba bien. Luego, se acostó un rato al lado de Ana María y también se quedó dormido. A las diez de la mañana Pepe lo llamó.

—Pedro, creo que ya estamos cerca. Se ven partes oscuras, fíjate allá —le indicó señalando un punto en el mar.

Pedro desdobló un mapa de México y Centro América, y mientras hablaba iba señalando con el dedo.

—No creo que nos pase nada porque la embarcación no es tan profunda, pero si chocamos, por descuido, con algún arrecife, podemos hacernos mierda —señaló—. Toda esta zona es una barrera de corales. Pero ten presente, Pepe, que debemos entrar por aquí —apuntó marcando con un lápiz, mitad azul y mitad rojo, la trayectoria que debían seguir—. Lo importante es que ya estamos entrando en esta zona y es de día y tendremos muy buena visibilidad. Aquí no debe haber problemas porque las aguas son transparentes, con poca materia orgánica en suspensión, que permite la entrada de los rayos solares hasta 50 metros de profundidad.

Pedro seguía dando su disertación. Hablaba de los fondos marinos, de la vegetación, de la fauna, de los recursos naturales. Era asombroso, y a Pepe le vino el dulce recuerdo de todas las novelas de Julio Verne que leyó durante su infancia, y admiraba cómo Pedro describía los lugares como si ya los conociera, muy parecido al estilo del célebre escritor.

El mar se mantenía un poco movido, pero ante los ojos de todos, el día prometía ser excelente para la navegación.

Cuatro horas más tarde, mientras todos comían de las últimas provisiones que quedaban para la travesía, escucharon un grito de Pepe, que los hizo saltar de alegría: «¡Barco a la vista!». Todos se movieron hacia la proa y, en efecto, una embarcación de pesca navegaba en el mismo sentido de ellos y empezaba a mostrarse totalmente en la línea que unía al cielo con el mar.

Pedro salió corriendo hacia el camarote y buscó dos luces de bengala. Rápidamente empezaron a hacerle señales a la embarcación. Por suerte, era una embarcación de pesca con matrícula mexicana. Diez hombres los contemplaban mientras las embarcaciones se iban aproximando. Recogieron las pertenencias más importantes y subieron al otro barco. Muy pronto estarían en suelo mexicano. Sanos y salvos. O, al menos, así lo pensaron.

Al llegar al puerto, tres hombres del Instituto Nacional de Migración los esperaban y los condujeron en calidad de detenidos a la oficina de dicha entidad. ¿Otro sueño de Pepe sería truncado o en realidad habría logrado sus sueños de ser libre?

Aunque en la casa había siempre mucha gente,
para llenar aquella soledad tan profunda que sentía
en medio del ruido, poblé todo aquel campo
de personajes y apariciones casi míticos
y sobrenaturales.

Reinaldo Arenas

Miami
Sábado, 26 de noviembre del 2016
3:19 a.m.

—¿Y cómo fue que pudo salir Alberto? —preguntó Renato, quien se mostraba muy conmovido con la historia que acababa de contarles Pedro.

Alberto, quien hasta el momento no había abierto su boca, tomó la palabra:

—Es una historia muy larga que solo, de los que estamos aquí hoy, la saben Carlos, mi *brother*, Pepe y Ana. No quiero que, al escucharla, quienes no la conocen, se vayan a espantar. Gracias a Pepe, en su momento pude darme cuenta a tiempo de muchas cosas y retomar el camino correcto. Les confieso que me arrepiento de haber tomado algunas decisiones equivocadas, pero gracias a esas decisiones pude ver la vida del lado correcto. Digamos que mi regeneración comenzó aquel 13 de agosto de 1994. Después de dejar a Ana María y a Tony en el punto donde esperarían a Pepe y a los demás, enfilé rumbo a La Habana. Tuve que irme a toda velocidad porque mi vuelo salía a las 7:00 de la mañana, y debía estar tres horas antes en el aeropuerto…

Pepe aprovechó para reencontrarse con sus recuerdos.

La Habana, Cuba
Sábado, 13 de agosto de 1994
7:00 a.m.

El aeropuerto José Martí de la Ciudad de la Habana se encontraba en una calma total. Ya Alberto, acompañado de Andrea, había pasado el primer filtro y se encontraban sentados esperando que llamaran a abordar. Alberto estaba ligeramente nervioso. Pero conversar con Andrea le daba un poco más de fuerzas para tratar de mantenerse relajado. Casi era imposible, pero se esforzaba. El portaboletos, en su mano, contenía, además del boleto, su pasaporte cubano y el FM3, visa otorgada por México para una estancia de once meses, la cual aún no se le había vencido. Pero su paranoia era enorme. Creía que todo el mundo sabía lo que estaba tratando de hacer y que todos lo miraban esperando que llegara el agente migratorio y lo detuviera. Tenía la sensación de tener un letrero en su frente que decía: «Me estoy fugando de Cuba».

«Si no es cierto que está fingiendo, lo hace muy bien», pensaba Andrea cuando lo veía tan nervioso.

Por fin, llegó la hora de abordar. En la puerta de salida, un oficial revisó sus documentos y Alberto le mostró una sonrisa nerviosa. El oficial miraba la foto del pasaporte, veía su cara, otra vez la foto, de nuevo su cara… Lo cerró y se le entregó. Ahora miraba el FM3, no tenía por qué, pero lo hizo.

—¿Trabaja usted en México? —preguntó el oficial.

—Sí, tenemos vínculos con una ONG que radica en México.

—¿Una ONG? ¿Qué es eso?

—Una organización no gubernamental.

—Ah, ya entiendo. Solo que, cuando llegue a México, renueve su visa porque ya está por vencerse —hizo la observación.

—No es necesario, de hecho, ahora estaré solo tres semanas —respondió Alberto.

El oficial seguía mirando el documento. Llamó a un segundo oficial, este revisó de nuevo y le hizo señas que no había problemas.

Cuando Alberto se sentó en el asiento del avión, sintió que se le aflojaban las fuerzas. Cerró los ojos y esperó. El avión levantó vuelo. Ya estaba a salvo y rumbo a México. Pasados unos 20 minutos de vuelo fue que articuló la primera palabra.

—Andrea, siento que tengo embarrado el calzoncillo —dijo en tono de broma.

—Mejor no digas nada —le comentó Andrea mostrando una ligera sonrisa en sus labios.

—Andrea, ¿crees que pueda quedarme hoy en tu casa? Tengo el teléfono de mi hermano, pero tengo miedo si no lo puedo localizar. Él siempre anda fuera con los rollos de su trabajo. Solo por si no lo encuentro.

—Claro, Alberto. ¿Cómo me vas a preguntar semejante cosa? Los amigos de Pepe son mis amigos. Solo que yo no vivo en el Distrito Federal. Cuando lleguemos al aeropuerto, trataremos de localizar a tu hermano y si no lo encontramos, por mientras puedes quedarte en mi casa, sin problemas, lo único que tendrías que irte conmigo a Cuernavaca. —Andrea miró a su acompañante y pensó bien lo que iba a decir—. Si tuvieras que irte conmigo, te voy a presentar a una excelente amiga. Creo que harían una buena pareja. Es cubana y está muy buena.

Alberto no respondió y sintió que fue una señal que Andrea le estaba enviando. Alberto se puso a la defensiva y atacó:

—Andrea, espero que esa cubana que quieres presentarme no sea la hermana gemela de Ana María.

Andrea tragó en seco y se notó nerviosa. Alberto la miraba fijamente, observando cada una de sus reacciones. Respiró profundo y trató que sus palabras le salieran como si estuviera relajada:

—No sabía que Ana María tuviese una hermana gemela.

—¿Seguro? —preguntó Alberto, de forma inquisidora.

—Seguro.

—Pensé que tú podías haber venido a Cuba a traer algún mensaje a Pepe de su antigua esposa.

—¿Por quién me tomas, Alberto? Si esa mujer fuera mi amiga y me hubiera mandado a ver a su antiguo esposo, yo no me hubiera acostado con él y, mucho menos, haberme hecho su novia.

—Andrea, puedes confiar en mí. Si lo que temes es que yo le cuente a Pepe, te aseguro que no le diré nada.

—¿Por qué piensas que la conozco? —preguntó ahora Andrea, en un tono más suave.

—Por como reaccionaste. Estoy casi seguro que ella te mandó a localizar a Pepe. Pude darme cuenta el día que planificamos la fuga, que cuando se mencionó México, tú y Ana María intercambiaron miradas.

—Estás en un error.

—Andrea, esto es muy importante para mí. Y quiero decirte algo que te quede muy claro. No quiero que Pepe sufra y, mucho menos, por encontrarse con Bárbara, otra vez. Piénsalo bien, y sí estás en confabulación con ella, solo te digo que no permitiré bajo ningún concepto que le hagan daño a Pepe.

—Alberto, me sorprende el tono en que me estás diciendo las cosas. Tal pareciera que me estás amenazando. Pero también quiero que te queden dos cosas muy claras, la primera es que yo sería incapaz de hacerle daño a Pepe y, la segunda, que yo me encontré con Pepe, de pura casualidad, y no porque Ana Bárbara me lo haya pedido.

Alberto escuchó lo que necesitaba oír. En ningún momento había mencionado el nombre completo de Bárbara y Andrea lo había pronunciado. No quedaban dudas, ambas se conocían.

—Andrea, ya me has dicho lo que realmente quería escuchar. Voy a creerte que todo fue casual, pero no puedes negarme que sí conoces a Ana Bárbara.

—Sí, la conozco, pero te puedo jurar que no sabía que era la esposa de Pepe.

Andrea se sintió mal y no le quedó más remedio que contarle a Alberto cómo había surgido la idea de su viaje a Cuba y cómo había conocido a Pepe, sin que hubiera intervenido Ana Bárbara en algo. Alberto solo se limitó a escuchar y no hizo ningún comentario al respecto. Pudo notar sinceridad en las palabras de Andrea y su historia parecía auténticamente cierta.

El viaje resultó sin contratiempos. Llegaron a México y desde el aeropuerto localizaron a Carlos. Andrea le alquiló un taxi y le indicó al chófer la dirección. Se dirigió a la terminal de Pullman de Morelos y tomó el primer autobús que salió a Cuernavaca.

Cuernavaca, México
Sábado, 13 de agosto de 1994
9:00 p.m.

Alrededor de las nueve de la noche, mientras Andrea veía una película en la televisión, sonó el timbre de la puerta. Ana Bárbara fue la primera en asomarse, vestía muy de ocasión con un *jean*, una playera de mangas largas, exageradamente pegada a su cuerpo y resaltando su voluminosa figura. Después, apareció Rebeca, como siempre elegante. Vestía una falda negra abierta por uno de sus lados, una blusa pegada y muy escotada, y su pelo suelto.

Rebeca descubrió el brazo que ocultaba detrás de su espalda y exclamó:

—Andrea, este es un regalo de nosotras para ti —dijo mostrando un hermoso ramo de tulipanes rojos.

—Gracias, amigas. Pero no se queden ahí, pasen por favor.

—¡Uy, qué guapa te ves! —exclamó Ana B., tratando de decir algo. En realidad, Andrea no se había ni siquiera maquillado. Vestía una falda corta y una playera muy casual.

—Guapas están ustedes. Mira a Rebeca, está vestida como para desfilar en la alfombra roja y tú no te quedas muy atrás. Te ves fantástica —expresó mirándola directamente a los ojos.

—Bueno, no importan que tan guapas estemos o no. Para mí, lo verdaderamente importante es que estamos otra vez reunidas —contestó Rebeca, quien caminó hacia Andrea y se abrazó fuertemente a ella. Mientras la abrazaba le susurró al oído—: Ya te echaba mucho de menos, cabrona. Me has dejado abandonada por ese *pinche* cubanito.

—Yo también a ti —le respondió mientras se separaba de Rebeca y luego abrazaba a la cubana—, y a ti también, Ana B. —Caminó hacia la estancia—. Me siento la mujer más dichosa del mundo por tener a unas amigas tan buenas como ustedes, así que vamos a beber, que tengo mucho que contarles y mucho que celebrar.

Se dirigió al bar, sacó tres botellas, una de vodka, una de tequila y una de brandy.

—Aquí está todo. Hielo, copas, refresco, en fin, todo lo necesario para una buena celebración. Cada quien que se prepare lo que quiera. Están en su casa.

—Gracias —indicó Ana B., quien ya se acercaba a servirse una copa.

Después que cada una preparó su trago preferido, Ana B. rompió el silencio:

—Bueno, cuéntame, me dijeron que en Cuba hubo romance y que ya a punto de abordar el avión de regreso, decidiste quedarte. Eso habla de que el tipo hizo bien su tarea.

—Pues, en parte sí. No se me hizo justo que conociera a un hombre el día antes de regresarme y poder estar con él muy pocas horas. Entonces me dije: Andrea, a esa semilla hay que regarla. Y me regresé a buscarlo. Solo te puedo decir que ese cubano es un pedazo de maravilla. Me hizo saltar, reír, vibrar, estremecerme, y de lo otro mejor no les digo, porque con lo locas que son ustedes, no sé qué va a pasar. Fue una semana muy intensa —hablaba mientras se acercaba a Rebeca. Se sentó a su lado y le recalcó—: muy sexual y muy sensual.

Rebeca entendió la expresión y solo comentó:

—¡Qué bueno!

—Pero al menos dinos, ¿cómo se llama? ¿A qué se dedica? ¿Dónde fue que lo encontraste?

—Me imagino que Rebeca ya te haya puesto al tanto de todo. Caminábamos por el malecón de Cienfuegos y ese forro de hombre estaba solito como si Dios me lo hubiera puesto en bandeja de plata. Luego de un rato de estar platicando con él a solas, nos fuimos al hotel y bebimos por otro buen rato. Ya muy tarde en la noche, pues qué te digo, era tanta la atracción que sentía por ese *güey*, que me lo llevé a la cama.

Andrea hablaba mirando fijamente a Ana Bárbara, tratando de evaluar cada una de sus reacciones. Un coraje interno le sacudía su cuerpo, pero prefirió contenerse, de manera que fue narrando, de manera muy escueta, todo lo relacionado con Pepe. Fue inevitable que su mente se transportara a una lancha y pensaba: «¿Por dónde irán? Pero debo contenerme. Esta cabrona no debe saber que ya salieron de Cuba. Por lo menos, hasta que llegue el momento».

—Le dicen Pepe y es un tipo medio complicado. Me gusta, pero no quiero salir mal parada en esta relación. Pepe me contó que había tenido relaciones con su excuñada, y eso no me gustó mucho —recalcó Andrea mirando fijamente a Bárbara.

—¿Qué tuvo relaciones con su excuñada? —preguntó Ana B. mostrando una fingida sorpresa—. ¿La conociste? —volvió a preguntar, revelando cierto miedo en sus palabras. Era justo lo que Andrea buscaba.

—No, para nada —respondió y sintió que se le hacía un nudo en el estómago.

Ana B. se dio un trago y prendió un cigarro.

—Ana, ¿tú de dónde eras en Cuba? —preguntó Andrea, clavando duramente su mirada en la cubana.

—Yo era... —Ana B. titubeó por un momento y luego prosiguió—: de La Habana. Vivía en un barrio que se llama La Víbora, que pertenece a un municipio llamado 10 de Octubre. Y por esa mirada que me has lanzado, quiero aclararte que no conozco a tu galán, si eso es lo que tanto te preocupa. Pero sin conocerlo, puedo imaginar mucho de él. Seguro que fue un hombre que se casó muy joven y ya está divorciado, tiene hijos regados por todas partes y debe estar loco por salirse de Cuba —concluyó soltando una sonrisa.

—No, no creo que imagines cómo pueda ser mi galán, pero ahora que lo mencionas, ¿por qué se casan tan jóvenes en Cuba?

—Porque la juventud en Cuba está carente de muchas cosas, entre ellas, de buenos lugares de recreación donde puedan ir a divertirse. Todos los lugares turísticos, ahora, se pagan en dólares. Los jóvenes no pueden ir a hoteles a compartir con su pareja. Las posadas o moteles están en condiciones muy deprimentes y con una higiene que deja mucho que desear. ¿Y qué hacen? Pues se casan y así pueden disfrutar del placer de tener a una pareja y de no tener que coger parado en una barda, o detrás de un árbol, o en el baño de una escuela. Si te casas, ya tienes una cama, al menos, para coger en paz y, sobre todo, con la autorización oficial de los padres. No importa que vivan diez en una casa y que para coger tengas que taparle la boca a tu pareja para que no se escuche en el cuarto de al lado. Lo importante es que ya eres libre para tener sexo, sin que esto sea una tarea de titanes.

—Yo me quedé fría con todo lo que vi en estos días que estuve allá —dijo Andrea mientras se levantaba para servirse otro trago—, y me gustaría poder ayudarlo para que pueda salirse. No tanto porque me guste mucho su compañía, ni porque me haya enamorado perdidamente de él, sino porque es horrible vivir en ese infierno.

—Pues nosotras te apoyaremos —exclamó Rebeca—, pero, por favor, no se pongan ahora hablar de Cuba. Creo que con una cubana y otra loca enajenada con un cubano esto se va a convertir en una locura.

—Sí, creo que tienes razón. Cambiemos el tema porque ya empiezo a deprimirme —señaló Andrea—. ¿Ustedes vinieron preparadas para quedarse a dormir? Porque esto hoy es hasta afuera y, además, no las voy a dejar irse tan tarde y con unas copas de más.

—Para mí no es problema —dijo Rebeca.

—Y para mí tampoco. Y voy a empezar a ponerme cómoda —apuntó Ana B. mientras se quitaba sus zapatos y se desabotonaba la cintura de su *jean*, que le quedaba un poco apretado.

—Ya que estás más cómoda, prepárame un traguito, por favor —le inquirió Rebeca.

—A sus órdenes, patrona —respondió Ana B.

—Andrea, sin hablar del tema de Cuba y sin que lo veas como una indiscreción, aunque no puedo negar que la curiosidad me mata, cuéntanos, ¿cómo es Pepe en la cama? Ya suelta la sopa, mujer, me tienes en ascua —insistió Rebeca.

—Pepe es una mezcla de muchas cosas, es tierno, apasionado, cauteloso, y cuando combina todas estas cualidades, suele ser una fiera.

—Eso suena bien —comentó Ana B.

—Pero hay algo en él que fue lo que más me sorprendió y me hizo sentir una infinita curiosidad por saber qué se escondía detrás de aquel hombre, que mostraba abiertamente que portaba una coraza impenetrable, pero al mismo tiempo dejaba ver su vulnerabilidad. Recuerdo que el día que lo conocí, sentía deseos de mí y no lo decía. Solo lo expresaba con cada gesto o mirada. Yo estaba loca por estar con él y deseosa que me dijera algo, porque yo no me atrevía a tomar la iniciativa. Sentí que prefería no matar el encanto de nuestro encuentro por algo carnal y eso me motivó tanto, que llegué al extremo de ser yo quien provocara la situación. En mi vida había hecho algo así.

—Pudo haber sido una estrategia de Pepe —señaló Ana B.

—No lo niego, pero esa estrategia me gustó.

—¿Y entonces cómo te lo llevaste a la cama?

—Digamos que lo secuestré —señaló Andrea, al mismo tiempo que soltaba una pícara sonrisa—. Pero no se animen, que no voy a darles más detalles. Solo les diré que esta última semana, que pasé allá, fue muy intensa, no hubo día ni lugar de su casa donde no tuvimos sexo. Lo que no puedo imaginar es a la estúpida de su exmujer. ¿Cómo fue que lo dejó por otro *güey*? Siento pena por ella, no sabe lo que se perdió.

—Me imagino que para dejar a un hombre así, hay que ser una verdadera estúpida. Estoy de acuerdo contigo —apuntó Ana B., con una ligera mueca en sus labios.

—¡Qué bueno que piensas igual que yo! —terminó Andrea, clavándole la vista, como queriéndole hacer una radiografía—. Pero regresando al sexo, siempre fue tan hermoso, lleno de magia, totalmente diferente a lo que yo había experimentado con los pocos hombres que he estado. Ese cubano tan desinhibido hizo que yo fuera otra Andrea. Una mujer que ni yo había conocido en un momento íntimo. Me hizo descubrir cosas nuevas, no solo desde el punto de vista del sexo, sino que hizo que descubriera lo que no sabía de mí. Me hizo sentir una mujer auténtica. Y eso me faltaba descubrirlo en mí.

—Entonces, ¿podemos pensar que has regresado enamorada? —preguntó Rebeca.

—No, no creo. Más bien vengo renovada, pero de ahí a estar enamorada va mucho trecho. Hay muchas cosas de él que no alcancé a ver y no quiero equivocarme otra vez. Sobre todo, porque siento que todavía ama a su exmujer. De hecho, el día que nos despedimos tuvimos una plática muy larga, que me sirvió para darme cuenta que Pepe no quiere saber de amor ni de relaciones duraderas. Por lo menos, hasta que sane totalmente.

—*Wow*..., eso merece un brindis —propuso Rebeca.

La conversación continuó por un largo rato. Cada quien exponía sus más importantes experiencias en relaciones de parejas y en el sexo. Sin darse cuenta, les había agarrado la media noche. Rebeca se había abierto su blusa escotada y sus pechos se mostraban ante todas. Ahora estaba acostada sobre el sofá y su cabeza reposaba en los muslos de Andrea. Ana B. se puso de pie. Se veía cansada y saturada de alcohol. Se paró frente a sus amigas y les dijo:

—Ya yo voy a la cama. No puedo más.

—Pues ya sabes cuál es tu recámara... —le indicó Andrea—. Nosotras nos quedaremos otro ratito.

La siguieron con la vista y cuando hubo entrado a la recámara, Rebeca tomó la mano de Andrea y la apretó con las suyas y le preguntó:

— ¿Me extrañaste mucho?

—Mucho, me hubiera gustado que te hubieras quedado conmigo esa semana extra. Vas a tener que perdonarme, pero sentí mucha curiosidad por Pepe y, además, hay muchas cosas que tengo que contarte.

—No te creo ni tantito que me hayas extrañado. Con tanto sexo con Pepe, pienso que ni tiempo tuviste para pensar en mí.

—Claro que me acordé y mucho. Te digo, sinceramente, que me hiciste falta. Hubo momentos en los que me sentí perdida.

—Te conozco muy bien y sé que te debe haber pasado algo por allá, y te noté un poco agresiva con Ana Bárbara. A mí no puedes mentirme. ¿Quieres platicarme?

—Sí, pero ahora no. No quiero que Ana B. pueda escucharnos. Esperemos un ratito. —Se puso de pie y le dijo a Rebeca muy segura—: Mejor vamos al *jacuzzi*. Prepara dos tragos y te espero allá.

Andrea terminó la frase alejándose a su cuarto. Se quitó la ropa, se dirigió al baño y encendió el *jacuzzi*. Se introdujo en el agua y se inclinó hacia atrás, cerrando sus ojos.

—¿Estás cansada? —preguntó Rebeca mientras se metía al *jacuzzi* y se sentaba al otro extremo, quedando frente a Andrea.

—Sí, estoy muerta. Creo que este hidromasaje me hará mucho bien.

—A ti lo que te hace falta es un buen masaje. Esto te hará sentir mejor —apuntó Rebeca tomando una pierna de Andrea y apoyándola en su hombro. Sus manos empezaron a trabajar como toda una experta.

—Mira mis piernas, parecen par de palos secos. Siento mi piel reseca. Estoy que soy un asco —comentó Andrea mientras relajaba sus músculos y sentía como el masaje la hacía sentir mejor.

—¡Ay Andrea!, sí tú sabes que no es cierto… mira esta piel, se siente firme, suave… y mira estas piernas. ¡Ay Andrea, estás hermosa!

Andrea miraba fijamente a los ojos pícaros de Rebeca. Una sonrisa apareció en sus labios, en señal de satisfacción.

—¡Ay Rebe, eres tremenda! No pierdes la oportunidad de hacerme sentir diferente. A veces, me haces dudar de mi sexualidad, porque nunca puedo dejar de extrañarte ni de comparar tus besos con los que un hombre me da.

—Gracias, lo voy a tomar como un cumplido —comentó Rebeca, al mismo tiempo que tomaba la otra pierna y repetía la misma operación.

—Se siente rico eso que me haces.

— ¿Lo sientes rico?

—Sí. Muy rico, tienes unas manos fabulosas.

—Ya deja de provocarme, porque no me voy a poder contener y me lanzaré sobre ti a comerte a besos. A ver si borro la imagen de ese Pepe, que te dejó...

—Todavía no. Mejor estate tranquilita —solicitó Andrea, mostrando de nuevo su hermosa sonrisa. Se dio un trago y señaló—: primero quiero platicarte todo lo que descubrí a mi regreso a Cienfuegos. Pero dime, ¿cerraste bien la puerta de la recámara?

—Sí, no te preocupes, está bien cerrada. Y sí, a juzgar como te vi con Ana B., pude percatarme que algo raro había pasado. Dime, ¿pasó algo que tenga que ver con ella?

—Para empezar, nos ha visto la cara de pendejas… y por si tú no lo sabías, Ana Bárbara era la esposa de Pepe. Allá todos la conocen por Bárbara, para diferenciarla de su hermana que se llama Ana María.

—¿Qué? —preguntó Rebeca soltando la pierna de Andrea.

—No te sorprendas, que esto solo es la introducción, todavía hay muchas cosas más. Esa hermana que ella tiene es gemela idéntica con Ana Bárbara y no tienes una puta de idea del parecido de esas dos viejas. Con decirte que cuando la vi por primera vez, yo creí que era esta de aquí. Y hace un rato, casi pierdo la calma, pero solo por el hecho de que no se enterara que Pepe ya está camino a México, me contuve. ¿Tú no te fijaste cuando le pregunté de qué parte era en Cuba? Y la muy cínica me dijo que de La Habana cuando en realidad es de Cienfuegos. Y, para colmo, la exmujer de Pepe.

—¡No mames! Me has dejado helada —reaccionó Rebeca—. Además, que me pone en una posición muy jodida ante ti, Andrea, pues podrías pensar que yo conocía de esto. Y te juro que no tenía la menor idea.

—Yo lo sé, Rebeca. Estoy segura que, por lo que sentimos la una por la otra, serías incapaz de hacer algo que me hiciera daño. Creo que Ana Bárbara nos ha usado a las dos. Por eso creo que es necesario que te lo platique, porque todo me parece muy extraño y no creo que lo que pasó haya sido obra de la casualidad.

—¡Me tienes en un puro nervio!

—Mira, Rebeca, todo empezó cuando decidí regresarme a Cienfuegos y los dejé a ustedes en el aeropuerto. Raúl y yo habíamos comprado unos regalos y a ambos nos dieron unas bolsas idénticas. Yo tomé, sin darme cuenta, la que traía Raúl pensando que era la mía y cuando la revisé me llevé una gran sorpresa. En la bolsa había una carta que Ana B. le mandaba a una tal Ana María. Anoté la dirección y el teléfono que estaban en el sobre y le regresé la bolsa a Raúl, sin que se diera cuenta. —Andrea hizo una pausa y se dio un trago—. Del aeropuerto, salí al hotel donde nos habíamos quedado el día que llegamos a Cuba y reservé una habitación para quedarme esa noche y ordenar bien mis ideas y, además, descansar porque estaba muerta. Al otro día me levanté bien tarde, desayuné e hice el *check out* y renté un coche, y salí rumbo a Cienfuegos. Creo que llegué como a las tres de la tarde y como quería saber qué tenía que ver Ana Bárbara con la tal Ana María, me fui directo a la dirección que había copiado del sobre que tenía Raúl. Por suerte, la encontré en su casa.

—Andrea, esto parece historia de telenovela.

—Pudiera ser, pero esta no tiene nada de telenovela, esta fue real. Imagínate cómo me sentí cuando esa chica abrió la puerta y vi a una mujer idéntica a Ana Bárbara parada frente a mí.

—¿Y qué pasó?

—Pues ella pensó que yo iba para dejarle la carta que anteriormente había intentado darle Raúl y se puso incontrolable. Hasta que le expliqué el motivo por el cual quería hablar con ella, se calmó y me escuchó.

— ¿Y qué te le dijiste?

—Cuando le expliqué que yo era Andrea, enseguida me identificó como la mexicana con la que había Pepe pasado la noche. Me contó que ese día la había ido a ver Raúl y que lo echó de la casa y no lo dejó ni hablar. Le tiró el sobre y el dinero para la calle y le gritó que no quería saber nada de su hermana y que el dinero se lo metiera literalmente por el culo.

—¡Qué duro que ni la hermana quiera saber de ella! ¿Qué le habrá hecho?

—En ese momento, empezó a dudar que si yo me había puesto de acuerdo con Ana Bárbara para encontrarme con Pepe. Te juro que me costó mucho trabajo convencerla y, para mi suerte, en eso llegó el mejor amigo de Pepe, un médico que está tratando de conquistarla y Ana María se suavizó, y creo que por eso me creyó. A partir de ese momento, empezamos a llevar la fiesta en paz, pero estoy segura de que no me traga porque, en realidad, esa vieja está también enamorada de Pepe. Rebe, me da la impresión que Ana María y Pepe tuvieron algo que ver.

—¿Y crees que Pepe haya sabido algo de Ana Bárbara? —preguntó Rebeca.

—No te niego que lo pensé, pero como se dieron las cosas, y al ver el dolor que sentía cuando me contó que hacía unos días había sabido quién era Bárbara en realidad y por qué lo había dejado, descarté esa posibilidad.

—Entonces, Ana Bárbara y Raúl fueron quienes planearon todo el encuentro con Pepe.

—¡Así es! —confirmó Andrea.

—Pero ¿por qué no me dio la carta a mí? Según ella, además de ser su socia, me considera su mejor amiga.

—Ahí es donde todo encaja. Ella sabe que tú eres mi amiga y que jamás me traicionarías. —Andrea sumergió la cabeza en el agua y la sacó derramando gruesos hilos de agua que circulaban sobre sus pechos.

—Sí, ahora es a mí a quien no le encaja algo. Yo hubiera podido ir a ver a su hermana y, por el simple hecho de ser mujer, hubiera tratado de explicarle mejor el motivo porqué Ana Bárbara le estaba enviando la carta. No entiendo. ¿A qué le temía?

—Sus miedos son muchos, en primer lugar, era mejor que fuera Raúl a entregarle la carta y no tú. Él podía separarse del grupo e ir sin que nosotras nos diéramos cuenta, y así pasó. ¿Me entiendes?

—Hasta ahí entiendo. Pero algo no me acaba de cuadrar.

—Pues que hubiera sido muy bochornoso para ella que lo que le dijo a Raúl, te lo hubiera contado a ti y supieras que fue una prostituta en Cuba, que abandonó a su marido, que abandonó a su madre y, por último, que se vino a México bien casada con un hombre que no sabe nada de su nefasto pasado. Por eso yo pienso que ella previó la reacción de su hermana. Pensó que su hermana no te iba a recibir con bombos y platillos, sino que podría estar a la defensiva y que le iba a decir a la persona, que fuera, toda la verdad sobre su gemela, como se lo dijo a Raúl.

—Ya me suena más lógico... ¿Qué podría pensar yo, que le di participación en mi negocio? —Rebeca prendió un cigarro y continuó—: pero... ¿No podría ella pensar que Raúl me lo contara todo?

—No dudes que haya usado alguna de sus artimañas y compró el silencio de Raúl con su cuerpo o con dinero. Estoy segura que ella lo previó de lo que podría suceder y así fue.

—Andrea, ¡qué imaginación tienes! A mí nunca se me hubiera ocurrido semejante deducción. Pero... ¿y por qué el miedo a que tú lo supieras?

—Es lógico que, si ella planificó mi encuentro con Pepe, no debía yo enterarme bajo ningún concepto que él había sido su esposo. Yo creo que, en el fondo, Ana Bárbara calculó mal su jugada. Ella creyó que, al encontrarnos con Pepe, íbamos a quedarnos nosotras dos con él y que nos caería bien y que nos haríamos sus amigas. Con eso era suficiente, y cuando nosotras regresáramos y le contáramos la historia, ella se iba a ser la sorprendida y nos diría que Pepe había sido su esposo. Y pues ahí se le ocurriría cualquier cosa para hacernos creer que todavía lo ama y nos pediría ayuda para traerlo.

—Y no calculó que tú te quedarías sola con él y que un rato después te lo llevarías a la cama, y que un día después no regresarías para México y te quedarías una semana más en Cuba.

—¡Bingo! Así es, Rebe.

—Ahora, dime la verdad, ¿te enamoraste de Pepe?

—No, tonta. No me enamoré ni me voy a enamorar. No tienes de qué preocuparte. Después que me enteré de toda la verdad de Pepe y su relación con Ana Bárbara, el interés que tenía en un principio decayó. Aunque puse todo mi empeño para ayudarlo a preparar la salida. Quiero confesarte que Pepe no sabe que yo conozco a Bárbara y sé que cuando se entere, no me lo va a perdonar.

—¿Y por qué no se lo dijiste?

—Porque tuve miedo que si él se enteraba de que Bárbara estaba aquí, iba a reaccionar como mismo reaccionó Ana María, diciendo que ella no quería venir para México. Inventó muchas cosas para no venir, pero en el fondo sé que la razón de peso es que no quería encontrarse con su hermana.

—Pero no has pensado que Pepe haya podido enamorarse de ti.

—Pepe está muy ilusionado conmigo, pero por lo que vi, y lo conocí, quedé convencida que, a pesar de todo el dolor que siente, Pepe sigue enamorado de su exmujer y no creo que podamos hacer una relación si está de por medio el fantasma de Bárbara.

Mientras hablaban, Rebeca seguía jugando con la piel de su amante furtiva. Ya los masajes se habían convertido en tiernas caricias que calculaba con minucioso cuidado. Cada mirada, cada palabra, cada gesto, llevaba un mensaje muy bien definido: «Bésame», pero Rebeca no tenía prisa, sabía que a Andrea le gustaba el juego de la seducción y que si algo le molestaba es que ella fuera directa al sexo, sin haber un preámbulo de seducción y coquetería.

—Oye, Andrea, me ha surgido una duda. Si Ana María no quiso recibir a Raúl, cómo sabía este cabrón quién era Pepe. Porque es un hecho que él lo sabía. Recuerda que cuando nos íbamos acercando a donde estaba sentado, Raúl se paró y dijo que tenía que hacer algo y que regresaba enseguida, y nos hizo una apuesta señalando a Pepe con el dedo... Si se llevan a bailar a ese que está sentado ahí con su bicicleta, yo pago el *show* del hotel, nos dijo.

—Sí, recuerdo que hasta le hice una broma a Raúl haciendo alusión a la apuesta. También Pepe me contó que una adivina le había leído las cartas ese día y que le dijo que se iba a encontrar con una extranjera. Creo que por ahí va toda la historia. Raúl tiene que haber contactado a la famosa adivina. Es muy seguro que había una segunda carta dirigida a esa persona.

—Sí, ya todas las piezas van encajando. No cabe duda que ella lo planificó todo.

Andrea se puso de pie, tomó la toalla y empezó a secarse el cabello. Rebeca no le quitaba los ojos de encima. La tenía frente a sí, completamente desnuda y mostrando la perfección de su figura. Sus pechos saltaban a sus ojos incitándola a lanzarse sobre ella de una vez, pero debía esperar que Andrea le diera la señal.

—¿Vas a salirte? —fue lo único que alcanzó a decir y su voz se escuchaba suplicante.

Andrea soltó la toalla y se sentó de nuevo. La tomó de las manos, dejando que Rebeca entrelazara sus dedos con los suyos.

—Rebeca, ya es hora de irnos a dormir. Estoy muy cansada.

—¿Me dejas darte un beso?

—Ya te has tardado mucho, pensé que estabas celosa.

Andrea accedió y, por primera vez desde hacía más de una semana, pudo sentir el lenguaje que, al contacto con Rebeca, esta le transmitía. Se besaron y la pasión estalló entre ellas.

—Vamos a la cama, ya te extrañaba demasiado. Nada más prométeme que no vas a hacer tanto escándalo. Ana B. está en la otra habitación.

—Te lo prometo.

Andrea se puso de pie, tomando nuevamente la toalla. No podía detener su excitación ni detener el tiempo para esperar cuál sería la decisión de Pepe sobre sus destinos. No soportaría otro fracaso. Había que estar preparada para lo que pudiera suceder. Solo de algo estaba convencida en ese momento y era que Rebeca la amaba con locura y a ella podía entregarse sin miedos y sin dudas.

> *(...) Todos menos él, porque él se iba a rebelar, dando testimonios de todo el horror, comunicándole a alguien, a muchos, al mundo o, aunque fuese a una sola persona que aún conservará incorruptible su capacidad de pensar, la realidad; y las libretas (...) se fueron saturando de una letra mínima, veloz, casi ilegible.*
>
> Reinaldo Arenas

Miami
Sábado, 26 de noviembre del 2016
3:45 a.m.

Todos contaban sus recuerdos y en aquella terraza, como en otros lugares de Miami, reinaba un júbilo indescriptible. Miami no dormía. Miami prestaba sus arterias para dejar correr los sentimientos de rabia y consternación de un pueblo que ha padecido el acoso brutal de una de las más crueles dictaduras que se hayan conocido. Todo el mundo tenía algo que decir. No existía miedo, mucho menos opresión. Varias generaciones del exilio cubano disfrutaban la muerte del tirano y gritaban: «Te moriste, Fidel». Renacían las esperanzas de llevar a Cuba por los caminos de la democracia.

Tony propuso otro brindis:

—Brindemos por Cuba y porque ya es justo que se cumpla ese refrán popular de «muerto el perro, se acabó la rabia». Ya solo queda la loca de Raúl y a esa nadie la quiere.

—¡Salud! —gritamos todos.

El teléfono de Pepe sonó y este se puso de pie para meterse en la casa para contestar.

—Oigo...

—Perdón que te llame a esta hora. —Era una voz de mujer que Pepe reconoció al instante—. Pero me ha pegado un insomnio de mil demonios y me puse a ver la televisión y he visto la noticia de que murió ese degenerado… pensé que estabas despierto y me entró unas ganas inmensas de escucharte, de disfrutar lo que parecía que nunca iba a pasar.

—Sí, aquí estamos todos. Solo faltas tú. ¡Qué alegría escucharte! ¿Cómo estás?

—Bien, y con muchas ganas de volver a visitarlos. El tiempo pasa volando. Ya hace tres años desde nuestra última visita.

—El tiempo pasa volando… Como decía Carlos Gardel, 20 años no es nada… y ya han pasado 22 años y parece que fue ayer —señaló Pepe.

—Me encantaría estar con ustedes disfrutando de este momento. Aunque pienso que, para ti, está llegando el momento que tanto has evitado. ¿Les contarás la verdad a todos?

—Llevo casi cuatro horas pensando en eso… pero creo que no seré yo quien lo haga. Carlos está a punto de publicar esta historia.

—Será más fácil y quedarás más tranquilo. Muchos no la creerán y pensarán que es una historia de ficción con algunos matices de la realidad. Los que ya conocemos la historia, sonreiremos al recordar nuestra historia y nos sorprenderemos de cómo la realidad supera a la ficción... ¡Me da gusto por ustedes! Te mando un beso grande, Pepe, y te prometo que muy pronto estaré por allá. Me gustaría más darte un beso de verdad. Te quiero mucho, Pepe. Nunca lo olvides.

—Nunca lo olvido. También te mando un beso y dale otro a… —Pepe no alcanzó a pronunciar el nombre de Rebeca. Del otro lado habían colgado el teléfono.

Pepe dirigió su vista a la terraza. Su esposa lo miraba fijamente dibujando en sus labios una alegre sonrisa. Sabía quién había llamado a Pepe y pudo imaginar hacía donde volarían, en ese momento, sus pensamientos…

Cuernavaca, México
Lunes, 15 de agosto de 1994
11:00 a.m.

Alberto llegó un poco retrasado a la oficina de bienes raíces de Rebeca. Mientras subía la escalera, que lo llevaba a la primera planta, se dio de bruces con una figura apuesta y escultural que bajaba de dos en dos los escalones. Casi chocan nariz con nariz. Ambos soltaron una exclamación de enojo.

—¡Coño!, ¿no mira usted por dónde camina? —reclamó la mujer sin levantar la cabeza y corriendo hacia el estacionamiento.

Alberto la siguió y se paró delante de ella, cuando iba a abrir la puerta de su coche.

—¿Ana Bárbara? —preguntó incrédulo.

—Sube al coche y vamos —respondió ella sin perder la calma—. Creo que tienes muchas cosas que contarme. ¿Verdad?

—En efecto…

—Ya me iba a mi casa, pero…

—Olvídate de regresar a tu casa —la interrumpió bruscamente Alberto—. ¿Conoces algún lugar donde podamos conversar sin peligro a ser vistos? —preguntó abriendo la puerta trasera y subiendo al coche.

—Sí, conozco un lugar —contestó Ana Bárbara poniendo en marcha su auto en dirección a la autopista—. ¿Qué haces aquí?

—Llegamos el sábado y vine a buscarte. ¿Crees que tu socia nos haya visto?

—No, no ha llegado. Llamó que no iba a venir en todo el día. Creo que anda de romance con Andrea.

—¿De romance con Andrea? ¿Cómo es eso?

—¡Ay, Alberto!, es una larga historia que no voy a contarte. Limítate a saber que Andrea y Rebeca mantienen una relación oculta desde hace muchos años. Le gustan los hombres, pero siente algo muy especial por Rebeca, quien siempre ha albergado la esperanza que un día Andrea se decida por ella y salga definitivamente del clóset.

Alberto no hizo comentario. En menos de diez minutos llegaron a un colorido motel que estaba sobre la autopista México-Cuernavaca. El coche entró al estacionamiento privado de la habitación y Bárbara cerró la puerta con un control remoto que le habían entregado en la entrada. Subieron al primer piso, donde estaba la recámara con una cama *king size* y un baño completo.

—¡Sigues tan guapa como siempre! Los años no pasan por ti. ¡Estás igualita! —exclamó deslumbrado Alberto.

—Y tú también. Me da mucho gusto verte. Raúl me contó que pudo hablar contigo. Siento mucho que estés en desgracia, pero te agradezco que te hayas brindado a ayudarme.

—No tenía otra salida. Gracias a lo que hablé con Raúl, vi una vía de solución a mi problema. Si no aprovechaba tu ayuda, me iban a cocinar en el infierno esos cabrones. ¿Y tú cómo estás?

—Ando muy nerviosa. Creo que Andrea se dio cuenta de todo. No calculé que se regresara a Cienfuegos justo el día que ya venían de regreso —soltó Ana B., visiblemente preocupada—. ¡Algo salió mal! No sé qué sería, pero todo se ha puesto en peligro. Creo que, a estas alturas, Rebeca mi socia debe saber todo sobre mí y eso me tiene preocupada. Me va a doler mucho que piense que la he traicionado. Esa mujer me ha ayudado como no tienes idea. Me hizo socia de su negocio, solo porque un amigo de mi esposo me recomendó. Puso una oficina en la Ciudad de México para que yo la atendiera y si esto explota, voy a quedar muy mal parada. —Respiró profundamente—. Me da mucha vergüenza lo que pueda pensar de mí. Y si ya se enteró, hay que pensar en un plan B. Yo solo quería que Pepe se ilusionara con Andrea y que se animara a salir de Cuba, y ya estando aquí, yo me encargaría de reconquistarlo. Pero todo se salió de control. No sé si Andrea y Ana María se vieron en Cuba, porque, de ser así, pone en riesgo muchas cosas.

—Ana, ya pusiste todo en riesgo. ¡Estás en peligro! —aseguró Alberto intentando mostrarse calmado—. Por un lado, está tu marido mexicano que, si se entera de todo lo que has hecho para joderle el negocio de traer cubanas para meterlas a prostitutas, ¡te va a matar! Esa es una mafia muy peligrosa y hay gente muy poderosa metida en eso. Por otro lado, Pepe cometió un error la noche que se quedó con Andrea en el hotel. Se le olvidó su carnet de identidad y ¡ya podrás imaginar el revuelo que se armó! Cuando el Nany se enteró que Pepe había pasado la noche con una mexicana, enseguida pensó que tú estabas detrás de todo y echó a volar su imaginación, y con ello activó la alerta roja. El día que fui a verlo, tal y como me pediste, no tuve necesidad de preguntarle nada, él solito me puso sobre aviso de todo lo que habían preparado para venir por ti.

—¿Cómo qué a venir por mí? —Ana B. se mostró asustada.

—Mira, cuando terminó el interrogatorio que le hicieron a Pepe para averiguar todo sobre la aventura que tuvo con Andrea, el oficial se dio cuenta, por la reacción que tuvo Pepe, que no había contacto entre ustedes dos, pero sí que Pepe estaba muy descontento con la revolución. El hecho de haber renunciado a su trabajo, lo arrastraría a buscar la forma de irse de Cuba a como diera lugar. Y si a eso le añades los antecedentes que tienen de Pepe por lo del suicidio de su padre y, además, cuando vieron que Andrea regresó a estar una semana con su nueva conquista, pues podrás pensar que la maquinaria no se iba a quedar de brazos cruzados.

—¡La cagué!

—¡Y bien cagada! —aseguró Alberto—. Te regalaste en bandeja de plata.

—¿Y qué hicieron esos cabrones?

—Pues acudir a alguien muy cercano a Pepe, y ese alguien fui yo. Creo que, para el *aparato*, yo reunía todas las características que necesitaban, e inmediatamente que Pepe salió de la oficina del director, donde fue interrogado, el oficial llamó al Nany y este a su vez me mandó a buscar. No me preguntes cómo, pero podrás imaginarte que, desde tu salida de Cuba, a tu marido, o exmarido, lo tenían bien chequeado. Sabían paso a paso lo que hacía a diario. A qué casas iba a recoger su sancocho, qué hacía, con quien se reunía…

—¡Pero eso es injusto! —interrumpió gritando Ana Bárbara.

—Pero no ilógico. Ya tú habías hablado con el Nany sobre tu interés para que te acercaran, de alguna manera, a Pepe. ¿No lo recuerdas?

—Sí, y no solo una, se lo pedí varias veces. ¡No chingues! —Ana Bárbara se quedó pensativa unos segundos y el pánico se reflejaba en sus ojos—. ¡Realmente la he cagado por todas partes!

—¡Pues sí! El hecho de que tú estuvieras cerca de Pepe ponía todo en riesgo. Eso lo sabes más que nadie y no quiero decirte qué hubiera pasado si tu marido descubría que tú tenías un amante y que ese amante había sido tu expareja. ¡Estás comiendo mierda, Bárbara! —Alberto no pudo evitar el tono de regaño—. Tú misma provocaste que tuvieran a Pepe bien vigilado, porque empezaron a dudar de ti y estaban seguros que, en cualquier momento, buscarías una oportunidad para ponerte en contacto con Pepe y confesarle todo, con tal que te perdonara.

—Entonces, cuando se enteraron de lo de Andrea y Pepe…

—En ese momento ¡explotó la bomba! —Alberto la interrumpió—. El Nany se puso en contacto conmigo y me contó todo lo que había pasado con Pepe, su renuncia del trabajo, su descontento y la necesidad de que yo me acercara a él para ver qué podía sacarle. Esa misma tarde, Pepe estuvo en la casa y tuvo una conversación muy conmovedora con mi madre, por la noticia de que Carlos se había quedado aquí, en México, después de estar más de tres años haciendo su maestría y doctorado. En eso entré yo y me quedé hablando con él. —Ana Bárbara seguía atentamente la historia de Alberto—. Le conté todo lo que me había pasado con mi suegro y de lo mal que iba mi matrimonio. Te juro, Bárbara, ese día me di cuenta que uno tiene pocos amigos en la vida y que Pepe era uno de esos. Sentí mucha vergüenza de mí mismo, de solo pensar que podía traicionarlo y echarle a perder su vida, más de lo que estaba. Yo estaba en desgracia y sabía que era cuestión de semanas para que me dieran el batacazo. Mi suegro se encargaría de hacerme mierda y después, todo iba a venir de carretilla...

—No te entiendo —Ana Bárbara intentaba unir todo lo que contaba Alberto, para lograr saber cuál era la situación real en ese momento.

—Es muy fácil, me despidieron de la ONG y después vendría la expulsión del Partido, y después del MININT. Una cosa tras otra.

—¿Y decidiste ayudar a Pepe? —preguntó incrédula.

—Decidí hacer algo que ayudara tanto a Pepe como a mí y, por supuesto, a ti. Pepe no se merece que yo lo venda para darles gusto a esos *hijoeputas* —aseguró Alberto—. Y digo *hijoeputas*, porque tanto tú como yo servimos a esa maquinaria, pero nuestros esfuerzos van encaminados a dos cosas muy distantes de ese sentimiento de joder a los cubanos... Tú luchas contra algo muy cruel que es la trata de mujeres y yo me dedicaba a buscar inversiones y negocios. —Alberto hablaba a la defensiva—. Y no niego que me colgaba de todo eso para obtener beneficios personales, lo acepto, pero no me considero una mala persona. En Cuba, todos los dirigentes lo hacen y yo era parte de esa fauna. ¡Pero jamás me he dedicado a chivatear a la gente ni joder a nadie!

—¿Y qué hiciste?

—¡Pues me la jugué! —contestó rápido Alberto—. Enseguida que Pepe salió de mi casa, llamé al Nany y quedamos de vernos esa misma noche.

—¿Y?

—¡Te vendí! —declaró Alberto—. Tenía que lograr que confiaran en mí, y le dije al Nany que estaba casi seguro que tú estabas detrás de todo el viaje de Andrea. Y el pez mordió el anzuelo y juntos organizamos un plan... Yo me jugaba el todo por el todo, porque Nany no sabía que yo estaba en desgracia, y tenía que ganar tiempo antes de que se enteraran y mi plan se cayera... ¡Por suerte!, Pepe nos invitó a una comida y ese día les dijo a todos los presentes su intención de irse del país, y Pedro lo apoyó ofreciendo su barco para la travesía. —Alberto tomó aire para seguir contándole todo a Ana Bárbara—: Solo me preocupaba una cosa y era que el Nany ya había penetrado a Tony «la yegua» con un agente, por otras razones muy ajenas a Pepe. Resulta que Tony se había metido a traficar con divisas y a rentar un cuarto de su casa para que las jineteras metieran a sus extranjeros de turno. Y el muy imbécil de Tony invitó a la comida en casa de Pepe a su supuesta pareja, que no era más ni menos que el agente que estaba investigando hasta dónde estaba implicado Tony en el negocio.

—¡No lo puedo creer! —Ana Bárbara no salía de su asombro—. Ese cabrón de Nany se dedicó a meterse con todos mis amigos y con mi expareja. ¡Es un hijo de puta!

—Dos días después de esa comida, terminé por convencer al Nany que era muy importante que no frenaran el plan de Pepe y, con ese pretexto, sacar a la pareja de Tony para que fuera tu relevo en México. ¡Y así se dieron las cosas! —indicó triunfante Alberto—. Para el Nany, yo saldría a buscarte, detenerte y regresarte para Cuba.

—¿Y qué vas a hacer?

—Pues eso es lo que voy a hacer: regresarte para Cuba. —Alberto se detuvo al ver la cara de sorpresa de Ana Bárbara, y decidió calmarla—: No tenemos mucho tiempo que perder. Ellos deben estar a punto de llegar, si es que no han llegado ya. Ahora necesito que me cuentes todo lo que has hecho. La has cagado en muchas cosas y esto hace que tengamos que ser más rápidos e inteligentes.

—OK, ¿y mi hermana venía con ellos?

—Claro, tu hermana vino con ellos. Pero esa es la parte de la historia que te contaré después. Andrea y Pedro creen que ellos convencieron a tu hermana para que viniera. Pero la realidad es otra.

—Alberto, mi hermana no ha querido saber nada de mí. Mandé a Raúl también a verla con una carta y dinero, y la muy soberbia le tiró la puerta en la cara. Además, creo que Andrea oculta algo, y pienso que ella sabe quién soy yo en realidad. El sábado en la noche, Andrea nos invitó a su casa, a Rebeca y a mí, y la sentí muy agresiva, como si supiera algo.

—Claro que sabe quién eres tú. Ella estuvo con tu hermana en la comida que te conté —señaló Alberto—. Ustedes son idénticas. Dudo mucho que ella no se haya dado cuenta que tú y Ana María son gemelas. Y, es más, cuando venía con ella en el avión, le pregunté si te conocía y me respondió que no.

—A mí me dijo que no había visto a Ana María —refirió Ana B.

—Entonces, no creo que te haya dicho toda la verdad. Y es evidente que te ocultó detalles para hacerte creer que no conoce tu verdad y ocultarte que Pepe viene en camino. A estas alturas, tu socia Rebeca debe saber que fuiste una prostituta en Cuba.

—Lo que siempre temí que pasara es exactamente lo que está pasando —soltó Ana Bárbara muy preocupada—. Ella me ha ocultado todo sobre la salida de Pepe y, por lo que puedo imaginar, creo que estoy perdida.

—Es lógico —señaló Alberto recostándose a la cabecera de la cama.

—Creo que Andrea no es tan ingenua como aparenta —declaró Ana Bárbara al tiempo que se sentaba en el otro extremo de la cama—. Alberto, ¿qué tanto sabe Pepe?

—Pepe leyó el diario que le dejaste a Ana María unos días antes de salir para México. Te puedo decir que estuvo dos años tirado a la mala vida, al alcohol, en fin, se volvió un verdadero fracasado. —Alberto pensó que era el momento ideal para atacar—: ¿Y tú todavía lo amas?

Ana Bárbara palideció y con ello comprendió que estaba en las manos de Alberto. Y la única manera de salir de este rollo donde estaba metida era confiando en él.

—¡Alberto, claro que lo amo! —aseguró sin dudas—. Nunca lo he dejado de amar.

—Entonces, tienes que confiar en mí, como mismo tendré yo que confiar en ti —propuso muy decidido Alberto—. Mi idea es dejársela en los callos a todos estos *hijoeputas*, aunque tenga que permanecer escondido por un buen tiempo. ¡Yo sí voy a denunciar a mi suegro y a toda esa partida de hijos de puta que viven como capitalistas y se hacen los más comunistas del planeta! Creo que llegó la hora de empezar a hacer algo bueno con mi vida y comenzar a luchar por ver una Cuba diferente.

—Alberto, no sabes cuánto he sufrido, y esto que llevo por dentro no es fácil. ¡Creo que no aguanto más! —Ana Bárbara dejó que sus sentimientos se desbordaran—. Quisiera dejarlo todo y salir corriendo a los brazos de Pepe y contarle la verdad. ¡Lo amo con la vida! Traté de ser muy fuerte y olvidarlo, pero nunca logré dejar de pensar en él.

—Es el riesgo que se corre en esta carrera. Uno a veces tiene que olvidarse de los seres que ama, de la familia, de los amigos y de todo, por cumplir una misión impuesta por un gobierno que no sabe agradecer lo que hace su gente. —Alberto sacaba su malestar sin callarse—. Tú eres un ejemplo de esto y créeme que te admiro mucho, Ana Bárbara, ¡mucho!

—No me admires, Alberto, porque yo lo que siento por mí es asco. —Ana Bárbara se sentía decepcionada y cansada—. Cada día que pasa me pregunto si esto tiene sentido: vivir haciéndoles daño a las personas que te quieren... —Suspiró bajando la vista para evitar el llanto—. ¿A cambio de qué, Alberto? Lo único que me da satisfacción es tratar de dignificar un poco el nombre de las putas cubanas. Por culpa de ese sistema para el que trabajamos y por el que abandonamos todo: marido, madre, hermana y amistades, muchas chicas se han lanzado a la vida fácil en busca de unos cuantos dólares, y no tienen ni la más remota idea del peligro a que se enfrentan. Y no es solo el tema de las enfermedades, sin restarle importancia por supuesto, es el peligro que corren de caer en manos de una red de criminales sin escrúpulos, como a la que pertenece mi actual marido. —Ana Bárbara cerró los ojos como si los recuerdos la incomodaran—. ¡No tienes la puta idea de lo que he visto y vivido! Chicas que se vuelven muy vulnerables porque estos pillos saben que hasta por un mísero chicle, o un pitusa, o cualquier cosa, Alberto, muerden el anzuelo. Las enredan, las engatusan y las lanzan al vacío. Cuando llegan a México les quitan el pasaporte y las explotan sexualmente. ¡No sabes cuánto paga un político asqueroso de este país por una cubanita bien buena!, por el simple hecho de saber que se va a coger a una cubana, que tenemos fama de calientes, o porque piensan que todas las mujeres en Cuba somos putas. ¡Y algunas son menores de edad!

—Puedo imaginar —la interrumpió Alberto, como un intento de calmarla.

Pero Ana Bárbara continuó:

—¡Y estoy harta de ver cómo se denigra a la mujer cubana, Alberto! Por culpa de estos cabrones y de los que dirigen nuestro país, resulta que todas las cubanas son fáciles y que todas queremos coger para que nos paguen. ¡Estoy harta!, por eso me he mantenido aquí, haciendo lo que pueda y esté a mi alcance por rescatar, aunque sea, a una sola cubana. ¡Y créeme que he rescatado a muchas! —Por unos instantes, el orgullo brilló en los ojos de Ana Bárbara—. Y no solo he rescatado a cubanas, este mercado es inmenso y por mucho que haya logrado hacer, es poco en comparación con el volumen de mujeres que son tratadas como mercancías y vendidas a cualquier *hijoeputa* que pague. ¡Estoy harta, Alberto! Ya no puedo más, y todavía cuando les pido a estos cabrones que saquen a Pepe, ¡mira como me gratifican!

—¿Te digo lo que pienso, Ana Bárbara?

—Sí… por favor —suplicó la mujer.

—Pues… ¡qué bueno que todavía te queden fuerzas para ayudar a las mujeres que son sometidas por estas mafias del poder!, pero ¿sabes a cambio de qué lo estás haciendo? —Alberto hizo una pausa y respiró profundo para darse fuerza y continuar—: ¡A cambio de nada, Ana Bárbara! A cambio de que un día te descubran y te maten, y eso sería muy triste. Además, el sistema para el que trabajamos nunca agradecerá nada y cuando dejas de servirle, te convertirás en una plasta de mierda que hay que desaparecer, porque desde ese momento empezarás a ser un peligro. ¡Imagínate que tú abras la boca y digas todo lo que te obligaron a hacer para asumir esa fachada de prostituta en la que te convertiste!

—Tienes razón, ¿qué ganamos con esto?

—Si seguimos fieles, a lo mejor nos darán una medalla al mérito y nos invitarán a uno de sus tantos discursos de reconocimientos y condecoraciones. Si traicionamos, seremos los malos de la historia y el paredón será la última pared donde nos apoyaremos antes de morir.

—Alberto, el solo hecho de pertenecer a lo que pertenecemos, ya nos hace malos. ¡Muy malos! Piensa que perdemos el concepto de familia, de amigos, de todo. Perdemos ese lado humano que nos frenaría a hacerle daño a un ser querido, nos volvemos insensibles... unas marionetas, ¡unos mierdas! —Ana Bárbara se detuvo para no gritar—. Y yo no quiero que me vean así, porque yo no he hecho nada en contra de mi gente. Vi lo que pasó hace unos días en La Habana y al ver al pueblo vestido de civil golpeando a los mismos cubanos, me dio mucho dolor. ¡Este *hijoeputa* nos está haciendo pelear a los unos contra los otros! Todos los civiles eran policías vestidos de civil. Estoy decepcionada, Alberto. ¡Te juro que no puedo más!

Alberto miró su reloj.

—Ana, todavía nos queda tiempo. Cuéntame... ¿Por qué te metiste en esto?

—¡Por estúpida! No tiene otro calificativo. El día que me reclutaron se aprovecharon de mis debilidades. Siempre he sido muy sensible y cuando me contaron estas historias de mujeres, no dudé un minuto en decir que sí. Además, me impresionó la capacidad que tienen estos hijos de puta para saberlo todo. ¡Es una maquinaria infernal! —Ana Bárbara no podía esconder su rabia mezclada con la decepción—. Había una sola persona con quien no me llevaba bien en mi vida, y esa persona era mi hermana. Y me quedé fría que hasta sabían que mi hermana Ana María estaba enamorada de Pepe. Luego, lo prepararon todo para que yo fuera comportándome mal con Pepe y que todos pensaran que yo lo engañaba con el Nany. Tuve que pedirle a mi hermana que me sustituyera en mi casa, porque no podía apoyar a Pepe cuando perdió a su padre. No pude consolarlo, ni decirle cuánto lo amaba, cuando más me necesitó. ¡Eso lo llevo aquí adentro como no puedes imaginarlo! —Ana

Bárbara se dio unas palmadas en el pecho—. Y siento un dolor tan grande, que a veces temo que vaya a pagar el daño que le hice a Pepe, a mi hermana y a mi madre, por solo citarte a las personas más queridas en mi vida.

—¿Y de verdad tuviste relaciones con el Nany? —la curiosidad sobrepasaba a Alberto.

—No, Alberto… ¡jamás me acosté con ese *hijoeputa*! Solo fue un teatro que montamos para crearme la fachada de una mujer sin escrúpulos. Y mientras, me entrenaban con todo un equipo para parecer en verdad una prostituta y conocer cómo operaba esa mafia de trata y prostitución. Pero si me hubiera acostado, ¿qué más da? Si después tuve que acostarme con cualquiera para hacerle creer a las chicas, del grupo que desmantelé en Varadero, que yo era una más entre ellas.

—¡No es fácil! Yo también abandoné a mi familia. ¡Pobre Hortensia, debe estar pasándola fatal!

—Por suerte, entre Pepe y yo no hubo hijos. Siempre tienes que abandonar lo más valioso sentimentalmente. ¡Yo soy una víctima más, Alberto! El Nany me preparó para que yo sirviera de carnada para un alemán, que se sabía llegaría a Cienfuegos a buscar mujeres para su proyecto. El tipo se dedicaba a la pornografía y a la trata, pero se las llevaba a Europa. Mi objetivo era contactarlo y hacer que el tipo se fijara en mí y me llevara a Varadero, donde operaba su equipo de mujeres. Creo que, a primera vista, fui la mujer indicada para él. Esa noche la pasamos juntos y llegó a pedirme que nos fuéramos una semana a Varadero. Allá conocí al grupo de chicas y, para mi sorpresa, la jefa del grupo se enamoró de mí. Alejandra… ¡Qué hermosa mujer! Tengo que confesarte que le cogí mucho cariño y tuve que mantener una relación amorosa con ella, porque estando a su lado me sentía más segura y me usaban menos que a las demás chicas. Ahí estuve hasta que pude salir de Cuba.

—¡Debes haberte sentido horrible! —Alberto intentaba disimular su pena y asco ante Ana Bárbara.

—¡Horrible fue todo lo que hice en contra de mi voluntad y lo que me obligaron hacer esos *hijoeputas*! —exclamó Ana Bárbara sin percatarse de cómo la miraba Alberto ante sus revelaciones—. El Nany me pidió que, antes de salirme de Cuba, le hiciera una carta a mi hermana y le contara a qué me dedicaba. Era necesario que mi hermana me odiara más, y como sabían que ella amaba a Pepe, pues se lo diría en la primera oportunidad que tuviera y con esto él también se podría olvidar fácilmente de mí, poniéndome en el lugar más horrible que un hombre despechado pone a una mujer. Y, por supuesto, era la vía libre para que Pepe rehiciera su vida junto a Ana María. —Las lágrimas comenzaron a rodar por la cara de Ana Bárbara—. Creo que fue lo más sensato que pensé en aquel tiempo, si el hombre que amaba no era mío, al menos sería de mi hermana.

—Pero esa variante falló —la interrumpió Alberto—. Porque Pepe no leyó el diario que dejaste ni puso sus ojos en otra mujer, hasta que apareció Andrea.

Ana Bárbara se secó las lágrimas que corrían por sus mejillas y Alberto atrajo el rostro de ella hacia sí y depositó un beso en cada mejilla.

—Con lo que no contó el Nany, ni todo el *aparato* que estaba detrás de mí, fue que escribí un diario —continuó Ana Bárbara—. El cual le dejé a mi hermana junto con la carta donde plasmé todas mis peripecias en los seis meses que estuve en Varadero. Un diario donde la única mentira que hay escrita fue cuándo me inicié, porque era evidente que mi hermana, ni nadie, podía saber que yo era una agente de la Inteligencia cubana.

—Pero ¿en lo que le entregaste a Ana María no dices nada de tu misión?

—No, ahí solo plasmé mis acciones y mi verdadero sentimiento hacia esas jóvenes que decidieron un día probar ese oficio de jineteras. —Una sonrisa apareció en la cara triste de Ana

Bárbara—. Quiero decirte que le agarré un cariño muy grande a mi personaje. Era una especie de villana con la que llegas a solidarizarte. El oficio de puta en Cuba tiene una connotación muy especial. Para mi punto de vista, es muy triste porque muchas, en realidad, no saben a qué le tiran, más que a ganarse los cuatro pesos que tienen en mente. Yo sufría porque tenía que hacer lo que me obligaban, porque era la misión que me asignó esa revolución por la que en un momento sentí una gran convicción, con la diferencia que esas chicas lo hacían porque esa revolución las abandonó a la mierda. La verdad que me solidaricé mucho con ellas. Y por eso escribí el diario. —Hizo una pausa como si recordara—. Fue mi forma de expresarme, o más bien, de defenderlas y de alguna manera decirle que las entendía, y de hacerle ver que si una se metía a puta tenía que tener un objetivo muy bien trazado. —Ana Bárbara se puso de pie y buscó su bolsa, que había dejado en una silla al entrar a la habitación. Sacó un cigarro y lo prendió. Contempló el humo que ascendía y sin cambiar la vista exclamó—: ¡Algún día publicaré esas memorias! Las verdaderas. Dios y el mundo tendrán que perdonarme algún día.

—Pues ese fue el diario que leyó Pepe. Pero no lo leyó en el tiempo que tú hubieras querido. Pepe mantuvo un luto permanente. Yo creo que no quería saber la verdad y confiaba que tú regresarías con él, algún día. Y salió de ese luto justamente cuando Andrea lo encontró.

—Es que Pepe estaba convencido de que yo lo amaba. Creo que nunca pudo aceptar mi cambio. —Suspiró profundamente—. Me imagino todo lo que debe pensar de mí... Y también mi hermana que, aunque siempre fuimos muy distintas y muy rivales, la quiero mucho. ¡La adoro! Créeme, Alberto.

—Algún día tendrán que saber toda la verdad y podrán perdonarte. Pero cuéntame, cómo fue que Andrea pudo encontrar a Pepe.

—Muy sencillo, llamé a Adelaida, mi madrina de santería…

—Sí, ya sé quién es —la interrumpió bruscamente Alberto—, la de vigilancia del CDR, que tiene fama de brujera y que lee las cartas...

—Esa mujer es más buena de lo que puedas imaginarte —lo interrumpió Ana Bárbara, a su vez—. Además, me ama con la vida, fue para mí como mi madre. Ella quería que yo fuera novia de su hijo y siempre me lo estaba diciendo, pero yo, en esa época, solo tenía ojos para Pepe. ¡Pobre señora, a su hijo lo mataron en Angola! Otra de las cosas que algún día tendrá que pagar Fidel Castro. ¿Cuántos jóvenes que empezaban a disfrutar de la vida murieron por culpa de esa locura?

Alberto se quitó la camisa y prendió un cigarro.

—Ana… ¿pero no le contaste a Adelaida tus verdaderas intenciones?

—No. Solo le dije que quería que Pepe conociera a una amiga que iba a ir y que ella tenía que encargarse de sacarlo de la casa. Le dije que yo deseaba tenerlo cerca y como ella sabe cuánto lo amo, pues le encantó la idea.

—¿Y cómo identificaron a Pepe?, si ni Andrea ni Rebeca lo conocían y, la verdad, cuando yo hablé con Raúl no me preguntó nada sobre Pepe. Solo se limitó a darme lo que tú me enviaste y a esperar mi respuesta.

—De eso se encargaron Adelaida y Raúl. Adelaida le hizo creer a Pepe que esa noche conocería a una extranjera y que su vida iba a cambiar, y le pidió que antes de salir pasara por su casa para darle la bendición, para de esa manera saber cómo iba vestido Pepe. Después llamaría a Raúl y le daría los detalles para que él buscara la manera de localizarlo y ellas se pararan a conversar con él.

—¿Y cómo lo logró? Esto me parece medio fantasioso.

—Según Raúl, cuando iban por el malecón identificó a Pepe, a unos 30 metros antes de llegar a donde estaba sentado, era el único que tenía una bicicleta. Entonces, le dijo a Andrea que debía pasar por una carta, pero que regresaba enseguida, y para que lo esperaran sin aburrirse, les hizo una apuesta donde le proponía a Andrea que, si lograba llevarse a bailar al chavo que estaba sentado junto a su bicicleta, él pagaba todos los gastos de la noche. —Ana Bárbara calló para tomar aire, pero Alberto le hizo señas para que siguiera contándole—. Bueno, ya sabes cómo es Andrea de mojigata… ella no dijo nada, o más bien no quería, pero Rebeca, que es una jodedora, empezó a darle cuerda pidiéndole que aceptara la apuesta que, al final de cuenta, era para bailar, y si la ganaba, lograría que el codo de Raúl pagara algo en su vida. Finalmente, Andrea aceptó, se pararon frente a Pepe para pedirle fuego para encender un cigarro y ahí empezaron a conversar. Y Pepe la flechó, tal y como yo me lo imaginé.

—Y ahí comenzó la historia de amor —señaló Alberto, después de darle una fumada a su cigarro—. ¿Y no pensaste que Pepe pudiera enamorarse de Andrea o viceversa?

—Sí, era un riesgo que debía correr. Al menos, me quedaría la tranquilidad de haber contribuido a hacer algo por él. Por lo menos para sacarlo del país.

—Muy humano de tu parte. Y no solo sacarlo del país, el hecho de haberle enviado a una mujer, también contribuyó a sacarlo de esa vida que llevaba.

Los dos callaron como si estuvieran reflexionando sobre la historia acontecida, donde eran protagonistas y testigos. De repente, Ana Bárbara tomó el teléfono de la habitación, marcó al servicio de cuartos y pidió cuatro cervezas y unas papas a la francesa. Al colgar, se dejó caer en la cama y cerró los ojos, como si estuviera muy cansada. Ambos continuaron en silencio hasta que un timbre sonó, indicándoles que ya estaba el pedido. Ana Bárbara lo recibió, pagó y regresó con la bandeja que puso sobre la cama.

Después de chocar las botellas de cerveza en señal de brindis y darse el primer trago, Ana Bárbara reaccionó como si recordara algo:

—Así que el agente que viene a sustituirme es novio de Tony «la yegua».

—Bueno, si tú tuviste una fachada de prostituta, ¿puedes dudar que otro la tenga de homosexual? —remató Alberto con la boca llena de papas.

—No, la verdad es que no dudo nada. Es un estilo muy castrista de hacer que las personas en Cuba no quieran creer en nadie —aseguró Ana Bárbara bebiendo de su cerveza—. Fíjate en este ejemplo, una reunión en casa de Pepe, con cinco individuos preparando una fuga del país y resulta que, de los cinco, dos son agentes del G2, o sea, un total del 40 % de los presentes. ¡Qué poca madre! Por eso ha durado tanto tiempo ese horrible gobierno.

—Así es, Ana Bárbara Y si salió es porque el gobierno lo dejó irse, tratando de lograr dos objetivos: agarrarte a ti y dejar a tu sustituto.

—Ahora, resulta que Pepe tendrá que agradecerles a esos cabrones que lo dejaran salir.

—Es cuestión del lado que lo veas —afirmó Alberto, comiendo y bebiendo sin parar—. Por cierto, no me has contado cómo saliste de Cuba.

—Alberto, esa fue otra decepción para mí —señaló Ana Bárbara, dándole un trago largo a su cerveza—. Cuando salí de Cuba con quien es actualmente mi esposo, pensé que solo era para sacarme por seguridad, porque la red de Alejandra iba a ser desmantelada. Lo tomé como un gesto de protección hacia mí, algo así como esta mujer se sale y ya no corre peligro. Pero carajo, después vino la otra parte donde me dijeron que me casara con él, porque este *cuate* se dedica a lo mismo que el alemán, pero en México, o sea, mi misión seguía y, lo peor, más lejos de Pepe. Alberto, la verdad es que yo… ¡me decepcioné de comer tanta mierda! —declaró muy fastidiada y acto seguido se empinó toda la cerveza que quedaba en su botella—. Es la ley del embudo, para ellos la boca grande y para mí la estrecha.

Ellos lo quieren todo, pero no dan nada. ¡Ya quiero salirme de esto!, pero ¿qué hago?

Alberto tomó su celular y marcó un número de la ciudad de México, porque quería verificar algo. Enseguida comunicó.

—Hola, sí, soy Alberto... Todo está bien... Ana Bárbara no sabe nada de lo Pepe. Ya hice contacto con ella. —Hizo una pausa escuchando—. ¿Quieres hablar con ella? Aquí está junto a mí…

Inmediatamente, Alberto puso el altavoz del celular para que Ana Bárbara pudiera escuchar y le hizo una señal de silencio. Una voz masculina se escuchó diciendo:

—No, no la pongas, hubo cambio de planes, solo dile que el próximo viernes, en la mañana, esté en el punto de reuniones a las 11.

La voz calló y se escuchó como colgaban el teléfono.

Ana Bárbara y Alberto se miraron preocupados, hasta que Alberto decidió romper el silencio:

—Ana Bárbara, eso de que «hubo cambio de planes», es la señal que acordé con este cabrón, en caso que hubieran decidido enviarte a Cuba en calidad de detenida. Significa que estás acabada. ¡Ya lo saben todo!

—¿Y podré confiar en ti? ¿Qué vas a hacer? —Ana Bárbara respiró profundo para calmar su miedo.

—Llevarte a Cancún, necesitamos ver a tu hermana antes de que sea liberada de la prisión migratoria —respondió muy seguro Alberto—. Como te dije, estamos juntos en esto. Yo te ayudo y tú me ayudas, ahora depende de ti. ¿Qué quieres hacer?

La mujer siguió en silencio por unos minutos, como si organizara sus ideas. Alberto esperaba su respuesta, pero no quería presionarla. Finalmente, Ana Bárbara decidió hablar:

—Me imagino que ya tienes un plan, ¿no? Entonces, antes de tomar una decisión, tenemos que ir a ver a mi hermana. Se supone que hoy deben llegar.

—Entre hoy y mañana. Pero para eso tenemos que irnos ahora mismo a Cancún. No hay muchas opciones, ya no puedes regresar a tu casa. —Alberto miró su reloj, tomó nuevamente el teléfono e hizo otra llamada. Al comunicar, dijo—: Estamos en un motel que está sobre la autopista. Se llama...

Ana Bárbara enseguida le pasó los datos del motel y Alberto se los comunicó a la persona del otro lado del teléfono. Antes de colgar, preguntó en cuánto tiempo estaría por ellos, asintió escuchando la respuesta y mirando, otra vez, su reloj. Se despidió y colgó, luego le pasó la segunda cerveza a Ana Bárbara y los dos bebieron en silencio. A los minutos, Alberto chequeó su reloj, puso la botella vacía sobre la bandeja y declaró:

—Ya es hora, Ana Bárbara. ¡Nos vamos!

Salieron sigilosamente de la habitación hacia el parqueo del motel, donde Alberto le hizo señas a Ana Bárbara, indicando una camioneta negra que los esperaba. Se montaron y Ana Bárbara respiró más calmada y exclamó:

—¡Carlos, qué alegría verte!

—El gusto es mío, Barbarita —replicó efusivamente el chófer mientras la abrazaba.

Para Ana Bárbara, encontrarse con Carlos, el hermano de Alberto y, a la vez, el mejor amigo de Pepe, era la buena señal de estar cerca de la salvación. Después de los saludos, Alberto y Carlos intercambiaron las llaves de los carros, y Carlos se bajó despidiéndose de ellos. Acto seguido, montó en el auto de Ana Bárbara y espero que ella y Alberto salieran del parqueo del motel en la camioneta y tomaran la carretera a Puebla, para de ahí agarrar camino al sureste. Cuando Carlos se aseguró que nadie seguía la camioneta, regresó a la ciudad de México en el auto de Bárbara.

Por el camino, Alberto retomó la palabra:

—Ana Bárbara, tengo que decirte algo que no había querido contarte, hasta ver con claridad cuál era tu posición. —La mujer miraba atentamente a Alberto, esperando por sus palabras—. Ana María no quería venir y, para convencerla, le conté toda la verdad sobre ti. Ella lo sabe todo: quién eras en realidad, a qué te dedicabas y por qué lo hiciste. Quiero que sepas que Ana María ya te ha perdonado y vino para ayudarte. Te vas a quedar fría cuando sepas de lo que ha sido capaz tu hermana para salvarte el pellejo. Y, ahora, te contaré cual es nuestro plan...

> *Caminamos soñando un gran palacio*
> *y el sol su imagen rota nos devuelve*
> *transformada en prisión que nos guarece.*
>
> Reinaldo Arenas

Miami
Sábado, 26 de noviembre del 2016
4.10 a.m.

—Pepe, ¿ustedes se acogieron a la ley «pies secos/pies mojados»? —preguntó curioso Jacinto.

—No, acuérdate que esa ley empieza en el 96. A nosotros nos tocó igual que ti, *man*. Pasamos la frontera de manera ilegal y, una vez que llegamos a Miami, solicitamos los servicios de un abogado migratorio para «armar» un caso por asilo político e ir a juicio. La verdad que tuvimos mucha suerte y armamos un buen caso, y el juez nos dio la residencia permanente.

Cuando Pepe se calló, todos se lanzaron a contar su historia. Renato había salido en un barco, de los que fueron a recoger familiares y el gobierno cubano los llenaba de desconocidos, cuando la salida del Mariel en 1980, después de ser víctima de un acto de repudio. «El Yanqui», el hermano de Pedro, quien había salido antes que el doctor y a quien muchos daban por ahogado, tuvo que esperar el ajuste migratorio anunciado en mayo de 1995 por Clinton, donde a los balseros cubanos detenidos en campos militares americanos, especialmente en Guantánamo, les otorgaban un *parole*. Y así, cada uno tuvo su turno para contar sus vivencias, donde en todas había escenas verdaderamente desgarradoras.

—Es por eso que nuestra comunidad cubana en el exilio es poco entendida por otras comunidades latinas. La gran mayoría de los latinos que viven en Estados Unidos pertenecen, en su totalidad, a una inmigración netamente económica. Nosotros, en la gran mayoría de los casos, somos perseguidos políticos, aunque el gobierno de Cuba no lo vea así —comentó Tony adoptando una pose muy seria. Luego se volteó hacia Ana, que permanecía muy callada, y le disparó—: ¿Ana, tú no piensas contar tu historia?

—¿Yo? —profirió sorprendida—. ¡Ay, Tony!, yo no tengo la capacidad oratoria de todos ustedes. Además, algunos ya la conocen porque fueron protagonistas en ella, y los que no la conocen se van a enterar por Carlos, que está escribiendo una novela, ¡así que esperen a que salga la novela!

Ana, por tercera vez en la noche, se sirvió un trago en las rocas, esperó unos minutos para que se enfriara y se lo tomó de un sorbo. Miró a Pepe, quien estaba físicamente sentado a su lado, pero con la mente en un lugar muy lejano…

Cancún, México
Viernes 19 de agosto de 1994
2.30 p.m.

A los cinco días de estar detenido y aislado del resto de sus compañeros, a Pepe lo dejaron salir al patio de la prisión que la Secretaría de Gobernación usaba para recluir a los que entraban ilegalmente al país. Estaba caminando solo por el patio, cuando escuchó una voz conocida:

—Pensé que ya te habían deportado.

Al girarse, se encontró con la figura de Ana María. Pepe salió a su encuentro y se fundieron en un efusivo abrazo.

—Antes de preguntarte cualquier cosa, quiero felicitarte porque hoy es tu cumpleaños. ¡Muchas felicidades Ana!

—Tienes buena memoria.

—Sabes que este día, aunque quiera olvidarlo, no puedo.

—Ya sé. Mi hermana y yo nacimos el mismo día. ¡Tampoco yo puedo olvidarlo!

Pepe la apretó fuertemente entre sus brazos y comenzó curioso a indagar:

—¿Qué van a hacer con nosotros? ¿Te han dicho algo?

—Ya soltaron a Pedro. Parece que Andrea movió sus influencias.

—Sí, ayer vino su abogado y he hablado con Andrea por teléfono. Me confesó que ella conocía a Ana Bárbara. Y no tienes idea de la decepción que siento. Es increíble que haya sido tan estúpido. Yo pensaba que mi suerte estaba cambiando y de nuevo choco con la pared de mentiras.

—Pepe, Andrea no sabía nada. —Trató de suavizar Ana María.

—Lo sé. Ella también fue víctima del engaño y está muy satisfecha de haberme ayudado para que saliéramos de Cuba, y, además, está feliz por los momentos que vivimos, pero una vez más la sombra de Bárbara se impone ante mí. Andrea piensa como tú. No cree que pueda competir con el fantasma de tu hermana. —Pepe suspiró como resignado—. Antes de salir de Cuba, tuvimos una conversación donde ella me hacía ver su punto de vista, muy sensato, pero, al mismo tiempo, triste.

—Andrea es muy sensata y no sé si sabrá lo que quiere en realidad para su vida, pero sí sabe lo que no quiere. Y ella no quiere volver a sufrir otro fracaso amoroso, Pepe.

—Eso quedó muy claro y todo acabó muy bien entre nosotros. Me ha brindado su apoyo incondicional y podremos seguir contando con su amistad. También he hablado con Carlos. No sé cómo, pero Andrea tenía su número de teléfono y cuando hablé con ella, me pidió que le marcara. Carlos está convencido que no nos van a deportar y me dijo que le avise para que vayamos para el Distrito Federal, que él nos lleva después hasta la frontera en su coche.

Ana María fue ahora la que se abrazó fuertemente de Pepe.

—¿Y tú y Pedro cómo van? —preguntó Pepe.

—También hemos terminado, o más bien, decidimos no empezar. Él sabe que no lo quiero y está consciente de todo. Yo, por mi parte, quiero regresarme a Cuba. No sé si esta sea mi vida.

—Ana, ¿después que hicimos toda esta travesía? ¡No puede ser! Si no nos deportan, ya estamos del otro lado, se me hace absurdo que no quieras seguir adelante.

Ana María separó su rostro del pecho de Pepe y sus labios se encontraron. Él no hizo resistencia y sus bocas chocaron en un apasionado beso, y mientras jugaban sus lenguas, un extraño escalofrío recorrió el cuerpo de Pepe, como si tuviera la certeza de que Ana María era otra persona. De inmediato reaccionó y se separó bruscamente.

—Perdón, no fue mi intención —dijo Ana María.

Pepe la miró fijamente a los ojos y Ana se dio cuenta que algo no andaba bien en él.

—¿Qué sucede? —le preguntó preocupada.

Pepe seguía mirando aquellos ojos azules frente a él, lo hacía de una manera tan insistente, que Ana María empezó a asustarse. Pero Pepe la calmó:

—Ana, no te preocupes. No me pasa nada. Solo que por un momento pensé que eras… —Pepe se calló de repente.

—¿Ana Bárbara? ¡Uy, ese fantasma de mi hermana!… Te das cuenta cómo tiene razón Andrea.

—No me hagas caso. —Pepe se dejó caer en una banca de cemento que estaba junto a ellos—. Ven, siéntate aquí a mi lado.

Ana lo obedeció y pensó unos minutos antes de empezar a hablar:

—Ayer también vino mi hermanita a visitarme.

—Así qué está aquí.

—Pepe, tengo que hacerte una pregunta necesaria. ¿Todavía amas a Bárbara?

Pepe se puso de pie y contestó un poco molesto:

—¡Carajo!, por lo visto, todos se empeñan en hacerme la misma pregunta… ¿por qué? ¡Coño, déjenme en paz! ¡Siempre lo mismo!

Pepe recorrió su vista por todos los rincones del patio de la prisión. Nada hermoso meritaba detener sus ojos para calmarse. Empezó a caminar y Ana María lo siguió. En su camino encontró un pedazo de periódico, nunca había visto un periódico que no fuera de Cuba, así que lo tomó y leyó con mucha atención, un recuadro que contenía una frase de Sigmund Freud: «Existen dos maneras de ser feliz en esta vida, una es hacerse el idiota y la otra serlo». Volvió a leerla y pensó: «Creo que llegó el momento de ser feliz». Y sin pensarlo dos veces, se volteó hacía Ana y le dijo:

—¡No la amo! Y ahora dime qué te dijo tu hermana.

Ana María empezó a contarle a Pepe toda la verdad sobre Ana Bárbara: por qué lo había dejado y por qué tuvo que meterse a prostituta. Él dejó que terminara la historia, sin interrumpirla y prestando mucha atención, por primera vez, desde que había terminado con Bárbara, Pepe dejaba a alguien hablar tanto tiempo sobre ella. Estaba conmovido y, al mismo tiempo, rabioso, porque no sabía si admirar a Bárbara por su valentía u odiarla por haberlo dejado y poner por encima del amor, los deberes por un sistema que no lo merecía.

—¡Me dejas mudo! —aseguró, finalmente—. No puedo imaginar que un sistema o una ideología pueda someter a una persona a hacer algo tan denigrante. Meterse a puta porque un cabrón, que juega a policías y detectives, te escoge para que seas tú quien, en nombre de la pobreza, la miseria y la corrupción, se meta a putear y a chivatear a medio mundo. ¿A cambio de qué, Ana?

—Pepe, sabes que en Cuba no dan opciones de nada. O aceptas o aceptas, porque si no lo haces, sabes cómo te va. ¿Podrás perdonar a Ana Bárbara? —le preguntó.

—Definitivamente no —respondió Pepe de manera rápida y segura—. ¡No lo creo! Admiro su valentía y su decisión de contribuir a una causa en la que creyó, pero no se me hace justo que haya tenido que renunciar a las cosas que más quería y dejarnos a todos sufriendo. Creo que no se vale. ¿Tú la perdonaste?

—Me parece que es justo darle una oportunidad. Creo que no somos nadie para juzgarla tan fuertemente y no concederle el perdón. Ella no lo hizo por un deseo propio. Ella creyó en ese sistema y la orillaron a tomar una decisión, que ahora no me atrevo a decir si fue buena o mala. Solo valoro que en ningún momento dejó de pensar en nosotros, y siempre trató de buscar la posibilidad de sacarte del país, pero no la dejaron, Pepe.

—Pero en ese camino jodió a mucha gente.

—Jodió a personas que se dedican a la trata de mujeres y a la explotación sexual. Las mujeres no merecemos que haya personas que lucren con nosotras, que nos exploten. Eso lo entiendo perfectamente y por eso la perdono.

—Yo no sé si pueda perdonarla, Ana. ¿Sabes cuántas mujeres deben estar presas por su culpa?

—Si son capaces de contrabandear y explotar a otras mujeres, bien merecido se lo tienen. Es más, Bárbara me dijo que hubo un momento, ya estando aquí en México, que le pidieron infiltrarse en grupos anticastristas y fue cuando empezó a hacer cosas que la pusieron en peligro.

—Ana, ¿sabes a cuántas personas que luchan por la causa de ver a Cuba libre les ha jodido la vida?

—Cuando te digo que empezó a hacer cosas que la pusieron en peligro, es porque Ana Bárbara nunca estuvo de acuerdo en delatar a esos compatriotas y el G2 empezó a dudar de toda la información que ella mandaba. Ana Bárbara se dedicó a desinformar al G2, y sabes qué Pepe, ahora está en peligro. Alberto, tu gran amigo, vino a ayudarla, pero no pudo.

—No puedo creerlo. Alberto lo sabía todo desde el principio. Él estaba con nosotros y ahora entiendo por qué dijo que él se salía con Andrea, que todavía tenía el pasaporte. ¡No jodas Ana María, estos cabrones nos dejaron salir!

—Por supuesto, a cambio de que Alberto entregara a Ana Bárbara. Alberto les hizo creer que la iba a entregar, pero algo salió mal. Ayer, mientras estaba platicando conmigo, vinieron unos hombres vestidos de civil y se la llevaron. Por suerte, ya había terminado de contarme su verdadera historia. Fue muy duro ver como se la llevaban, Pepe. ¿Sabes lo que le espera ahora?

—Me imagino, pero será el precio que tenga que pagar. El G2 es como la mafia, una vez que estás adentro, es muy difícil salirse, y más cuando tienes demasiada información que haga vulnerable al gobierno de Castro.

—Me sorprende tu frialdad.

—Y a mí me sorprendes tú, Ana, hasta hace unos días no pensabas así de tu hermana y pusiste por encima de cualquier criterio la rivalidad tan grande que existía entre ustedes. Me diste a entender que la odiabas por todo lo que hizo, independientemente de la rivalidad natural que existía entre ustedes. Hasta llegaste a decirme que querías venganza.

Ana María quedó en silencio por unos minutos, Pepe se percató que no sabía cómo contestarle, pero finalmente habló:

—Es cierto lo que dices. Teníamos una rivalidad muy grande y llegué a sentir odio hacia ella. ¡Es verdad! Todavía recuerdo que por su culpa no te fijaste en mí y tampoco he podido olvidar lo que viví con mi madre, y muchas otras cosas más que aún no sabes. Pero, Pepe, es mi sangre, es mi hermana y cuando vino ayer y me contó todo lo que había tenido que hacer y sufrir cuando fue reclutada, te juró que esa rivalidad quedó muy chica frente a todo lo que ella había sufrido.

—No lo dudo —aseguró Pepe manteniendo la frialdad en sus palabras.

—Pepe, creo que conoces a Bárbara, tanto como yo, y para que ella se haya dignado a verme y pedirme perdón, ya es ganancia y es una prueba que verdaderamente está arrepentida. Bárbara, en su vida, había pedido disculpas y mucho menos perdón.

—Suena muy bonito, pero yo no creo en su arrepentimiento. Es una más de ese maldito engranaje comunista.

—Pepe, no seas rencoroso y aprende a perdonar. Recuerda que el perdón es lo que nos pone en la línea que nos permite pasar por encima de los rencores. Mientras no la liberes de toda esa culpa, créeme que va a estar unida a ti, como lo ha estado, y no serás libre para amar a nadie más, ni para vivir en paz y felicidad.

—¿Y para eso tengo que aceptar lo que me hizo? ¿Aplaudirla por haberme hecho sufrir como a un perro? ¿Tengo que humillarme y olvidar que casi me vuelvo alcohólico? ¿Y decir te perdono como si nada hubiera pasado? ¡No jodas, Ana!

—Pepe, eso no es perdonar, estás equivocado. Perdonarla es verla por dentro. Es ver su esencia pura y no guiarte solo por sus actos, y, mucho menos, cuando no sabes las causas que los condicionan. Pepe, Ana Bárbara te ama y sigue enamorada de ti, y tuvo la valentía de venir hasta acá para que supieras la verdad. Ya es tarde y no podrás hablar con ella, porque ya se la llevaron.

—Y créeme que, aunque haya tenido tiempo de verla, no lo hubiera hecho. Y mira, Ana, creo que ya te he permitido hablar demasiado de Bárbara. Más de lo que le permití a Adelaida el día que me leyó sus cartas. Y quizás me vea un poco ridículo, o intolerante, o quién sabe qué cosa, hasta machista, si quieres verlo así... Pero no quiero verla, no quiero hablar con ella y mucho menos perdonarla. Yo podré olvidar lo que pasó, podré decirte que reconozco su valor, pero no voy a ceder ni un tantito así. —Pepe hizo señas pegando su dedo índice y el pulgar, lo más cerca que pudo—. El tiempo se encargará de borrarla definitivamente de mi vida.

—Pepe…

—Ana, voy a ser muy sincero contigo. —Pepe la interrumpió, impidiéndole continuar persuadiéndolo —. Jamás la voy a perdonar, primero, por lo que me hizo, y segundo, por haber sido un agente del G2. Por un lado, está mi machismo clásico donde no puedo perdonar a una mujer que me fue infiel, sea cual haya sido la causa. Y, por otro lado, está el sentimiento de rencor que siento hacia ese régimen al que ella sirvió. Tú sabes, más que nadie, lo que llevo por dentro. Tú sabes, más que nadie, que desde que mi padre se suicidó algo cambió en mí para siempre y no quiero nada que tenga que ver con ese sistema comunista de mierda. Así que, si ella le sirvió a ese *hijoeputa*, ¡para mí está muerta!

Ana comprendió que era imposible continuar convenciendo a Pepe. Durante algunos minutos, ninguno de los dos pronunció una palabra. Ella no dejaba de observarlo, y cada mirada y cada gesto de él eran muy importantes para predecir la estrategia que debía tomar, dado lo tenso que se había puesto el momento.

Pepe, por su parte, no daba muchas posibilidades de que lo descifraran, porque así era Pepe. Cuando quería, podía ser seco y frío. Cuando quería, podía ser muy expresivo, y para poder darse cuenta de su estado de ánimo y hasta leer sus pensamientos, tenía el don, que pocos hombres poseen, de poder estar haciendo una cosa y pensar en otra. Y eso hacía justamente frente a Ana María, ahora. Su mente estaba allá en Cuba, en lo que fue su cuarto, aquel día de agosto cuando Ana María mojada se quitó su playera y le enseñó sus pechos, entregándose a él.

—Ana, ¿recuerdas cuando te acostaste conmigo por primera vez?

—No sé a cuál te refieras, si cuando sustituí a Ana Bárbara el día que murió tu padre, o cuando por primera vez te diste cuenta que yo existía.

Ahora, fue Pepe el sorprendido ante tan rápida respuesta.

—Veo que tienes bien ubicadas las cosas que pasaron entre nosotros.

—Pepe, hay algo que quiero que te quede claro, y es que nunca he dejado de amarte.

—Me doy cuenta de cuán bondadosa eres. Aún sigues enamorada de mí y hasta hace unos minutos intercedías por tu hermana.

—Porque a pesar de todo lo que ha pasado entre ella y yo, me doy cuenta que todavía te quiere y que ha sufrido, tanto como tú y como yo. Pero ahora que sé que estás decidido a no perdonarla, me doy cuenta que puedo seguir luchando por ti.

—¿Qué quieres decir?

—Pepe, la única manera que tienes de convencerme para que no insista en regresar a Cuba, es que me dejes estar contigo e intentes enamorarte de mí. Sé que, para ti, será muy difícil reconocer que aún amas a mi hermana, pero yo sé que es un hecho. Aunque lo niegues, puedo verlo en tus ojos, puedo sentirlo en cada palabra que dices acerca de ella. Tu orgullo es más grande que todo y por ese orgullo renuncias a lo que amas en realidad. Por eso te pido que me des a mí esa oportunidad. No me importa que, al verme o al estar conmigo, creas que es a ella la que tienes ante ti. No me importa que no me ames directamente, pero si al estar conmigo te sientes feliz y puedes darme ese gran amor que tienes encerrado solo para Ana Bárbara, creyendo que se lo estás dando a ella, estoy dispuesta a entregarme por entero. Ya me di cuenta que con otra persona no puedo encontrar lo que sé que tú me darías.

—Creo que ambos tenemos la misma patología —aseguró Pepe con una sonrisa triste.

—Entonces, te pido, te imploro que me des a mí esa oportunidad. Sería la única razón para no regresar a Cuba. Nos vamos a Miami y empezamos una nueva vida, aun sabiendo que imagines que es Ana Bárbara la que esté a tu lado.

—¿No crees que debamos pensar más en nosotros mismos? —preguntó Pepe mirándola fijamente a los ojos. Luego, la abrazó y le susurró algo al oído que nadie pudo escuchar.

—¡Acepto, Pepe! —declaró Ana María muy decidida—. De ahora en lo adelante, llámame solo Ana. Así no corres el riesgo de equivocarte y decirme Bárbara en vez de María. Yo acepto todo lo que me pidas, con tal de estar contigo, y si a ti te hace feliz creer que estás con ella, aunque sea yo, y a mí me hace feliz tenerte a mi lado, aunque ames a otra mujer que es idéntica a mí, por muy torcido y enfermizo que parezca, prefiero hacer el intento y no arriesgarme a perderte otra vez. ¡Pepe, lo único que me importa es tenerte a mi lado!

Pepe se conmovió por las palabras de Ana María. No por ella, sino por los dos. Ambos tenían la autoestima en el suelo. Ninguno era capaz de valorar lo que en realidad eran y valían, y, mucho menos, pensar en lo que podrían representar para otras personas. Pepe sintió vergüenza, sintió miedo, porque sus sentimientos hacia Ana María eran muy confusos. Era inevitable que, al verla junto a él, no viniera la sombra de Ana Bárbara, pero, al mismo tiempo, pensaba que valía la pena intentarlo. De hecho, ya lo había vivido, porque Pepe en ese momento aceptaba, por primera vez para sí, que los momentos que disfrutó junto a Ana María fueron pensando que era Ana Bárbara la que estaba a su lado.

4 meses después

Dos patrias tengo yo: Cuba y la noche,
sumidas ambas en un solo abismo.
Cuba o la noche (porque son lo mismo)
me otorgan siempre el mismo reproche:
'En el extranjero, de espectros fantoche,
hasta tu propio espanto es un espejismo,
rueda extraviada de un extraño coche
que se precipita en un cataclismo
donde respirar es en sí un derroche,
el sol no se enciende y sería cinismo
que el tiempo vivieras para la hermosura'.
Si ésa es la patria (la patria, la noche)
que nos han legado siglos de egoísmo,
yo otra patria espero, la de mi locura
Reinaldo Arenas

Miami
Sábado, 24 de diciembre de 1994
1:00 p.m.

Pepe estaba sentado en el portal de la casa que rentaba en el 1860 SW 34th Terrace, en Miami, cuando llegó el cartero. Ana María había salido con unas amigas al supermercado para comprar comida y bebida, que hacían falta para las fiestas navideñas.

—Pepe, traigo carta para su esposa —gritó el cartero.

—Gracias, Pablito, muchas gracias.

Pepe tomó la carta y se fijó en el remitente de la misma. Era la primera vez, en casi cuatro meses que recibían correspondencia, que no era la cuenta de los servicios de luz y agua. Era una carta personal, dirigida a Ana María con un nombre desconocido para él en el remitente. Pepe dudó en abrirla, pero la curiosidad pudo más que su prudencia. Así que, con extremo cuidado, fue despegando el sobre hasta que la abrió completamente. Entre él y Ana María no había secretos, por lo que estaba seguro que ella no se molestaría en caso que lo descubriera.

La carta no tenía fecha ni a quién iba dirigida. «Quien la haya escrito, temió mucho que pudiera ser interceptada» pensó Pepe, aunque de inmediato identificó quién era el remitente, así que se decidió a leerla:

Aprovecho que un amigo sale de Cuba para entregarle esta carta, que no te había podido mandar. Tenía que esperar que fuera alguien de mi entera confianza, porque ya sabes cómo son las cosas por acá. Hay más de uno que daría lo que fuera por conocer la dirección de la casa donde viven actualmente. Gracias por habérmela mandado, de verdad que fuiste muy ingeniosa en ese detalle. Me morí de la risa cuando vi cómo la habías puesto. Por eso, a veces, es muy bueno guardar secretos de la infancia. Uno nunca sabe cuándo le puede ser útil. Esa técnica que usábamos para mandarnos mensajes ocultos utilizando libros, además de divertida, me hizo recordar momentos felices. Pero descuida, Adelaida me trajo el libro de regalo y ni cuenta se dio que venía una carta tuya oculta. Todo está bajo control.

No tienes idea desde cuando tenía escrita esta carta, pero no encontraba la oportunidad de poder enviártela, pero me urgía darte razones y contarte todo lo que había pasado a mi regreso.

Cuando llegué a La Habana, al otro día de verte en México, empezó mi calvario. Creo que, al final del segundo día, ya había perdido la noción del tiempo. No sabía si era de día o de noche y mis sentidos poco a poco fueron adaptándose a sustituirse unos por otros, para acoplarme a aquella oscura, húmeda y hedionda habitación de no más de un metro por un metro y donde no podía estar de pie, porque mi cabeza chocaba con un enorme foco que encendían solo para hacer arder mis dilatadas pupilas y para crear en mí un sudor, que poco a poco fue envolviéndome en una incómoda e insoportable pestilencia. Solo mis oídos calculaban el no periódico instante de tiempo en el que me daban de comer. Una oxidada ventanilla a ras de piso crujía y un plato antihigiénico raspaba el corrugado piso de cemento, mojado por mi orina concentrada, portando la antítesis de un alimento digno para ingerirse por un ser humano. Un alimento que devolvía intacto cuando escuchaba de nuevo el único sonido que llegaba a mis oídos. Nunca imaginé que una tortura psicológica doliera mucho más que veinte latigazos, o que estar acostada en el potro de la muerte que usaba la Santa Inquisición para hacer confesar a los herejes. Lo único grato que podía hacer era pensar. Pensar en cómo no permitir que quebrantaran mi espíritu, ni mis fuerzas físicas, ni mi capacidad mental. Jugué entonces a imaginar todo aquello de lo que intentaban aislarme. Imaginé la luz solar, imaginaba que mis pulmones purificaban el aire denso y tóxico que a cada segundo inhalaban. Imaginé que corría, como lo hacía a diario. Imaginé que leía, que escribía y no dejé un minuto de ejercitar mi mente. No sé qué tiempo pasó, pero mis fuerzas iban mermando y me sentía completamente acalambrada.

Creo que fue al quinto día que sentí un ruido diferente, que me sacó de mi letargo. Una puerta se abrió simultáneamente con la intensa luz de aquel odiado foco incandescente. Dos hombres me tomaron por los hombros y me arrastraron como unos diez metros, obligándome a pararme en una pared y a extender mis brazos. Sentí aquel chorro que me oprimía contra el muro. Sentí como cambiaba mi olor y como, poco a poco, el aire que entraba en mi organismo estaba libre de aquella densa saturación a «peste rancia».

Mis piernas luchaban para soportar el peso de un cuerpo que, calculo, perdió entre 5 o 10 kilos, en ese eterno tiempo que parecía haberse detenido. Me secaron y me pusieron un uniforme de caqui azul. Luego me llevaron a una sala de interrogatorios. No se me olvida, una pared con un espejo, igual que en las películas, donde pude imaginar a los esbirros al otro lado, observando cada uno de mis gestos y movimientos. Otro largo rato de espera y por fin entró el especialista.

«Ya lo sabemos todo. La amiguita de Pepe soltó la lengua. Así que sabes lo que tienes que hacer. Traicionaste. ¿Sabes lo que esto puede costarte?».

«No sé qué habrá dicho mi amiguita Andrea. Nunca le he hablado de Pepe y nunca supo en realidad a qué me dedicaba», contesté.

Las mismas técnicas de siempre. Parecían muy sofisticados, pero era el mismo perro con diferente collar. Ya estaba preparada y pude soportarlo.

Dos o tres horas de interrogatorio. Salía, volvía a entrar, las mismas preguntas, los mismos argumentos, las mismas insinuaciones que mi «amiga» Andrea me había delatado y lo había confesado todo. Pero mis respuestas siempre eran las mismas. Todo lo negaba, todo lo evadía, para cada cosa tenía mi coartada perfecta y los mismos argumentos.

Luego me sacaban a una celda, ya menos precaria que la anterior, y al cabo de unas horas se repetía lo mismo y lo mismo. De nuevo a la celda y otra vez la sesión de interrogatorios. Perdí la cuenta de cuántas veces repitieron el mismo procedimiento. Pero yo no salía de lo mismo.

Me enteré que había pasado una semana cuando, por fin, el gran señor Nany me llevó de nuevo a la sala de interrogatorios y me dijo que ya estaba en libertad, que habían cruzado toda la información que yo había dado y que no tenía de qué preocuparme.

«Solo queremos ofrecerte una disculpa, de parte de todo el equipo».

«Vaya, vaya… una disculpa y todo. ¡Qué benevolente te has vuelto, pinche *Nany!», aquí no pude evitar hablar con los dichos mexicanos y creo que eso convenció, por unos instantes, a ese cabrón. «Me vas dar la libertad, pero quién me regresa todo lo que perdí», aquí bajé la voz lo más que pude y me acerqué a su orejota y le dije: «Te puedes meter toda tu revolución y tu agencia por el culo».*

Tendrías que haber visto la cara de este hijoeputa.

Una vez en libertad, me mandaron con dos agentes en un jeep *militar hasta Cienfuegos. Por lo demás, todo está bien. No me han molestado más y de vez en cuando mandan a un esbirro a la casa, o viene el mismo Nany a preguntar si no me falta nada. Yo no les creo, más bien lo que andan es husmeando, para ver si hemos tenido contacto. Creo que estoy en «plan pijama», no me han insinuado, ni tan siquiera, darme «otra misión», pero llevo 4 meses cobrando mi salario y hasta me pagaron retroactivo todo el tiempo que estuve por tierras mexicanas.*

Yo estoy bien y estoy contenta. Al final, las cosas salieron como las planeamos. No me canso de dar gracias a mamá. El habernos hecho idénticas, tiene sus ventajas.

De lo que pasó aquel martes 16 de agosto, cuando llegaste a Cancún, no quiero escribir aquí los detalles, por si algún chismoso intercepta la carta. Pero sí quería comentarte que me siento muy orgullosa de ti. Al menos, tanto sacrificio sirvió para algo. Y el plan que me propuso nuestro amigo Alberto, de hacer el intercambio de ropas, funcionó perfectamente. No solo ese día, desde hace unas semanas me visita un viejo novio de la secundaria, creo que ha sido el hombre que más quisiste antes de enamorarte de Pepe. ¿Te acuerdas de Miguel Ángel? Sigue tan guapo como siempre.

Cuida mucho a Pepe y que sean muy felices.

Besos y abrazos para los dos.

PD: Cuando puedas me mandas otro libro.

Pepe hizo un gesto de amargura. «Si así torturan a su propia gente, qué podrá esperarse para los disidentes que, desde adentro, luchan día a día por ver una Cuba diferente», pensó mientras doblaba el papel, lo introducía de nuevo en el sobre, lo cerraba y lo metía en el buzón, para que Ana no se diera cuenta que un «chismoso» había interceptado la carta. Se sentó de nuevo en el portal, abrió el periódico, como si lo estuviera leyendo, y mostró una sonrisa de satisfacción. Inevitablemente, sus pensamientos volaron en el tiempo y muchos recuerdos volvieron a su mente

4 meses antes

Aquel día, en el patio de aquella prisión donde estuvieron detenidos por casi cinco días a su llegada a México, Pepe no pudo diferenciar si hablaba con Ana Bárbara o con Ana María. Solo hizo falta un beso para que todos los momentos felices que había vivido junto a Bárbara desfilaran, uno tras otro, por su mente. En ese momento, decidió que haría su vida con la Ana que estaba a su lado, sin importarle cuál de las dos era en realidad, y le dijo muy bajito a esa Ana al oído mientras estaban abrazados: «Acepto hacer mi vida a tu lado, con la única condición que, de ahora en lo adelante, te llamarás Ana, así me impido a mí mismo llamarte Bárbara, por equivocación». Y aquel recorte de periódico, que encontró en el piso, le dio la fuerza que necesitaba para que, en caso de que fuera Bárbara la que estuviera a su lado, poder perdonarla, aunque ella nunca lo supiera. Era la única vía posible de reconciliarse consigo mismo, con el amor de su vida y de recompensar todo aquel sacrificio que había hecho para una causa que jamás se lo iba a agradecer.

Ese día, en la noche, le dieron la libertad a él y a la Ana que lo acompañaba. Pedro los esperaba junto a Tony «la yegua», quien estaba inconsolable porque Paquito había terminado con él. Los cuatro se fueron juntos al DF, donde Carlos los esperaba para llevarlos a la frontera, donde tendrían que pagarle a un *coyote* para que los pasara de mojados al otro lado.

Un día antes, Alberto, quien desde Cuba se había puesto de acuerdo con Ana María para que una vez que él llegara con Bárbara se intercambiaran las ropas y se pusieran de acuerdo en todo lo que tenían planeado, entregó a la supuesta Ana Bárbara a las autoridades cubanas para que la regresaran a Cuba. Desde ese momento, Alberto desapareció sin que el gobierno de Cuba nunca más supiera de él.

Antes de irse a la frontera, Pepe y Ana fueron a visitar a Andrea para despedirse. Fue un encuentro muy emotivo y lleno de sentimientos encontrados. Pepe le regresó el dinero que aún conservaba y que Andrea le había dado para el viaje, pero ella de ninguna manera lo aceptó.

—Este dinero les va a ser falta para el viaje hasta Matamoros y para que tengan algo cuando entren a territorio americano. Además, les deseo mucha suerte. —Luego, dirigiéndose a Pepe le señaló—: Gracias por los días que viví a tu lado.

Aprendí mucho de ustedes, los cubanos, y créeme que los admiro, pero cómo no tienes idea. Son personas muy valiosas y sinceras. ¡Gracias, de corazón!

Ana María le pidió un poco de agua y fueron juntas a la cocina. Una vez solas, le dijo:

—Andrea, a Ana Bárbara la han deportado a Cuba. Me pidió que le hicieras un favor. Dice que solo puede confiar en ti. Antes de que la detuvieran, depositó una cantidad de dinero en una de tus cuentas. Yo ahora no puedo irme con todo ese dinero para Estados Unidos. —Y le entregó un papel doblado donde estaba anotada la cantidad de dinero que le había mencionado—. ¿Podrías mandármelo una vez que estemos ya instalados en ese país?

—Cuenta con eso, Ana, pero tengo una duda... —Se detuvo y miró fijamente a Ana a los ojos—. ¿A nombre de quién mando el dinero? ¿Ana María o Ana Bárbara?

Ana sonrió. La abrazó y le susurró al oído:

—¡Después te digo! —Inmediatamente, le preguntó—: ¿Y tú qué vas a hacer?

—En todos estos días he pensado mucho y creo que he descubierto que mis preferencias sexuales estaban equivocadas. No alcanzo a entender a los hombres y creo que Rebeca es una opción que no debo descartar. En cualquier momento me salgo del clóset.

—Las dos se lo merecen, Andrea. Me hace feliz escucharte decir eso. Me despides de Rebeca y te pido sinceramente que me perdones. Cuando tenga tiempo, les escribiré contándoles toda la verdad. —Soltó una sonrisa pícara y al ver que Pepe se acercaba, terminó diciéndole en un tono más alto para que él la escuchara—: Me despides de Rebeca, aunque no la conozco, me han hablado mucho de ella.

Pasó una hora, y entre risas y anécdotas de la travesía por mar para llegar a México, llegó el momento de partir. Un largo camino los separaba desde Cuernavaca hasta Matamoros.

Afuera, los esperaba una camioneta negra con Alberto sentado al volante.

A Paquito no lo vieron más. Cuando todos fueron liberados, ya había desaparecido. Alberto supone que debe haberse quedado en México y que la Inteligencia cubana trataría de infiltrarlo en la red de trata de mujeres, de la que el esposo mexicano de Ana Bárbara era una de las cabezas principales. Aunque, para todos, continuaba siendo un misterio que una sociedad que había demostrado tanto desprecio por los homosexuales tuviera entre sus filas a un agente cuyas preferencias sexuales no correspondieran a los principios de la «ética socialista». Algo tan contradictorio, como contradictoria era, por naturaleza, la gran revolución de Fidel.

Miami
Sábado 26 de noviembre del 2016
5.00 a.m.

—Carlos, ¿y cómo saliste tú de México para acá? —preguntó «el Yanqui».

—Yo aproveché el viaje y llegando a la frontera vendí la camioneta al mejor postor y con parte de ese dinero pagamos a un *coyote* para pasar de mojados, y ya saben lo demás. En aquel momento, México estaba muy convulso. Eran tiempos electorales y, aunque no me iba mal, estaba completamente solo. Así que, ¿qué mejor que unirme al grupo de Pepe y su pandilla e iniciar, todos, una nueva vida en este maravilloso país? Y, la verdad, durante estos 22 años hemos sido una verdadera familia que ha sabido llenar las carencias emocionales de un exilio: la lejanía de la familia, de los amigos, de la patria. Y hoy estamos aquí reunidos celebrando este gran día. ¡Gracias Pepe, gracias Ana!, sin ustedes, hoy no existiera esta historia, ni este grupo, ni esta amistad. Y antes de despedirnos, o más bien de poner fin a toda esta conversación llena de recuerdos, nostalgias y rencores, y dedicarnos verdaderamente a disfrutar de este momento, quisiera leerles una carta que escribió Pepe, hace algún tiempo, esperando este acontecimiento. Es una parodia de aquella carta que leyó Fidel, cuando decidió anunciar la muerte de otro asesino, que hoy es símbolo de toda esa muchedumbre que pretende seguir diseminando el horror del comunismo en nuestra América. Estoy seguro que encierra el sentir de todos nosotros y de todos los cubanos del exilio. ¡Aquí les va!

Año de la Felicidad
Miami

Fidel:

Me recuerdo en esta hora de muchas cosas: de cuando de chico te conocí en un cuadro que colgaba en la sala de casa de Lola. En esa época, mi madre no tenía muchas opciones y creyó ciegamente en tu revolución, y yo tenía que verte todos los días cuando entraba a mi casa. Me recuerdo de una chapilla que estaba clavada en la puerta que decía: «Esta es tu casa, Fidel», y yo, inocentemente, me preguntaba por qué era tu casa si yo era quien vivía en ella. Me recuerdo de cuando cursaba el sexto grado y me obligaban a ponerme la mano en la frente y gritar que tenía que ser como el Che, sin que nadie me preguntara si yo en realidad quería parecerme a un asesino. Me recuerdo de cuando teníamos que escondernos para escuchar música en inglés, porque para tu revolución era una ofensa que los que habíamos nacido bajo tu mandato adoráramos la música en el idioma de tu acérrimo enemigo. Me recuerdo de cuando nos mandaste para el campo y tuvimos que vestir un uniforme azul, para ser parte de aquellos mini campos de concentración que tú creaste y que llamabas ESBEC, para lavarnos el cerebro. Me recuerdo del suicidio de mi padre y prefiero no recordar más, porque sería reabrir más las heridas, y ya no vale la pena desangrarnos sobre lo sangrado.

Un día pasaron pregonando el carácter socialista de tu revolución y la posibilidad real del hecho golpeó a muchos, que tuvieron la inteligencia de no creer en tu buena voluntad y pudieron salirse a tiempo. Con los años comprobamos que era cierto, que de tu revolución se huye o se muere. Y así fue. Muchos amigos y familiares quedaron a lo largo del camino hacia la libertad o en otras tierras del mundo siguiendo el mandato de expandir tu revolución al país que se dejara.

Es por eso que tu muerte tiene que ser motivo de celebración y no de luto. Es nuestra forma de honrar a nuestros muertos. Es nuestra forma de honrar a los que perdieron años de su juventud en tus cárceles de mierda, es la manera de honrar a todo ese pueblo que lleva oprimido todos estos años de tu macabra dictadura.

Y es cierto, hoy todo tiene un tono más dramático, porque somos más maduros. Hoy por fin es verdad. No fue como a muchos nos hubiera gustado que fuera, pero, para el caso, es lo mismo. Te moriste, Fidel.

Tú debiste ser juzgado, pero lo preparaste y lo pensaste todo para que eso nunca pasara. Hoy mueres por muerte natural, hecho un vegetal y pudriéndote en tu mierda. También me satisface, aunque hubiera sido preferible que te hubieras suicidado, como lo hizo mi padre o como lo hizo Reinado Arenas, ese gran poeta y escritor que por ser gay sufrió el acoso de tu intolerancia y de tu totalitarista revolución. Podrías, en tu eterno protagonismo, haber dejado una nota de suicidio en la que, al menos, hubieras pedido perdón. Pero es tan imposible, como estúpido pensarlo, que me avergüenzo de faltar el respeto a mi inteligencia con solo suponerlo.

Fidel, hoy hago formal renuncia a todos mis rencores, porque sé que tu muerte se los llevará uno a uno. Solo siento no haber confiado más en todos mis amigos, que con mucha claridad se dieron cuenta a tiempo de tus verdaderas cualidades de tirano, fascista, asesino e hijo de puta.

En Cuba viví días magníficos, pero también sentí el peso de tu crueldad. No es posible olvidar. Y no lo olvidaremos hasta que no veamos a nuestra tierra libre de Castros y tiranos.

Sépase que hago esta carta con una mezcla de alegría y de dolor. Dolor, no por tu muerte, sino por los años de angustia y tristeza que le has hecho vivir a nuestro pueblo, y alegría porque, aunque dudo que con Raúl que carga en sus manos tanta sangre como tú, los cubanos puedan lograr los cambios tan anhelados para nuestra Cuba.

Hoy sé que tu muerte libera a Cuba del tirano más despiadado que ha conocido la historia de la humanidad, y que nos hizo vivir un «Holo-Castro» tan brutal como el holocausto vivido por los judíos en la época del nazismo.

Me quedan muchas cosas que decirte hoy, a ti y a tu triste gobierno de difuntos y horrores, pero percibo que los muchos adjetivos que pueda usar para describirte, no alcancen para expresar lo que yo quisiera y lo que sentimos los millones de cubanos que sufrimos por tu culpa.

Que hoy te acuso por todas tus injusticias, tus mentiras y tus crímenes, y que trataré de borrar esa imagen de salvador de los pueblos que vendiste al mundo entero, y que seré fiel a mis principios antisocialistas hasta las últimas consecuencias de mis actos.

Hoy juntos escribimos este Epitafio para un sueño. *Ese sueño que todos queríamos ver hecho realidad. Tu muerte.*

«Aquí yace un tirano, que se ha ido por fin, a donde debía estar hace mucho tiempo: al infierno».

Libertad sin muerte, porque se necesita vida para sentirse libres.

Hoy soplan vientos diferentes porque ya los demócratas no estarán en el poder para apoyar a tu hermano. Soplan aires de esperanza para Cuba, sin un Obama que siga traicionando a la causa cubana.

¡Viva Cuba!

Todos nos fundimos en un gran abrazo colectivo y continuamos la fiesta, hasta pasada las 10 de la mañana.

—¡Al fin, solos! —exclamó Ana cuando salió el último de los invitados. Abrazó a su marido y le preguntó—: Pepe, ¿podré escucharte alguna vez, de tu propia voz y mirándome a los ojos, decirme que me perdonas?

—No creo que sea necesario, amor. ¿Acaso 22 años no son suficientes?

Otros títulos de CAAW Ediciones
Disponibles en Amazon

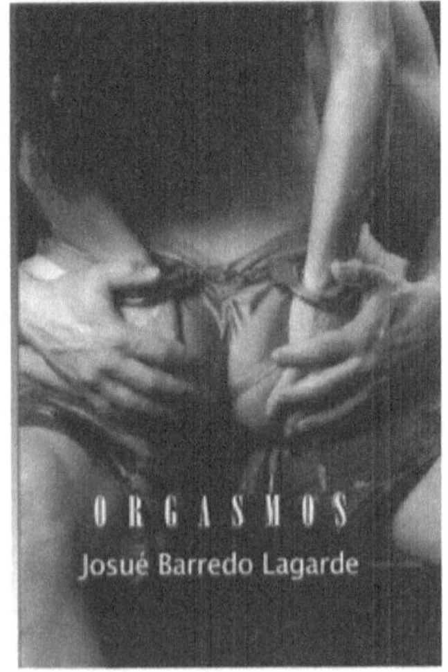

caawincmiami@gmail.com
2017

www.ingramcontent.com/pod-product-compliance
Lightning Source LLC
Chambersburg PA
CBHW031302170626
46807CB00001B/272
9781946762023